さあ、昼飯食ったら営業だ！
九里谷商事
赤星源一郎
九里谷商事
営業二課課長
スキル テイマー
シロノソルフラン
マグラキエスト
ニトルスステルラ
（通称シロノ）
赤星にテイムされた
ドラゴン

「何だか凄い、信じられないぐらいでっせ」
「さすがは異世界ってとこで――
課長、ストップ。どこ行く気ですか」
「あれを見るんだ。あれは焼き豚風味に違いない。
私の勘が告げている。
間違いなく美味しいものだと」
「はいはい。食べ物に関しての勘は凄いですもんね課長は。
ですが忘れてません？」
「ん？　何をだね」
「お金ですよね、お金。課長、異世界ですよ。
日本円が使えるとお思いですか。
それに今は情報収集に来てまっせ」

さぁ、異世界で市場調査だ！
青木三四郎
営業二課係長
スキル レンジャー
黄瀬二葉
営業二課担当
スキル スカウト

あぁ、ここは、異世界なんだ。
窓から新鮮な空気と虫や風の音が一気に流れ込んできた。
清々しく、何とも言えぬ清涼感を与えてくれる心地よさだ。
窓枠に掴まり背伸びして外を眺めるシロノの姿がなければ、
社員旅行にでも来ているような気分だ。
しかし空を見上げれば、そんな気分も消し飛ぶ。
「月が二つある……」

Ichiesa Kasane
一江左かさね
[illustration]
沖野真歩
九里谷商事
腹ぺこサラリーマンも異世界では凄腕テイマー
A hungry office worker is also a skilled tamer in another world.

口絵・本文イラスト：沖野真歩
デザイン：寺田鷹樹（ＧＲＯＦＡＬ）

# 目次



A hungry office worker is also a skilled tamer in another world.

# プロローグ

原生林――そう呼びたくなるような、緑の濃《こ》い鬱蒼《うっそう》とした森。

大きな葉を広げた木々、小さな葉をたくさんつけた茂《しげ》み、縦横無尽《じゅうおうむじん》に伸《の》び絡《から》まる蔦《つた》たち。そこを名も知らぬ昆虫《こんちゅう》たちが飛び這《は》いまわり、どこからか鳥の鳴き声が響《ひび》いて自然豊かだ。

そんな森から草を掻《か》き分け男二人が飛びだした。

「走れぇっ‼」

両手を大きく振《ふ》って必死の形相で走る。

先頭を行くのは、やや年配、髪《かみ》は短く中肉中背の男だった。オフィス街に行けば、それこそ何人も見かけるような地味なタイプで、ノーネクタイの白シャツにグレーのスラックスで革靴《かわぐつ》姿。

胸に翻《ひるがえ》る社員証には、赤星源一郎《あかぼしげんいちろう》と記されてある。

赤星が手にしているのは斧《おの》だ。

刃《は》は全鋼で柄《え》はグラスファイバー製の丈夫《じょうぶ》で耐久性抜群《たいきゅうせいばつぐん》な斧である。見るからにキャンプに来たのではない赤星が持つには不似合いなものだった。

そして赤星は背後を気にしながら何度も振り返る。理由は直《す》ぐに分かる。

なぜなら、森から続けて何かが飛びだしてきたのだ。

「来たっ！」

現れたのは動く骸骨《がいこつ》、もはやファンタジーなどでは定番のスケルトンだ。手には錆《さ》びた剣《けん》を持ち鎧《よろい》を身に着け、骨だけなのにバラバラになることもなく追いかけてくる。

それも一体ではない。

「課長！　三体もいまっせ！」

後ろを追いかける若い男の声に、赤星はさらに必死に走る。

「死ぬ気で走るんだ、青木《あおき》君！」

「そりゃ追いつかれたら死にますね――ってぇ！」

「どうした⁉」

後ろからの声に赤星は走りながら振り向いて、そして後ろを走っていた青木の姿がないことに気付いた。青木は思いっきり転んでいたのだ。

赤星は地面の上を滑《すべ》るようにして立ち止まる。

「うらあああっ！」

即座《そくざ》に向きを変えると、今度は迫《せま》り来るスケルトンたちへと突《つ》っ込《こ》んでいく。手にした斧を思いっきり握《にぎ》りしめ横に構えると、剣を振り上げるスケルトンと交差。

「えいしゃおらーっ！」

気合いを込めた一撃《いちげき》。

必死の形相で剣をかわした赤星が斧を振るう。鎧に激突《げきとつ》する甲高《かんだか》い音に合わせ、乾《かわ》いたものが砕《くだ》ける音。スケルトンはバラバラに砕けた。

赤星は斧に振り回されバランスを崩《くず》しかけるが、踏《ふ》ん張《ば》り体勢を立て直す。

そこから身体《からだ》を捻《ひね》って次のスケルトンを蹴《け》り飛ばす。今度こそバランスを崩して倒《たお》れるが、その最中に斧を振るって最後のスケルトンを打ち砕いた。

華麗《かれい》さこそないが、それでも見事な戦いぶりだ。


「やったか⁉」

「課長、その発言フラグですって！　ほら、まだ動いてますよ！」

「ぬわっ！　来たっ！」

蹴り飛ばしたスケルトンが這い寄ってくる姿に赤星は悲鳴をあげた。立ち上がる暇《ひま》もないほど目の前にスケルトンが迫るが、これに対し地面を転がりながら斧を振り回して叩《たた》き付けた。

乾いた音が響いてスケルトンの頭骨が打ち砕かれる。

スケルトンは死んだ。

最初から死んでいるかもしれないが、とにかく動かなくなった。

そして赤星も息も絶え絶え、地面に大の字となる。気分としては今にも死にそうで、荒《あら》い息のまま晴れ渡《わた》る青空を見つめた。

青木が痛そうに顔をしかめながら駆《か》け寄って来る。

「課長、すんません。助かりました、もう何度目かの命の恩人ですかね」

「気にする必要はない、部下を守るのは上司の役目だ」

気軽に言った赤星は青木の手を借り立ち上がる。

「ああ、すまんね」

二人が苦労して立ち上がると、茂みの中から若い女性が現れた。

カメラを手にした彼女《かのじょ》は自由な腕《うで》を思いっきり振っている。あたふたした仕草だ。

「ん？　黄瀬《きせ》君どうした」

「か、課長。後ろ、後ろなんです！」

「後ろ……って⁉」

赤星が振り向く、青木も続く。二人揃《そろ》ってギョッとした。

森の中からスケルトンが次々と現れていたのだ。それは群れとか軍団と呼ぶべきもので、剣やら槍《やり》を構え前進してくる。戦うどころではない数だった。

「うわっ……」

焦《あせ》って混乱して動きが止まる。その間にもスケルトン軍団はジリジリ迫って来た。絶対のピンチに、赤星たちの後ろから小柄《こがら》な影《かげ》が飛びだしてきた。

それは白い髪の少女だ。

髪飾《かみかざ》りのような角があり、背後には尻尾《しっぽ》もある。西洋風の鎧を身に着け、手には抜《ぬ》き放った剣がある。少女は軽々と足を運び、赤星達の傍《かたわ》らを駆け抜けていった。

「まったくもう、源一郎は世話がやけるんだから」

そんな声が聞こえた。

見ているだけの赤星たちの前で、少女はスケルトンの群れに突っ込む。当たるを幸いにスケルトンを薙《な》ぎ倒し弾《はじ》き飛ばし打ち砕き、その有り様はアクションゲームの無双《むそう》シリーズの様相だ。

あっという間に、動いているスケルトンはいなくなった。

「おおっ、さすが……」

「あっ、課長。こんな形ですけど。視聴者《しちょうしゃ》の皆《みな》さんに勝利宣言しませんと」

青木が手招きすると、黄瀬がカメラを構えて走ってくる。

促《うなが》されて赤星は、ぎこちない仕草でVサインをした。

「か、勝ったぞー」

「赤星課長、助けて貰《もら》いましたが異世界でスケルトン撃破！　今回はここまで。最後までご視聴《しちょう》ありがとうございました、チャンネル登録よろしくお願いします！」

「お願い致《いた》します」

二人揃って頭を下げると、黄瀬が指で丸をつくってみせた。

青木は大きく息を吐《は》いた。

「……はーい、Yチューブ用の撮影完了《さつえいかんりょう》。お疲《つか》れ様でした。今の流れは絵としては最高でしたね。本物の異世界でスケルトン登場からの、俺《おれ》がドジって、それを助ける課長。終わったと思ったらスケルトン軍団の登場で、アップダウンが激しいとことか最高でっせ」

「最高の前に、今のは下手したら死んでたが」

「確かにヤバかったですね。でも、この流れを考えると。再生回数は軽く数百万、下手すりゃ千万だって超《こ》えまっせ」

「………………」

「一課の連中は登録者数十万人超えと言ってましたし、ここは我ら二課も頑張《がんば》りませんと――」

そんな言葉を聞きつつも、赤星は苦い顔をした。

勝てたとはいえ死にそうな思いをした戦闘《せんとう》を、再生回数で語られるのは面白《おもしろ》くない。そうした浮《うわ》ついた考えを戒《いまし》めるべきだろう。だが赤星は他人に対して強く言えない性格なので、何も言えなかったが。

少女が戻《もど》って来ると、ジロッと睨《にら》んできた。

「ちょっと源一郎、何やってるのよ。私が助けたのに、どうして見てないの⁉」

「あっ、ほら。いろいろとやる事があって――」

「源一郎」

さらに睨まれ、赤星は申し訳なさげに首を竦《すく》めた。

「すまない。気を付けるよ、助けてくれてありがとう」

「仕方がないから許してあげる」

少女は偉《えら》そうに言うものの、その顔は笑《え》みが抑《おさ》えられないといった様子で綻《ほころ》んだ。しかし、はっと気付くと慌《あわ》ててあらぬ方を見やっている。だが素直《すなお》な尻尾は上機嫌《じょうきげん》に揺《ゆ》れていた。

青木がスケルトンの残骸《ざんがい》に近づいた。

「いやぁ、子供の頃《ころ》にファンタジー物が大好きだったんですけどね。まさか自分がスケルトンと戦うことになろうとは。思いもしなかったでっせ」

「私もだよ」

「まっ、異世界ですし。そういうもんですよね」

「そういうもんだね……」

赤星は頷《うなず》いて辺りを見回した。

原生林のような森。そこに飛び交《か》うのは、人の頭ほどの大きさの蜂《はち》、それよりも大きな翅《はね》のある百足《むかで》。両手が鎌《かま》になった蜘蛛《くも》だっている。

日本どころか、同じ世界ですらない異世界。

スケルトンがいるのも当然だった。

「ついでに言えばね。異世界に来たあげく、Yチューバーデビューすることになるとは。人生ってのは分からないもんだね」

「課長ダメですってば。我々は異世界に居るんです。元の世界の連中と差別化する為《ため》に、Iチューバーって呼び名の方が良くないですか。会社で統一しましょうよ」

「いや分かり難《にく》いよ。それに異世界ならスピリットワールドやアナザーワールドと言うのではないかな。つまりSチューバーかAチューバーだと思うが」

「いえ、最近では海外でも異世界はISEKAIで通じますからね。Iチューバーで問題ないってもんですよ」

「そういうもんかね。とにかくYチューバーでいいじゃないか」

正直に言えば呼び方はどうでも良かったが、青木の言葉に影響《えいきょう》されIチューバーと言ってしまいそうだ。間違《まちが》えるのも恥《は》ずかしいので、口の中で何度かYチューバーと唱えておいた。

赤星は倒したスケルトン――遺体と呼ぶか残骸と呼ぶか――を見つめる。とたんに青木が変な顔をした。

「そんなに骨を見つめてどうしたんです？　まさか課長、この骨で出汁《だし》をとるとか言い出さないでしょうね」

「青木君ね。君は私を何だと思っているんだ」

「腹ぺこ課長で食いしん坊《ぼう》です」

確かに食い意地は張っている自覚はあるが、あんまりな評価に赤星は深く息を吐いてしまう。

「まったく……この骨を埋葬《まいそう》してあげたいと思ったのだよ」

「あーなるほど、そっちですか。黄瀬くーん、荷物にスコップあった？」

問いかけられた黄瀬は、手にしていたカメラを取り落としそうな感じになった。慌てた様子で首を横に振るが何も言わない。

マイペースな彼女は、急に話しかけられたので言葉が直ぐに出なかったようだ。


青木は肩《かた》を竦めながら頷いた。

「というわけで、ちょっと無理ですね。さすがにスコップがないとキツイでっせ」

「走りすぎでスコップ取って戻るだけの体力もないか……」

「ですね、ここは仕方ないってことで手を合わせておきましょう」

「それしかないか」

赤星は小さく頷くと手を合わせ、ナンマンダブとだけ呟《つぶや》いた。

その間にも青木はスケルトンの残骸から剣を持ち上げた。さらに鎧も手に取り、そこから白い細かな破片を振り払《はら》った。

「でも、この剣と鎧は貰ってきましょう。視聴者へのプレゼント企画《きかく》に良いって思いません？　ついでに剣と鎧の説明回も入れて再生回数を稼《かせ》ぎましょうや」

「……逞《たくま》しいと言うか、何と言うか。活《い》き活きしてるね、青木君は」

「そりゃそうですよ。課長のおかげで、異世界でも安心して生きてられますし。どうせ元の世界に戻れないでしょ、だったら開き直るしかないでっせ」

「それはそうだね」

少しだけ眉《まゆ》を寄せ、赤星は寂《さび》しさを堪《こら》えた。

もう戻れない故郷には両親と弟がいる。幸いにしてと言うべきか独身だったので、それ以上の寂しさはない。ちょっとだけ自虐《じぎゃく》的に笑ってしまう。

「さて、会社に戻ろうか。この異世界に転移してしまった我が社に」

赤星が斧を担《かつ》ぎ歩きだせば、少女が追いかけてきて横に並ぶ。

この世界に来て知り合った相手だが、今ではすっかり馴染《なじ》んでいる。

空を見上げると、元の世界と変わらぬ色をした青空だ。ぽつんと小さな影が上空を過《よぎ》っていくが、恐《おそ》らくそれはドラゴンのはずだ。さすがに異世界である。

異世界に転移して今日までの激動の日々、いろいろな出来事があった。

「あっ、そうだ。課長、スケルトンの骨も視聴者プレゼントにどうでしょう」

「……やめなさい」

どうしてこんなことになったのかと、始まりの日を思い出す赤星であった。

# 第一章　異世界で心配すべきは食べるもの

赤星源一郎《あかぼしげんいちろう》はふと足をとめた。

そこはビジネス街に程近い大通りで、立ち並ぶ雑居ビルには食事処を示す看板が幾《いく》つも掲《かか》げられている賑《にぎ》やかな通り。人や車が行き交《か》う道に強い日差しが照りつけ暑さより熱さを感じる。

昼時が近く、気の早い会社員たちが辺りを歩きだしていた。

やはり赤星もそう見えるだろう。短くカットしただけの洒落《しゃれ》っ気のない髪型《かみがた》、生地《きじ》に少しテカりが出たグレーの背広。誰《だれ》がどう見ても昼食を求め彷徨《さまよ》う会社員の姿だ。

「課長、どうされました？」

傍《かたわ》らを追い越《こ》して数歩先に行っていた部下の青木三四郎《あおきさんしろう》が気付いて振《ふ》り向いた。

「ここらに美味《うま》い店がある気がする」

「はぁ。課長の食いしん坊《ぼう》センサーに反応しましたか」

「青木君ね、私は別に食いしん坊ではないよ。食いしん坊とは意地汚《きたな》く腹一杯《はらいっぱい》何でも食べる者のことであって、私は少量でいいから美味いものを食べたいだけなんだから」

「はいはい」

部下である青木は見た目の通りに、お気楽そうな仕草で肩《かた》を竦《すく》め適当な返事をした。

その横からぽっちゃり気味の小柄《こがら》な女性が顔を出す。こちらも部下の黄瀬《きせ》二葉《ふたば》であるが、のんびりマイペースそうに辺りを見回した。

「課長が言ってるのって、この匂《にお》いなのでは？」

「ああ、そうだね。この美味そうな匂いだよ、間違《まちが》いない」

「これは……こっちなんです！」

黄瀬が指さしたのは、傍らにある小さな通りだ。

ビルとビルの合間の、人が二人並んで歩ける程度の、昼の日差しも差し込《こ》まぬような場所。道幅《みちはば》の狭《せま》い通りには自転車が無造作におかれ、薄汚《うすよご》れた木箱やビール瓶《びん》のケースが積まれ、ゴミ箱もあって雑然としている。

よく見ると確かに食事処の看板があった。

だが看板は薄汚れて傷んでガムテープで補修されているような有様。果たして営業しているのかどうか怪《あや》しいぐらいの様子だった。調理をしている匂いはしてくる。そして赤星を立ち止まらせたのは、その匂いで間違いなかった。

「よし、今日の昼はここにしよう」

しかし青木は首を横に振った。

「いやいや、ここは止《や》めましょうや」

「なぜだね。私の勘《かん》は美味い店だと言っている」

「そりゃ課長の勘は今まで外れたことはありませんけどね。でもねぇ……」

青木は肩を竦め、隣《となり》に目をやった。

「黄瀬ちゃんだって、こういう場所は不安でしょうに。あたしぃこんなところ嫌《いや》ですわぁ、みたいな感じで言ってちょうだいな」

「え？　別に自分は構わないですよ」

「おおっと味方がいなかった。とにかくですね、こういう時は冒険《ぼうけん》しないでおきましょうや。ほら向こうにチェーンの牛丼《ぎゅうどん》屋があるじゃないですか。全国どこでも同じ味で同じ値段、とっても安心して食べられまっせ」

しかし青木の意見は、もちろん二対一で却下《きやっか》された。

赤星と黄瀬は並んで薄暗《うすぐら》い通りを進み、その後ろを青木が渋々《しぶしぶ》と続く。しかし、青木にしても本気で嫌がっているわけではない。

壊《こわ》れかけた看板のある薄汚れた店の中に入る。

やはり中も薄汚れていて、席は安っぽいテーブルとパイプ椅子《いす》。メニューが書かれた色あせた短冊が壁《かべ》の上の方に貼《は》られ、下にはビールのジョッキを持つ水着美女のポスターが貼られていた。

愛想《あいそ》の悪い店の者に指で示され席に座り、ランチがあると言うのでランチを頼《たの》んだ。

「今日の商談がまとまった祝いだよ、ここは私が払《はら》うよ」

赤星の宣言に二人から小さな拍手《はくしゅ》が起きた。

「いやぁ強敵でしたからね。なかなかの頑固親父《がんこおやじ》でしたから」

「青木君、そういうのは良くないよ」

「大丈夫《だいじょうぶ》ですって」

軽く笑う部下の姿に赤星は息をついた。

つい先ほどまで地元密着型スーパーに新商品取り扱《あつか》いの営業をかけてきたのだ。青木が言うように、なかなか頑迷《がんめい》な社長で話をするのも一苦労。いろいろ説明し譲歩《じょうほ》もして、なんとか口説き落としてきたのだった。

しかし、そんな苦労を軽口一つで吹《ふ》き飛ばされたくはない。

「壁に耳あり障子に目あり。どこで誰が聞いているか分からないんだよ」

「へーい」

言っている間にも次々と客が入ってきて、たちまち満席となった。しかも外で並んでいる様子さえある。

「ぎりぎりセーフでしたね」

黄瀬は暢気《のんき》な様子で笑顔《えがお》をみせた。

思ったより早く料理が運ばれてくる。

赤星が頼んだランチはトンカツだが、カラッと揚《あ》げられたカツにソースの代わりで味噌《みそ》がかかっている。あとはキャベツとマッシュポテトと漬物《つけもの》、ご飯と味噌汁《みそしる》だ。

箸《はし》を横にして親指と両手の間に挟《はさ》みながら手を合わせる。

「いただきます」

さっそく一片を口にする。

噛《か》みしめると軽《かろ》やかな歯ごたえで衣が砕《くだ》け、さらに肉と脂《あぶら》の旨味《うまみ》と共に味噌の風味が口中に広がる。そこに白米を放《ほう》り込めば全《すべ》ての美味さが渾然一体《こんぜんいったい》となった。

舌が少し重くなるので付け合わせのキャベツと漬物、味噌汁で調える。

「この味噌がいいね。濃《こ》すぎず、それでいて軽くなりすぎずに程よい味わい。うん、味噌が脂の重さを軽くしてくれる。いい味わいだよ」

おそらくは使っている肉に合わせてだろう。

脂の多めな肉なのでソースを弾《はじ》いてしまって味わえなくなる。普通《ふつう》の店はそれを塩で食べさせるのだろうが、この店は味噌を使うことで味を引き立てているのだ。

「課長のカツ、美味《おい》しそうです」

「一つならどうぞ、一つだけだが」

「やりました。では自分からは唐揚《からあ》げを差し出します」

黄瀬は大きめの唐揚げとトンカツをトレードして持っていった。さらに青木がそそくさとエビフライを差し出してきたと思えば、あろうことかトンカツの一番端《はし》の部分を持っていった。

「ちょっと青木君？　どうして端っこを取るんだ」

「そら一番美味いからでっせ。ほらぁ、俺《おれ》のエビフライの数とサイズを考えると妥当《だとう》なんでは」

「くっ、確かにそうだが……」

「やあ課長のトンカツは美味いですな！」

悔《くや》しそうな赤星の様子に、青木は殊更《ことさら》美味そうにトンカツの端っこを囓《かじ》っている。

わいわい賑やかしく食べるのだが、しかし三人とも常識はある。周りや外で待っている人を待たせないようにと、味わいながらも素早《すばや》く食べて、食べ終わると直《す》ぐに立ってお会計をした。

暖簾《のれん》をくぐって外に出ると、思った以上に行列になっていた。

どうやら人気店だったらしい。ちょうど良いタイミングで、待つことなく食べられたのは幸運だ

600円
700円
700円
550円
華そば
1,300円
ごはん
味噌汁
おかわり
SHEEP BEER

ったに違《ちが》いない。

「やあ美味かった。これも課長の食いしん坊センサーのお陰《かげ》でっせ」

「チェーン店の牛丼屋でいいと言っていたのは誰だったかね」

「はて、誰ですかねぇ」

とぼける青木は満腹になった腹に手をあてつつ至福の息を吐《は》いている。そんな惚《ほう》けた様子には苦《く》笑《しょう》気味に笑うしかない。なんとも憎《にく》めない相手だ。

「この近くに用事をつくって、また是非《ぜひ》とも来たい店だよ」

「自分、今度来たら課長の食べてたトンカツにします」

「私は黄瀬君が食べていた唐揚げかな。衣が良い具合で、何より肉が大きすぎないのが良い。大きすぎると肉だけを食べることになって、美味しくないからね」

大通りに出ると、昼食を求める人々が辺りを移動していた。それぞれの趣味嗜好《しゅみしこう》で店を選び料理を選び動いている。そう思うと凄《すご》いことだ。

「課長、そういう話ならこの付近で営業頑張《がんば》っちゃう方針でいいです？」

「そうしようか」

「営業所に戻《もど》ったら付近の店をリストアップしときます。それに合わせた商品データのピックアップは黄瀬ちゃんにお願いするとして、課長はスケジュール調整と在庫確認をお願いしまっせ」

青木はスラスラと段取りを言った。

本来であれば上司が采配《さいはい》するべきなのだろうが、赤星は部下の言葉に嫌な顔一つせず頷《うなず》いた。端《はた》から見れば頼《たよ》りなく見えるかもしれない。けれど、このメンバーはこれで上手《うま》くやっているのだ。

そして――。

「あのっ、課長。自分ちょっと、そこに寄りたいなーって思ってましてですね」

遠慮《えんりょ》気味に黄瀬が指さすのは、同人誌を中心とする漫画《まんが》関連商品を販売《はんばい》する店だった。折しも自動ドアが開けばアニメの曲が騒々《そうぞう》しいまでに響《ひび》く。

「さっき調べてたら、もう少ししたら突発《とっぱつ》イベントで限定グッズを販売するらしいんです！　だから是非、是非是非《ぜひぜひ》是非《ぜひ》寄っていきたいんです！」

黄瀬は目を煌《きら》めかせ、胸の前で手を合わせてお願いのポーズだ。

「はぁ……これから総合食のカナヤマさんのとこに顔を出す必要がある。車は我々で使うので、黄瀬君はここから会社へ直帰ということでいいかな」

会社に直接戻るとなれば、その経路は黄瀬が選ぶことになる。途中《とちゅう》でどこに寄るかは曖昧《あいまい》で有耶無耶《うやむや》な部分というわけだ。ただしそれも互《たが》いの信頼《しんらい》あってのことだが。

「はい！　そういうことでお願いします！」

「会社に帰るときは、前みたいにアニメ柄《がら》の紙袋《かみぶくろ》を見られないようにね」

「うっ、その節はご迷惑《めいわく》を。今度は無地の紙袋を買って、そこに入れます」

黄瀬はチラチラと店の方を見ている。どうやら少しずつ人が並びだしたのが気になるらしい。

「ほら、行っておいで。後は任せなさい」

「ありがとうございます！　課長、大好きです！」

感激した様子で言う黄瀬の言葉に、赤星は軽く笑った。その隣で青木は自分の顔を指さし、こちらはどうかと問うているが、もちろん完全にスルーされている。

黄瀬は小走りで行って行列に加わった。

直後から列は見る間に長くなっていく。暇《ひま》な人間が多いのだなと思う赤星であったが、そこに自分の部下がいると思うと微妙《びみよう》な気分だ。

「ほんっと課長は黄瀬ちゃんに甘《あま》いっすね。俺にももっと優《やさ》しくしてほしいなー」

「前向きに検討しておこう。さっ、カナヤマさんのとこに向かおう」

「へーい。そんなら車に行きましょうか」

コインパーキングに行って、青木が営業車のエンジンをかけ日差しに熱せられた車内の換気《かんき》を行う間に、赤星は料金の精算を行い領収書を受け取った。

「課長、ありがとうございます」

「それではカナヤマさんのとこに行こうか」

青木の運転で出発する。先ほどの行列の横を通ると、黄瀬が気付いて手を振ってきた。それに手を上げ返事をしておいた。幸せそうな部下の姿に赤星も満足だった。

「もうちょっと優しい運転で頼むよ」

赤星は青木の運転に対し苦言を呈《てい》した。

アクセルワークは人それぞれなのだが青木の場合、加速も減速も強い。何もない広々とした場所の運転なら良いが、街中の信号が幾つもある場所では少々辛《つら》いものがある。さらにブレーキのタイミングが遅《おそ》いので、ヒヤッとするのだ。

「えぇーっ？　これでも人を乗せてるんで、かなり優しめのつもりでしたけど」

「普段《ふだん》はどんな運転をしているのかね……」

「そらもう峠《とうげ》をせめてエンジンぶん回してバーリバリってのは冗談《じようだん》でっせ。俺の愛車のスーパーなカブちゃんは優しく扱ってますんで」

「営業車君にも優しくしてやっておくれ」

「へーい」

言いながら青木はタイヤを鳴らし左折した。

ちょうど目的地に到着《とうちやく》し、敷地《しきち》入り口のゲート前で停車。守衛の人に来社目的を告げ、電話確認をして貰《もら》って、ようやく中に入れる。

広々とした駐車場《ちゆうしやじよう》だ。

「うーん、さすが総合食のカナヤマでっせ。うちの営業所とは大違いの広さですわ」

「いやこれは本社よりも広いよ」

「うちは弱小商社ですもんねぇ。どーせ、また何か無茶言われるんじゃないですか?」

「そうならないことを祈《いの》るよ」

その心配はもっともだった。

赤星たちの所属する九里谷《くりや》商事は、相手よりも遥《はる》かに弱小なのだ。

会社同士は力関係が如実《によじつ》に表れ、契約書《けいやくしよ》上は対等であっても、有形無形の圧力がかかって無茶な要求をされてしまう。相手のイベントに人員を出し参加するとか、商品の運搬《うんぱん》を頼まれるとか。そういった断るに断れないような、細々としたお願いがあるのだ。

しかし、そうしたお願いと引き換《か》えに物事が成り立つのも事実である。

訪《おとず》れた建物はアートっぽさのある近代建築。そもそも駐車場の舗装《ほそう》からして綺麗《きれい》で、植栽《しょくさい》などもよく手入れがされている。

「凄ーい、うちの壊れかけの自動ドアと大違いでっせ」

「比較《ひかく》するとこは、そこかね……」

「他の部分は比較にもならんじゃないですか」

「そりゃそうだ」

哀《かな》しい会話をしながら受付に行くと、モデルにもなれそうな女性が笑顔で応対してくれる。たちまち青木は鼻の下を伸《の》ばして嬉《うれ》しそうだ。

しばらくロビーで待っていると、スーツ姿の爽《さわ》やかな男がやってきた。

赤星と青木が名刺《めいし》を差し出し挨拶《あいさつ》をするも、相手は名札を見せてきただけだ。しかも、殆《ほとん》ど前置きもなく話しだす。

「どうも。連絡《れんらく》頂いた件ですけど、コスト面を考えると難しいですよ」

「ですがこの辺りは当社の縄張《なわば》りでして」

「またそれですか。縄張りだなんて、そういう視野の狭い人が居るから日本の物流界は世界に通用しないんですよ。これからの開かれた時代のグローバルビジネスのためには――」

意識高そうな男は自分の理想論を語り出した。

まったく現実の見えていない机上の空論でしかないのだが、赤星と青木は大仰《おおぎょう》に頷きながら拝聴《はいちょう》の素振《そぶ》りをみせた。こういった相手は語りたいので、語らせれば気持ちよくなる。

それで仕事が上手くいくのなら黙《だま》って聞くのが大人の対応だ。

「――ですからね、貴社もコストカットを最大限努力すべきです」

「仰《おっしゃ》るとおりですよ。持ち帰って本社にも掛《か》け合ってみますよ」

赤星は頃合《ころあ》いを見計らって口を挟んだ。

「今すぐには難しいですが、なんとか改善しますよ。それでなんですが、今回の件についてはなんとかお願いできれば」

「うーん。ですけどね……」

「そこを何とか！　何とかお力添《ぞ》えを」

「うーん。分かりましたけど、一つお願いしたいことがあります。それを聞いて頂ければね、私の裁量でなんとかしますよ。ええ、私の裁量でね」

相手の言葉に心の中でニンマリする。

適当に相づちを打って話を聞いて適当に頭を下げただけで、相手の譲歩を引き出せたのだ。今回の仕事は大成功に違いない。


赤星は気分も軽々と、自分の勤務地である営業所に戻った――だが、所長室への呼び出しを受けて気分が重くなった。

だいたいにして上司の下に呼び出される時は良くない話なのだ。しかも戻って直ぐに黄瀬と出会っており、浮《う》かれて無地の紙袋を買い忘れ所長に見つかったと聞かされていたのだ。もう呼び出しの理由は判ろうものだ。

「赤星君ね、あまり細かいことは言いたくないのだがね」

「申し訳ありません」

「外出中に仕事以外のことをしたのなら、これは減給など処罰《しょばつ》の対象にもなるんだよ」

「ですが黄瀬君は真面目《まじめ》に仕事をしておりますので、その、モチベーションの維持《いじ》には多少のことは目をつぶってあげたいわけでして」

「やるならバレないようにやりなさい。バレた以上は、私の立場としては怒《おこ》らねばならない。そういうことだよ、分かるかな」

一萬田《いちまんだ》は言って、にやりと笑った。

見るからに堅物《かたぶつ》そうな七三分けした髪型の割りには、結構お茶目で話が分かる人物なのだ。

「まあ彼女《かのじょ》はしっかりやってくれているからね。君が大目にみる気持ちもよく分かる。ただまあ、うちの職場にはいろいろな人がいる。誰かが寛大《かんだい》な扱いを受けると、自分もと騒《さわ》ぐ人がね」

「はい、分かります」

頷きながら赤星は該当《がいとう》人物の顔を思い浮かべた。

営業所には三十名ほどの社員がいるが、元々ここは本社で溢《あふ》れるなどして島流し的に送られてくることが多い場所なのだ。問題児も何人かいる。その中には入社して数年ながら、調子にのった生意気盛りな社員もいた。

間違いなく一萬田が言っているのはそれだ。

「分かってくれたかな。それでは、私から恐《おそ》ろしく怒られたと言っておくのだよ」

「は、そのように心得ておきます」

「よろしい」

楽しそうに笑う上司の姿に赤星は安堵《あんど》した。

就職し働き出して長いが、これほど話の分かる上司に出会ったことはない。間違いなく当たりで最高の上司に違いなかった。

「たっぷり怒っているのだから、もう少し時間も必要だね。今日のお昼はどこで食べたのかな。食いしん坊の赤星君だ、美味しい店を見つけたんじゃないかな」

「食いしん坊ではありませんよ。でも、良い店がありましたよ――」

赤星は嬉しくなって、一生懸命《いっしょうけんめい》今日見つけた店について説明する。あの店も良かったし、一萬田も素晴《すば》らしい。是非とも両者が出会って美味しい思いをして貰いたい、そんな気持ちだ。

「なるほど、あの辺りは偶《たま》に通るよ。ちっとも気付かなかった。素晴らしい情報をありがとう、今度必ず行ってみせるよ」

「ええ、是非とも」

「赤星君のお勧《すす》めなら楽しみだ。さてと、ちょうど良い頃合いではあるが。くれぐれもだが……」

「はい。所長にはたっぷりと怒られました」

「こらこら顔が笑ってるぞ」

苦笑気味に笑う一萬田に指摘《してき》され、慌《あわ》てて表情を整えようとするが苦労する。それから首を竦め気味にして、如何《いか》にも気落ちした素振りで所長室を後にした。

青木と黄瀬を探し営業所の駐車場に出た。舗装は傷《いた》んでヒビ割れ、継《つ》ぎ接《は》ぎだらけになって合間から雑草が生えている。各員のマイカーと営業車が入り乱れて並んだ向こうに姿を見つけた。

「課長、どうでした？」

「ん、ああ。所長の件かね。たっぷりと怒られたよ、そういうことになっている」

「ははぁ、そういうことですか」

察しの良い青木は頷くが、黄瀬はいまいち理解せずキョトンとしている。説明しようとすると、大きなエンジン音が響きトラックがやって来た。横腹にはカナヤマと文字がある。

「さっそく来ましたね」

総合食のカナヤマ商事で頼まれたのは、商品の一時的な預かりであった。

発注ミスが発生して置き場に困っているそうだ。自社の商品を他社に預けるなど通常では考えがたいが、あの担当者が自分のミスを隠《かく》すための行動だと察していた。

個人的にも恩が売れると思って引き受けたが――。

「なんだか多くないかね」

「ですね。ちょっととか、少しとかって話でしたよね」

「これ、うちの倉庫も調整が必要になる量の気がするんだが」

「どうします？」

「どうしよう」

やって来たトラックは大型で、荷台の横腹が開けられると穀物袋《ぶくろ》がケース単位でぎっしり積まれている。積み卸《おろ》しだけでも大変そうだ。

赤星は青木と並んで軽く頭を抱《かか》えた。

「今さら断れないだろうし、引き受けるしかあるまい」

営業所の倉庫は大きく三つある。古くからある第一倉庫は物置代わりで空いているが、穀物類を入れるには適さない。第二倉庫か第三倉庫だが、どちらもある程度の品が入っている。

つまり中身を動かしスペースをつくる作業が発生するというわけだ。

「へーい。とりあえず俺はフォークリフトで場所つくってきますんで、黄瀬ちゃんは運転手さんと話をして少し待って貰うように頼んできてくれる？　そんでもって課長は管理課に行って怒られてきて下さいよ」

倉庫を管理しているのは管理課だ。

多少のスペースを使うならともかく、運ばれてきたこの量を置くのであれば説明しておかねばならない。日頃《ひごろ》の付き合いもあるので、青木が言うような怒られることはないだろうが、多少は嫌みを言われるかもしれない。

ちょっと気が重い。

「総務課にも顔を出しておくよ、あと所長のところにも」

「さすがは課長、お疲《つか》れ様でございますです」

上司の仕事は部下に気持ちよく仕事をさせることで、その為《ため》に各方面を行脚《あんぎゃ》して頭を下げるのは当然だった。それでも頭を下げるだけですむのであれば、まだマシというものだ。世の中には謝《あやま》るだけでは済まないことはいくらでもあるのだから。

あちこちに話を通し倉庫への運搬を終えると、もう日暮れ時になってしまった。

「黄瀬君、お疲れだったね」

「疲れました……お昼からいろいろあって心から疲れました。でも、あと少しだけ片付けないとですね。明日は明日で忙《いそが》しいんで、今日中に片付けておかないと大変ですから」

「私もやる事があるから付き合うよ」

赤星が頷いていると青木も肩を竦めた。

「じゃあ俺も残業いいですかね。なんと四ツ田商事さんから営業の話が来てまして」

「ほう！　あの四ツ田から」

「上手いこと伝手《つて》が出来たんですよ。なので事前に資料を詰《つ》めておきたく」

「必要なら私も手伝うよ」

この辺りでは、かなりの大手となる相手との話だ。日頃は小さな個人事業者ばかり対象にしているが、話がまとまれば大きな成果となる。

そこに、カツカツとヒールの音が響いた。

「今日はノー残業デーですよ、早く帰って下さい」

やって来たのは千賀《せんが》次長だった。有能な女性管理職だが、仕事に関しては融通《ゆうずう》が利《き》かない。こちらの事情など気にもせず、決まり通りに物事を運ぶ。つまり帰れと言われたら、言われた通り帰るしかないのである。

「あ、どうも。直ぐに帰りますので」

見れば営業所からも次々と人が出てきている。帰れて嬉しそうな人もいれば、帰りたくなくて嬉しくなさそうな人もいる。電話で家族に連絡している人もいれば、飲みに行く話で盛り上がっている連中もいた。

直ぐに帰り支度をして電話を留守電に切り替《か》え、戸締《とじ》まりとエアコンと電気の確認《かくにん》をした。

青木や黄瀬と共に営業所を出て、挨拶をして各自それぞれ帰りだす。赤星は自分の車に乗り込むと、門扉《もんぴ》の前に立つ千賀に頭をさげ道路へと出た。

「やれやれ」

夕方の日差しは昼間のそれと違って強さはなく、どことなく侘《わび》しさを含《ふく》む優しい色合いだ。空を彩《いろど》る鮮《あざ》やかさに目を奪《うば》われながら運転。寄り道することもなく、しばらく車を走らせ自分のアパートに到着した。

駐車場に車を置いて部屋のドアを開ける。

「ただいま」

後ろ手にアパートのドアを閉めながら言った。もちろん返事はない。室内は朝出かけた時のまま散らかり、脱《ぬ》ぎ捨てた服が転がっている。一日の熱気が籠《こ》もって、むせ返りそうなほど暑かった。

暑さにうんざりしながら窓を開け、それから着替《きが》えをすませる。

「さて、夕食にしよう」

冷蔵庫を開け、肉と野菜と麺《めん》を取りだした。

つくるのは一人暮らしの定番、焼きそば。手慣れた動きでフライパンを扱い肉を焼き、その脂で麺を強めに焼いて野菜を投入。塩と胡椒《こしょう》で味を調えてからソースをかける。卵を一つ入れて軽く火を通し、まとめて皿に移す。

あっという間のお手軽料理を運んで、小さなテーブルについた。

「うん、上手く出来た」

かれこれ十数年も作り続けてきたので、焼きそば限定なら王様の舌だって唸《うな》らせる自信はある。ただし、他の料理はそれなりである。

赤星は美味しいものが好きだ。

しかし手の込んだ料理をする気はなかった。特に平日の仕事が終わった後などはそういう気分であるし、休日のような時間がある時でも気が向いたらやる程度。

美味しいものは食べたいが、準備や片付けを考えれば食べに行く方を選択《せんたく》するタイプなのだ。

「うん、美味い……でも美味くはないな」

お昼のランチのような感激はない。あれは店の味も良かったが、何より青木や黄瀬と一緒《いっしょ》だったから美味しかったのだ。気心知れた相手と楽しく喋《しゃべ》りながら食べることも味の一つなのだ。

このアパートの部屋には誰も居ない。

「…………」

階上の住人の歩き回る足音が響き椅子を引きずる音が幾つか聞こえた。家族で団らんを取っているのだろう。きっと美味しい食事に違いない。

「…………」

家族を持つチャンスは、赤星にも少しはあった。

だが、そこで決断できなかった結果が今である。その時はそれで良いとは思ったものの、年を重ねてくると後悔《こうかい》も芽生えてくる。家族が、特に子供のような存在が側《そば》に居てくれたらと思うことが増えてきた。

「やれやれ、我ながら未練がましい。今更どうしようもないことなのに」

小さく息を吐き、埒《らち》もない考えを振り払って食事の後片付けを始めた。

明日も明後日《あさって》も明明後日《しあさって》も、変わり映《ば》えのしない日々が続いていくのだ。それを受け入れ生きていくしかない――少なくとも、この日この時この瞬間《しゅんかん》はそう思っていた。


月曜という日の朝。

それは何とも怠《だる》い気分になる時間帯だ。

これから始まる一週間を思ってうんざりした気分、瞬《また》く間に終わった休みが名残惜《なごりお》しい気分。それが入り交じっている。

赤星は出来るだけ真面目な顔を取り繕《つくろ》った。

手狭《てぜま》な会議室に揃《そろ》った人々――九里谷商事瑞志度《みずしど》営業所の主要人員たち――の格好《かっこう》を窺《うかが》うと、そろそろ背広を新調した方が良いのだろうかと思ってしまう。

しかし休みの日になると途端《とたん》に億劫《おっくう》になって先延ばしにするのが常なのだが。

「ん、んん。あー、皆《みな》さん宜《よろ》しいですか」

司会役の千賀次長が咳払《せきばら》いをしたので、我に返って気を引き締《し》める。千賀は穏《おだ》やかな女性だが、時に厳しいことを言うので油断ならない。

「それでは本日の朝会を開始します。まず一萬田所長から、挨拶をお願いします」

「一萬田です、皆さんおはようございます」

挨拶をした一萬田は眼鏡を軽く押《お》し上げ話しだす。先週の皆の仕事に対する感謝と今週の簡単な方針、健康管理の徹底《てってい》などを告げていく。その口調は淀《よど》みなく堂々として滑《なめ》らかだ。

本社での熾烈《しれつ》なポスト争いに敗れ、この営業所に流されたとは思えぬ穏やかさだ。もちろん、まだ野心は捨てていないのだろうが。

しかし、赤星は殆ど話を聞いていなかった。

緊張《きんちよう》して落ち着かない気分でいるのは、一萬田の挨拶の後は各課長が今週の目標や作業内容を発言せねばならないのだ。もちろん赤星も課長なので、そうした発言をせねばならない。

――本当に課長なんてなるもんじゃない。

うんざりとする。

課長なんてものは重責ばかりで、対価は少なく喜びよりも理不尽《りふじん》さを感じることばかりだった。どうすれば首にならない程度に失敗し、降格して貰えるかを考えてしまう程だ。

「次、営業二課。赤星課長、お願いします」

考え事をしていたせいで反応が遅《おく》れた。

慌てて立ち上がるが、もうそれだけで額に汗《あせ》が浮く。

「あっ、はい。今週は総合食のカナヤマさんからお預かりした穀物類と調味料関係を搬出《はんしゆつ》。あとは地元スーパーを何軒《けん》か回って新商品の紹介《しようかい》です。それから四ツ田商事さんから営業の話が来てますので、早めに顔を出してきます」

一生懸命説明する。

まともに聞いているのは一萬田と千賀ぐらいだろう。居並ぶ課長たちは興味なさげに腕組《うでぐ》みして目を閉じている。早く終わらないかと思っているのは明らかだ。

赤星が説明を終えると、途端に営業一課の鬼塚《おにづか》課長が挙手した。

「所長、よろしいです？　所長は東京からいらしたばかりで御存《ご》じないでしょうが、この辺りで四ツ田は大手ですよ。今後の付き合いを考えれば二課より、一課で対応すべきと俺は思います。二課では相手の格に対して失礼ですからね」

言いながら、鬼塚がちらりと圧のある視線を向けてきた。

一課は瑞志度営業所の主要課で、ここから次に本社に行って出世競争というのがセオリー。つまり鬼塚は九里谷商事の役員になる可能性のある男だ。しかも性格的に好き嫌《きら》いが激しく、ご機嫌《きげん》を損ねれば後々まで尾《お》を引く可能性もある。

「赤星課長はそれでいいのかな」

一萬田の声には反論してほしそうな雰囲気《ふんいき》を感じたが、赤星は頷いておいた。


営業二課のオフィスに入る。

オフィスという呼び方が相応《ふさわ》しくない、古びて雑然とした仕事部屋といったところだ。机は五席あるが、実際に使っているのは三席。残りは荷物や書類の置き場となっている。壁には予定表やカレンダーや古いポスター、黄ばんだテープの跡《あと》など。

部屋の奥《おく》の大きなガラス窓には、ロールスクリーンで日避《ひよ》けがしてある。

「すまない、四ツ田商事の件。一課に持って行かれた」

赤星は後ろ手でドアを閉めるなり、部下たちに手をあわせ謝った。

青木は椅子に座《すわ》ったまま軽く顔を向けて、「やっぱりですか」などと、さも予想していたようなことを言って笑った。黄瀬も返事をしようとしたが、齧っていた菓子《かし》を喉《のど》に詰まらせ咳《せ》き込んだ。

課長席に行くには、どちらかの後ろを擦《す》り抜《ぬ》けねばならない。

狭い幅のため女性である黄瀬の後ろではなく、いつものように青木の後ろを通った。

「どうせ鬼塚課長が言いだしたってとこでは？」

「その通りだよ」

赤星は背広の上を脱ぎ、代わりに壁に吊《つる》してあった薄緑色《うすみどりいろ》の作業服を着る。そしてノートパソコンを開き、立ったままパスワードを打ち込みながら頷いた。

「もしかしてだが、そういう噂《うわさ》でもあった？」

「煙草《たばこ》部屋でね、一課の稲田《いなだ》係長からそれとなーく」

「あぁ、あの人はそういう噂話が好きだからね。しかし四ツ田さんの話は青木君が持って来てくれたのに、すまないね」

「いいってことですよ。と、言いますかね。どうせ面倒《めんどう》そうな話だったんで。それに鬼塚課長が機嫌損ねて、お拗《す》ねの坊やになっても困りますんで。むしろ良かったってもんでっせ？」

「ははは、それもそうだ」

まさしくそれが本音である。鬼塚の坊や扱いに、赤星の気分は少しだけ晴れた。パソコンを操作してメール確認から始めた。

二課の仕事ぶりは他の課と全く違う。

まず営業ノルマは課しておらず、仕事は各自の自由。青木がヘッドホンをつけ音楽を聴《き》こうと、黄瀬が時々スマホを眺《なが》めてはニンマリしていようと問題ない。休暇《きゅうか》の取得も残業も自由。

押しの弱い赤星がまごまごする内に、何故《なぜ》かこうなった。

そして二人はのびのびやって成果が出せる性格だったので、上手いことといっている。赤星の仕事は調整事と、偶に二人がミスをした時に出張って頭を下げるだけだった。

今日も今日とてお仕事で、メールのチェックと電話での打ち合わせをする。出来れば毎日営業に出かけたいところだが、それをするための下準備が必要なのだ。

「むっ……」

赤星は時計を見た。

腹時計で感じたとおり、気付けば正午になる頃合いだった。

正午と言えばお昼、お昼と言えば昼食の時間。

いろいろ押しの弱い赤星だが、食事に対する関心だけは強い。こんな時間に電話でもしてくる相手がいれば恨《うら》むほどで、会議が長引けば露骨《ろこつ》に不機嫌《ふきげん》になるぐらいだ。

それを知る青木は苦笑気味に笑っているし、黄瀬は気の早いことに菓子パンを取りだしていた。

だが赤星は律儀《りちぎ》に秒針を見つめ正午になるのを待っている。

飾《かざ》り気のないアナログ丸時計の秒針が一定のリズムで着実に動き、そして、全ての針が頂点で重なった。お昼のチャイムが鳴る――――地鳴りのような音が響いた。

「ん？　んん⁉」

実際に揺《ゆ》れている。

窓枠《まどわく》がガタガタ鳴り、机の上のモニターが揺れ、不安定な書類の山が崩《くず》れる。所内からも悲鳴が聞こえ黄瀬も声をあげ机にしがみついていた。

赤星の反応は早かった。

「地震《じしん》だ！　机の下に！」

即座《そくざ》に指示すると、呆然《ぼうぜん》としていた青木と黄瀬が我に返って行動した。ただし、おっちょこちょいな黄瀬は机の下に頭を突《つ》っ込むだけで隠れきれていない。

揺れは十秒ほど続いて治まる。

奇妙《きみょう》な静寂《せいじゃく》、一拍《ぱく》遅れて壁の額縁《がくぶち》が落下して大きな音をたてた。他の課から女性社員の甲高《かんだか》い悲鳴が聞こえると、それを機《き》に避難《ひなん》を促《うなが》す声などが響きだす。

赤星は机の下から出て立ち上がった。

「治まったようだね。ひとまず大丈夫だ」

そう声をかけるものの、机の下から這《は》い出てきた黄瀬は半泣き顔だ。

「ど、どうすれば⁉　課長ぉ！」

「慌てる必要はない。まずは会社の外に避難するとしよう。避難訓練通りに動けばいい」

半ば自分に言い聞かせながら、赤星は焦《あせ》る気持ちを抑《おさ》え込む。

頭の中に最悪な事態ばかりが浮かんで、一刻も早く外に出たい気持ちでいっぱいだ。なぜなら、この建物は築五十年を超《こ》えている。耐震補強《たいしんほきょう》はされているが、どれだけ効果があるかは分からない。

それでも自制して、黄瀬を青木に任せて避難を開始した。

廊下《ろうか》に出ると営業一課の鬼塚課長が、部下達の誘導《ゆうどう》をしていた。気が強くキツイ性格だが、こんな時だからこそ頼りになる相手ではある。

「赤星ちゃんよ、そっちどうだ？」

「怪我人《けがにん》はなしです。被害《ひがい》は書類の山が崩れたぐらいですね」

「こっちと同じか。早いとこ外に出ようや、今のが余震《よしん》だったら洒落《しゃれ》にならんぜ」

「そうですね」

しかし直ぐには外に出られない。

早くと言った当の鬼塚が、各部屋を覗《のぞ》いて逃《に》げ遅れがいないか確認していくのだ。本当なら直ぐにでも逃げだしたいが、こうなると付き合うしかない。

顔を強張《こわば》らせながら一緒に部屋をまわるしかなかった。

「よし大丈夫そうだぜ」

「では出ましょうか」

「赤星ちゃん、付き合ってくれて悪ぃな。正直助かったよ」

「いえいえそんな。別に大した事は――」

鬼塚と喋りながら営業所の正面玄関《げんかん》から外に出て、そして戸惑《とまど》う。

「えっ……?」

人というものは、あまりに突拍子《とっぴょうし》もないことが起きると頭が理解を拒《こば》むらしい。

駐車場で呆然と立ち尽《つ》くす同僚《どうりょう》たちの姿に、何となくそんなことを考えながら、やはり赤星も呆然としていた。

目の前には見た事もない光景が広がっている。

本来であれば駐車場の向こうには二車線道路を挟んで警察署があるはずが消え失《う》せ、そこには草原が広がっていた。それも映画でしか見たことのないような、点々と木の生えた緑の平原だ。人工構造物の一つもなく遠くまで見渡《みわた》せ、何やら巨大《きょだい》な動物が――それも象ですらない生き物が――群れを成して歩いていた。

恐る恐る左手側を見る。

そちらには雑居ビルと高架《こうか》道路があるはずだが、やはりどちらも存在しない。代わりに木々の生《お》い茂《しげ》った森があって、密林と呼びたくなるような具合だ。

今度は右手側を見る。

通勤の途中で挨拶を交わす気の良い鈴木《すずき》さん宅は存在せず、左手側の密林よりは疎《まば》らだが、やっぱり木々の生い茂る森がある。何か派手な色をした巨大昆虫《こんちゅう》が飛んでいた。

「……え？」

後ろを振り向いて古びた三階建ての営業所があることを確認すると、ちょっと安心してしまう。それと駐車場に立ち尽くす同僚達《たち》の姿だけが、赤星の正気と冷静さを保っている。

「これは、どういうことなんだ。まさかここは……」

脳裏《のうり》に浮かびかけた言葉を辛《かろ》うじて呑《の》み込む。

それを口にすることが、酷《ひど》く幼稚《ようち》なことに思えたのだ。代わりに、玄関を出た目の前で立ち尽くしている青木の肩を叩《たた》く。

とにかく誰かと喋りたい気分だったのだ。

「青木君、これはどういったことかな」

「これは課長……まさかまさかの……」

「何か心当たりでもあるのか？」

「課長、異世界ですよ！」

それは、はからずも赤星が思っていた通りの言葉だった。

青木の大声によって、駐車場で立ち尽くしていた皆も我に返った。真偽《しんぎ》を問うたり、不安を口にしたり、なんとか連絡を取ろうとしたりで大騒ぎだ。そんな中で赤星は――。

「そうなると昼飯はどうすればいいのだ？」

心底困った顔で呟《つぶや》いた。


未知なる異常現象が発生した後――さっそく会議が行われた。

「我々は現在、孤立《こりつ》している」

九里谷商事の瑞志度営業所所長である一萬田が言った。

会議室に集まっているのは、朝会と同じ主要メンバーたち。殆どの者が揃いの緑の作業服を着ている中、一萬田と千賀だけがスーツを着ている。

赤星は落ち着かない気分だった。

ほかの課長たちも貧乏揺《びんぼうゆ》すりをしたり身じろぎを繰《く》り返したりで、やはり動揺《どうよう》が隠せない。こんな時に平然としていられる方がおかしいだろう。

「三十一名全員怪我《けが》なく、営業所の建物にも被害はなし。別棟《べつむね》の倉庫も車庫も異常はなく、保管品も変わりなし。屋上から周囲を見回すが人工物は見つからず、周辺に人の姿も確認できなかった。スマホによる通信も出来ていない」

一萬田の声は物憂《ものう》げだった。

大きく取り乱す者が居ないのは、集まった者たちの年齢《ねんれい》が高いからだろう。さらに、それぞれ立場があって部下もいる。そして見栄や自尊心もあるため、人前で泣き喚《わめ》くこともできない。

少なくとも今の段階では。

「周辺の植生は、明らかに日本のものではない。植物だけでなく昆虫もだ。似たものはあるが微妙に違っており、幾つかは全く見たこともないものだった」

ホワイトボードの前に立ち、一萬田は細かな傷のある白い表面を指先で叩く。そこには状 況《じょうきょう》が時系列で記され、判明したことが記載《きさい》されている。

「以上から、我々が未知の場所に転移――あまり言いたくはないが、異世界。そうした場所に居る事を視野に入れ考えていきたい」

荒唐無稽《こうとうむけい》な言葉。

赤星は表情を硬《かた》くして黙り込んでいたが、他の課長たちの間から呻《うめ》くような声があがった。ただし呻きの声には否定的な色はなかった。

誰にでも幼少期はあるわけだし、昔からSFブームや異世界ブームは何度もある。そうした意味で、異世界というものに対する予備知識は誰もが持っていた。

赤星も昔読んだ小説を思い浮かべる。

「異世界……」

「ありえない話じゃないぜ。昔から神隠《かみかく》しとかって言葉があるわけだろ、今ここで確認された事実を見れば否定する材料はない。俺はそう思うね」

やや自信ありそうに鬼塚が囁《ささや》いた。

「鬼塚課長」

ホワイトボードを睨《にら》んでいた一萬田が、振り向いて名を呼んだ。

「確かに君の言うとおりだ。さて、どうすべきと思うかな」

「あー、俺ですか？　そうですね、所長の仰る通りに幅広《はばひろ》い視野で考えるべきです。幸いにもと言いますか、食糧《しょくりょう》については穀物類と調味料。二課がうっかり預かったカナヤマ商事のものがあります。これに手をつけましょうよ。カナヤマだって文句は言わんでしょう」

「そうだね。何か言われたなら賠償《ばいしょう》すればいい、戻ることが出来ればだが」

「所長の判断に感謝いたします」

鬼塚は一瞬《いっしゅん》だけ口を閉じ、素早く思案する素振りをみせた。

「その上で今の我々には情報が足りないと、俺は思います。ですから、まずは周辺調査を実施《じっし》してはどうでしょうか」

「道理ではあるが、それは危険かもしれない」

「そうかもしれませんけどね。俺が思うに建物の中にいたって、大した差はないでしょう。それよか、一番恐《こわ》いのは情報が無いってことですよ」

「なるほど確かに。調査は一課で行けそうかな。人数も多く若くて活《い》きが良いのが揃っている」

一課は主戦力のため人数が多めで、しかも経験を積ませるための若手もいる。地方営業所なので若干《じゃっかん》問題児も多いが、調査に出かけるなら丁度良いはずだ。

しかし鬼塚は、その言葉を予期していたらしい。軽く肩を竦めてみせた。

「いえ、それは止めておきます。むしろ一課は力仕事で建物の補強作業を行うべきでしょう。此処《ここ》の安全確保が最優先ですから、その為の作業をした方が全体の安全が図《はか》れますね」

「なるほど。そうなると管理課も一課と合わせて動いて貰うのが良いとして……システム課は動けそうか？」

部屋の隅《すみ》に座っていたシステム課の竹山《たけやま》課長は肩を竦めた。

「はぁまぁ、それは良いですけど。うちは倉庫と機材の確認を行いたいなぁって思ってます。何があって、生きていくのに何が使えるのか知っておきませんと」

その他の課も芳《かんば》しくない。

総務課は建物管理を理由に断り、財務経理課は年寄りばかりを理由にして断る。誰もこんな時に外になど出たくないのだ。なお営業三課に声はかからない。何故なら営業三課は普段から誰もアテにしてないからだ。

ひと通りの確認が終わると、それを見計らって鬼塚が言った。

「というわけで、俺が思うに二課さんが適役じゃないです？　まあ赤星君がどうしても嫌って言えば別ですけど」

所長も次長も他の課長達も、全員の視線が赤星へと向けられる。

――これは、やられたかな。

会議などで口火を切って問題提起をして、自分は先に簡単そうな事象を引き受け面倒を他に押し付けるのが鬼塚のやり口だ。しかも微妙に断りづらい上手い言いっぷりをするのだ。

そうした流れの中で一萬田が視線を向けてきた。

「赤星課長どうかな？　出来ればお願いしたいところだが」

「はい……他に誰も行けないのであれば、うちでやるしかないですね。でもその代わりですが、倉庫にあるものは好きに使って構いませんよね」

「もちろん必要なものは持ち出して構わんよ」

「分かりました。それでは安全に配慮《はいりよ》して行って来ます……あっ、その前に腹ごしらえをしてからでもいいです？　会社の備蓄《びちく》している非常食を貰えればありがたいです」

「手配しよう」

一萬田が千賀に視線を向ければ、千賀が総務課長に合図をしている。とりあえず、これで食事がとれる。

赤星は額の汗を手で拭《ぬぐ》った。

この閉め切った会議室が暑いのも事実だが、困ったり緊張すると直ぐに暑くなって汗ばんでしまう。ダラダラと流れる汗が気になり、そっと立ち上がってエアコンのスイッチを押した。

動き始めの生暖かい風でも今は心地《ここち》よかった——。

「あれ？」

赤星は瞬《まばた》きしてエアコンを見つめた。

その様子を訝《いぶか》しげに見ていた一萬田だったが、しかし次の瞬間には同じようにエアコンに視線を向ける。他の者も同様だ。

皆が見つめる前で、送風口の赤リボンがヒラヒラと動いている。

「電気が来てる⁉」

きっと全員が動揺していたのだろう。今まで当たり前すぎて誰も気づいていなかったが、天井《てんじょう》の蛍光灯《けいこうとう》は煌々《こうこう》と光を放っていた。

会議室は騒然《そうぜん》となって、即座に状況把握《はあく》が行われだした。


営業二課の部屋に戻ると、青木と黄瀬が片付けの真っ最中だった。

ついでに黄瀬は自分の持っていた菓子を一箇所《かしょ》に集めているが、どこにこれだけ隠し持っていたのかと感心する量だ。

赤星はドアを閉めるなり手を合わせた。

「すまない！　周辺調査にうちが出ることになった」

こんな未知の場所で、何があるか分からぬ外に行かせることが申し訳なかった。誰だって行きたくない。もちろん赤星だって行きたくない。

「問題ナッシングでっせ」

あにはからんや、青木は嬉しそうな顔をした。

「どうせ鬼塚課長あたりが言い出して、うちに押し付けられたってとこでしょう」

「なぜ分かる？」

「そりゃ、あの人は正論だけ言って自分ではやりませんからね」

「……あまり、そういうことは言わない方がいい」

よく観察していると思う。逆に言えば自分がどう見られているか不安になるが、そうした気持ちに青木は気付きもせず、腕組みして頷いている。

「はっ、以後気を付けます。そりゃそうと調査に行けてラッキーってもんですよ」

青木は頷いて、その理由を述べた。

「これで外の地理が確認できまっせ。情報だけと違って体験しますからね、俺らは多少でも土地勘《とちかん》が出来ます。それに何か発見すれば、こそっと手に入りますよ」

「報連相は大事にすべきでは？」

「モノによりますよ、モノに。それに今後のことを考えれば、外を知っておいて損はないってもんですよ。たとえば、あの鬼塚課長が一課を率いて威張《いば》りだして内部抗争《こうそう》とかです」

「そんなことにはならんよ」

「えーっ、どうしてです？」

「あの人は確かに文句を言うが、自分の手を汚《よご》したくないタイプだ。それにこんな時のトップなんて貧乏《びんぼう》くじだってことも分かってるさ」

営業所内は人の走り回る音でざわついている。

だから聞かれるようなことはないだろう。それでも本人に聞かれては激怒《げきど》間違いなしなので、黄瀬があたふたと入り口の方を気にしていた。

しかし青木は気にした様子もなく、軽く肩を竦めてみせた。

「課長も言いますねー。まっ、その通りでしょうけどね。だもんで、二課が外の調査を受けたのは大正解ですよ。これでうちは、皆の嫌がる仕事を引き受けた実績が出来ますんでね。こういう時って、そういう実績が大事になりますから」

「発言力としては、その通りだよ」

赤星もそれは少しだけ思っていた。心理的な貸し借りは意外に重たいのだ。

「それもあって、倉庫にあるものは好きに使えるように頼んだよ」

「その抜け目のなさ、ナイスでっせ！」

青木はサムズアップしてくれた。

あまり褒《ほ》められた気はしないが、赤星は笑っておいた。

「それから非常食も貰っておいたよ」

「よかった、今日のご飯どうしようかと心配してたとこなんです。ありがとうございます。本当に課長は、食べ物に関しては抜け目なしですね」

非常食を見せると黄瀬は顔の横で手を合わせて嬉しそうだ。先程《さきほど》菓子パンを食べていたような気もするが、あれは別腹らしい。

こんな時は食べられる時に食べておく必要がある。

もちろん倉庫に大量の穀物や調味料はあるものの、それは調理という一手間がいるものだ。だからこそ、簡単に食べられる非常食を確保しておいたのだ。

「しかし非常食か……本当なら今週末に食べ歩きの予定だったのだがね」

「心中お察しします。自分も、あれこれヲタ活に出る予定があったんです」

「まあ今更《いまさら》言っても仕方がない。これを食べて少ししたら出発しようか」

頭の中では予約していた料理が浮かんでは消える。しかも、しばらくは似たような食事が続くだろう。それを思うだけで憂鬱《ゆううつ》になるぐらいだ。

「よっしゃ、お湯が必要ですね。そんなら俺のライターが火を噴《ふ》きまっせ。ついに煙草以外で役立つ時が来ましたか」

「それなら大丈夫だ。不思議なことに電気も水も使えるようなんだ」

「ええっ⁉」

青木と黄瀬が顔を見あわせている。

どうやら片付けに追われ、今の今まで気付いてなかったようだ。

「システム課が外を確認したが、電線は間違いなく途中で切れている。水道管と下水管は分からないが、きっと同じだろうね。しかし何故か使える。おかしなものだ」

ぼやく赤星の前で青木は嬉しそうに手を握《にぎ》って勢い込んだ。

「課長、異世界ですよ。そういうの、あるあるでっせ」

いまここで、この状況を一番満喫《まんきつ》しているのは青木かもしれない。


「では、行こうか」

眩《まばゆ》い日射《ひざ》しの中、周辺調査に出発する。

赤星は外回り用作業着にネクタイ姿。斧《おの》を肩に担《かつ》いでいるが、何年か前のキャンプブーム時に商品サンプルとして購入《こうにゅう》されたものだ。倉庫の片隅《かたすみ》で埃《ほこり》を被《かぶ》っていたものが漸《ようや》く日の目を見たが、護身用に使われるとは誰が思っただろうか。

草原は広々として、丈《たけ》の低い緑草が生え白い花が群生している。ところどころ枝振《えだぶ》りの良い木があって、絵画的な美しさのある風景で見通しが良い。

最初はおっかなびっくり辺りを見回していたが、少し歩くと余裕《よゆう》も出て雑談をするまでにもなる。

胸に下げたカメラが揺れて邪魔《じゃま》に思うぐらいだ。

「観光ではないのだよ、カメラは必要なかったのでは？」

「そりゃ必要ですよ。もし俺らが信じ難《がた》いものを見つけても、画像データがあれば誰も文句言えないじゃないですか」

「もしかして鬼塚課長対策かな？」

「正解ー！」

青木の笑い声が辺りに響く。

その隣では黄瀬はわくわく顔でカメラを構え、パノラマ写真を撮影《さつえい》中。ぽっちゃり手前の彼女は幾つものカメラや機材をぶら下げている。

本人いわく、本格的ではないが写真撮影が趣味なのだそうだ。

二人も外回り用作業着である。

「でも、ほら見て下さい。空がとっても綺麗なんです」

赤星は黄瀬に言われて頭上を振り仰《あお》いだ。鮮やかな青が視界いっぱいに広がり、眩いばかりの太陽と目の痛くなるような白雲がある。

「なるほど。しかし、この景色。ここが異世界というのが嘘《うそ》みたいだ」

「そう思いたくなりますが、そりゃないでっせ。だってほら——」

青木は深呼吸してみせた。

「こんなに空気が澄《す》んでいるわけがないです」

まさしくその通りで、空気が美味しいという言葉がぴったりだ。

「しかし異世界は別の世界、ならばどうして大気組成や気温まで同じなのだろう。太陽系の星でさえそれぞれ自転速度や重力が違うじゃないか。やっぱり、ここは地球のどこかなのでは？」

「課長も意外に細かいとこ気にしますね。いいですか、むしろ環境《かんきょう》が同じだからこそ！　ここは異世界ということですよ」

「逆説的な証明かね？　しかし、その理屈《りくつ》は何かおかしくないかね」

「はいはい、いいですから。あそこ見て下さいよ」

指さされた先には、赤星が目を背《そむ》けていた生き物がいる。

巨大な羊のような姿だが、近くにある木から考えれば、体高だけで四メートルはあるだろう。イメージとしては長い鼻がない頭に角があるマンモスだろう。

しかも目が四つあるようだった。

「どう思います？」

「美味そうだ」

「これだから課長は……とにかく！　どう見たってあいつは地球の生き物じゃないでっせ。本当に食べる方向ばっかに考えるんですから」

「いや普通は気になるだろう」

斯《か》くして営業二課の異世界調査が開始された。

草原にいる変な生き物を観察、そして逃げ。足元の植物を調べ採取、そして味見。遠くを眺め、風景を眺め撮影、そして方向を確認。

気付けば時刻は十四時過ぎを示していた。

昼の休みはきっちり取った後に出発したので、かれこれ一時間は歩いていることになる。しかし普段営業で歩き回っているため、これぐらいは平気だ。

「特に何もないか」

遠方にある山を目印として、スマホ歩数計を活用して移動距離《きょり》を大まかに確認。それを手帳に書き込んでいく。地図とも言えない代物《しろもの》だが、何もないよりは遥かにマシである。

「そりゃそうと、課長はステータス確認しました？」

「ステータスだって？」

「確認してないみたいですね。異世界に来たら真っ先にやらなきゃダメってもんでっせ。はいっ、頭の中で意識してステータスって言ってみて下さい」

「ステータス――うおっ」

言われたまま唱えると、目の前にＡ４サイズ程度の半透明《はんとうめい》ボードが現れた。

そこには自分の名前が書かれ、幾つかの数値が記されている。しかも個性に食いしん坊とか大変失礼なことまであった。

なんにせよ勝手に情報が記されているのは非常に気持ち悪い。

「個人情報の扱いはどうなってんだ」

「そういうの気にするほうです？」

「いや、言ってみただけだよ。腕力《わんりょく》に知力に――」

「あっ課長。それぞれの数値は言わないで下さいよ、プライベートな情報になりますから。そこはお互い内緒《ないしょ》にしましょうや」

「……なるほど」

いろいろと数値はあるが、それはゲームに出てくるステータスと似通っている。ただ問題は腕力を示す数値が一番高い。知性とは言わないまでも、せめて器用さが高くあってほしかった。

これは確かにプライベートな情報だろう。

「ですが課長、スキルだけは情報共有しておきたいんですけど。どうです？」

「ああ構わないよ。スキル……これか」

表示されたステータスの下部分に記載を見つけた。

「テイマーとあるね、それでテイムモンスターは空欄《くうらん》になっている。どうやらモンスターを手懐《てなず》けられるのだろう……ん？　ということは！　ここにはモンスターがいるってことかな？」

「何を今更、あのデカい羊みたいなの見れば当然でしょうに。しかしこれは滾《たぎ》ってきましたね。あっ、ちなみに俺はレンジャーでしたよ」

青木がレンジャーという点は確かにぴったりだった。レンジャーのイメージとしては抜け目なく行動して、野外活動のエキスパートといったものがある。実際、なんでもそつなくこなし外回り営業も得意な青木にはぴったりであった。

「黄瀬君はどうだい？」

ふうふう言っている黄瀬に視線を向けた。

へばっているのは女性だからというよりは日頃の運動不足が原因だろう。あと荷物も多すぎる。黄瀬はベルトに挟んだタオルで汗を拭い、マイペースに呼吸を整えている。

「自分、スカウトなんです」

「スカウト……うん、まあ似合っているような気がしないでもないような」

ちょっと得意そうな黄瀬の様子に、赤星はそう言うにとどめた。

スカウトといえば偵察《ていさつ》要員、素早く動いて物事を確認するイメージがある。それ故《ゆえ》に黄瀬の鈍臭《どんくさ》いというか、おっちょこちょいなところが相応しいかは疑問だ。

だが、そうしたことは黙っておく。

上司としてだけでなく社会人としてもだ。こうした些細《ささい》な発言がパワハラやモラハラとして扱われてしまう時代である。何より相手を傷つけてしまうのは本意ではないのだから。

「ところで課長」

青木は言って足元を指差した。

「こいつを見て下さいよ。どう思います？」

「凄い……爪痕《つめあと》だね……」

地面には、黒々とした痕跡《こんせき》があった。

それは間違いなく爪痕だ。何かが激しく動いたように思える。注意深く周りを見れば、うっすらとした足跡が幾つもあった。

「何かが、ここに居たっぽいですな。鳥の足跡っぽいです」

「鶏《にわとり》の足なら美味いが、これは人の掌《てのひら》ぐらいの大きさがありそうだ……」

「食べるより食べられそうでっせ、これは肉食系のヤバイやつですって」

レンジャースキルのせいなのか青木はすらすらと見解を述べていく。だが赤星の関心は食べられるかどうかと、痕跡を残した存在がどこにいるかだ。

「何か嫌な予感がするんですよう。あっ、なんか首筋がチリチリしてきました」

ふいに黄瀬が呟いた。青木も頷く。

「俺もですよ、なんかチリチリ感。課長はどうです？」

「特には感じないが」

「これスキルの影響《えいきょう》かもしれないですが……あっ、何かキュピーンって来た！」

青木が勢い良く振り向き斧を手に身構えた。

その先にある草むらで蠢《うごめ》く姿があるが、言われなければ分からないぐらいだ。しかし、こちらが気づいたことに気づいたのか飛び出してきた。全体のスタイルは毛のないダチョウといった二本足の生き物だ。身体《からだ》は薄茶色《うすちゃいろ》の細かな鱗《うろこ》に覆《おお》われ、大きな嘴《くちばし》と鋭《するど》い蹴爪《けづめ》が特徴《とくちょう》的だ。

「恐竜《きょうりゅう》っ⁉」

「課長、異世界ですよ。モンスターに決まってますって！　ひゃぁ戦闘《せんとう》だぁ！」

「いや敵とは限らんだろう。それに下手に攻撃《こうげき》すれば逆効果では！」

「見て下さいって、あの嘴にあの爪！　間違いなく肉食でっせ」

威嚇《いかく》で開けられたモンスターの口中は、細かな牙《きば》でいっぱいだった。噛みつかれでもしたら、ごっそりと肉を持って行かれそうな感じだ。

それが激しく鳴くが、明らかに威嚇である。

「逃げる余裕はないでっせ、課長。相手は一匹《ぴき》……あれ、一頭？　一体？」

「どれでもいいんですよう。そ、そうです！　課長のテイマースキルですよ、それで手懐けてほしいかも！」

「ナイスアイデア。課長、お願いします」

しかしモンスターは躊躇《ちゅうちょ》なく襲《おそ》い掛かって来た。その攻撃を転びそうな勢いで回避《かいひ》するが、もう全員がパニック状態だ。

「二人とも無理言わないでくれ！　それより倒《たお》すなら倒そう！　私はね、食べられるより食べる側でいたいんだ。お互いの斧で怪我しないように注意するんだ！」

全員が混乱の坩堝《るつぼ》だった。

真っ先に突っ込んだ青木の斧は空振りして、危《あや》うく自分の足を切りそうになって地面に食い込んだ。威嚇の叫《さけ》びをあげ襲い掛かろうとするモンスターに、黄瀬が目を瞑《つぶ》りながら突っ込み半ば転びながら体当たりして突き飛ばした。

そこに赤星が駆《か》け寄る。

「えいしゃおらっ！」

斧を振り上げ、思いっきり振り下ろす。

鈍《にぶ》い嫌な手応《てごた》え。甲高い苦痛の叫び。鼻を突く生臭《なまぐさ》さ。手の下で暴れる命。何もかもが心を突いて苦い嫌な気持ちにさせられる。

「課長、離《はな》れて下さい。青木、突貫《とつかん》しまっせ！」

ようやく地面から斧を引っこ抜いた青木は、それを構え直して飛び掛かる。今度こそ間違いなくトドメを刺し、モンスターは絶命した。

初戦闘を終えた三人は、倒したモンスターから離れた場所で声もなく座り込む。

「「「………」」」

虚脱《きょだつ》しきっていて体力よりも気力の方が疲れていた。生まれて初めての生命の危機、そしてモンスターとはいえ命を奪ったのだ。

ゲームのように素材を剥《は》ぎ取る余裕もないし、まして食糧《しょくりょう》として持ち帰る余裕もなかった。報告用の証拠《しょうこ》写真を辛うじて撮影したが、それさえ気が引けたぐらいだ。

「……そろそろ良い時間になったのではないかな」

赤星が腕時計を確認すると時刻は十五時になりつつある。

この足元の大地である天体——世界が平坦《へいたん》でないことを願う——が地球と同じ動きをしているとすれば、やがて夕方になるだろう。実際、空にある太陽の位置から考えてもそうなりそうだった。

青木が身を起こし立ち上がった。

「では戻りますか」

「そうしよう。このモンスターの報告だけで十分な成果だよ」

「ですよね。課長の描いた地図から考えると、ここから一時間ぐらいで戻れそうでっせ。日暮れ前ぐらいには戻れましょうに」

「今日は何も見つからなかったね。人も建物とかも」

「何なら明日も調査に出ますか？　今夜が無事に過ごせればですけど」

「恐いことを言わんでくれ」

先程の戦闘の後では、冗談が冗談で終わらない気分である。

ふと思うが、夜を過ごすにしても営業所での寝泊《ねと》まりだ。そこでの泊まり込みは慣れているが、毎日となると考えものだ。

「あっ、十五時になりましたよ。これはもうおやつの時間です」

黄瀬がマイペースに言った。

ボディバッグの中を軽く漁《あさ》って、小さな長方形の箱を幾つか取り出している。それに赤星は目聡《めざと》く気付いて笑顔になった。

「むっ、それは猫屋《ねこや》のミニ羊羹《ようかん》だね」

「お気づきになりましたか。そうです猫屋の羊羹です。でも、これ実を言いますと賞味期限切れなんですよ。勿体《もったい》ないので持って来ましたけど、どうしましょう」

「大丈夫だ、賞味期限と消費期限は違うから」

「そうなんですか」

「うん、一ヶ月は大丈夫だろう」

「えーと、昨日がちょうどその一ヶ月目ですけど……やっぱり止めときます?」

黄瀬は困ったように笑いつつ小首を傾《かし》げた。

普段の生活とは違う環境なのだ。腹を壊しただけで命取りにもなるが、何より職場でトイレに籠もることに抵抗《ていこう》がある。もちろん、こんな開放感たっぷりな草原で用を足せる自信もない。

しかし赤星は、にっこりと笑った。

「大丈夫だ、誤差の範囲《はんい》だ。私は問題ない」

「はぁ、では一蓮托生《いちれんたくしょう》ですよね。皆で食べちゃいましょう」

「ありがたい!」

赤星は嬉しそうに言って、猫屋のミニ羊羹を三つほど頂いた。

さっそく一つを開封《かいふう》し頬張《ほおば》る。

心地よい甘さが口いっぱいに広がる。疲れた身体を内側から癒《い》やしてくれるような甘さだ。燃料を補給された車はこんな感じなのだろうかと思ってしまう。

嬉しい気分で辺りを見回した赤星は目を見開いた。

「うっ」

なお、食べずにいた青木と黄瀬はギョッとする。一蓮托生と言いつつ赤星が食べる様子を窺っていたのだ。やはり危険な羊羹だったかと思う二人の前で、赤星は指で示した。

「人が倒れているぞ⁉」

指し示す先の枝振り良く生い茂った木の根元に、横たわる人の姿があった。


近寄ってみると、それは少女だった。

幼さすら感じるぐらいの顔で、しかし目は閉ざされたまま少しも動く様子がない。

白さの強い肌《はだ》。一つにまとめられた白く長い髪《かみ》に黒い髪飾り。見たこともない模様の刺繍《ししゅう》がされた外套《がいとう》。その間から赤色の服がちらりと見え、あとは足元の革のブーツが確認できる。

「どうやら女の子みたいだな」

「課長、倒れてるってことは……周りに何かヤバイのがいるかもでっせ。つまり、さっきみたいなモンスターにやられたわけかもです。ここは危険なんでは？」

青木は警戒《けいかい》した様子で辺りを見回し、黄瀬ともども首を竦めて身を縮こまらせ不安そうにしてい

る。しかし赤星は違った。

「そんなことを言ってる場合か！　子供だ、子供が倒れているんだぞ」

言うなり斧を放り出し子供に駆け寄った。自分の服が汚れるのも構わず地面に膝《ひざ》を突き、少女の様子をみて心配しきっている。もう周りの心配など欠片《かけら》もない。

青木はそんな様子を瞬きして見つめ、それから微笑《ほほえ》んだ。

「やっぱ課長はそうですよね。で、その子の様子はどうなんです？」

「呼吸は安定しているが……んっ⁉　この子尻尾《しっぽ》がある」

「さすが、異世界！」

何か喜んでいる青木はさておき、赤星は慎重《しんちょう》に少女を観察した。尻尾だけでない。側頭部から前に向かう黒く滑らかな髪飾りを注視する。

「これは髪飾りでなくて角か……まるで悪魔《あくま》の角みたいだ」

しかし黄瀬は真剣《しんけん》な顔で首を横に振る。

「課長、そういう安易な表現はダメです。悪魔というのは幅広な表現で、いろんな種類があるんですね。この角を見ますとシンプルで滑らかな感じですね、つまり最近の創作に多い可愛《かわい》い悪魔系統の角と言えるわけですね」

「ああ、そうなの。これは失礼」

面倒くさいことに触《ふ》れてしまった、そう赤星が思っていると――少女が呻いて目を開いた。

真紅《しんく》の色をした瞳《ひとみ》が赤星の姿を捉《とら》える。

一瞬だけ戸惑ったように瞬きをするが、我に返った途端に目を怒らせ俊敏《しゅんびん》な動きで跳《と》び離れた。

そこで力尽きる寸前のように膝を突いてしまう。だが、眼差《まなざ》しの鋭さは変わらない。

「待ちなさい。君に危害を加えるつもりはないよ」

「………………」

「確かに怪しいかもしれないが、我々は本当に通りすがりだ。怪我がなければ、このまま立ち去ろう。だから怯《おび》える必要はないよ」

しかし返事はない。

初めての人との遭遇《そうぐう》ではあったが、あまり良い感じではない。

「もしかして言葉が通じてないのかもしれないな」

「課長、異世界ですよ。異世界だから言葉が通じるに決まってますよ」

「その考えが、何かおかしいと思うのは私だけかね」

同意を求めた先は黄瀬だったが、しかし少女の撮影に夢中で気付いていない。代わりに青木が聞いてくる。

「で、どうします課長？　すっかり警戒してますよ」

「私に良い考えがある」

言って取り出したのは猫屋のミニ羊羹、賞味期限切れだ。

青木は額を押さえて天を仰ぐが、そんな時に間延びした長い小さな音が聞こえてきた。それは少女のお腹が鳴る音だ。

図らずも赤星の読みは当たったと言える。

「お腹が空《す》いているのだね。さあ、この羊羹を食べるといい」

箱を開けアルミの包装を剥《む》いて差し出す。

警戒気味に睨んでいた少女だが、ふいに鼻を動かす。甘い匂いに気付いたらしい。慎重に近づいてくると、一瞬の早業《はやわざ》で奪い取って身を引き、ちょっと睨んで匂いを嗅《か》いでから口にする。

途端に目を瞠《みは》った。

「甘いっ！」

一気に食べて手まで舐《な》めているぐらいだ。

「まだ要《い》るかね」

しっかり言葉が通じていることに気がつかないまま、赤星は次の箱を開封する。ささっと近づく少女。先程までの警戒はどこへやら、期待の眼差しで見上げてくる。

アルミ包装を剥くのを満面の笑《え》みで見て、受け取って、頬張った。

甘い物は正義ということらしい。

「ほら、水もある。私はコップで飲んだので口はつけてないよ」

水筒《すいとう》はステンレスボトルのコップ付きで保温保冷もばっちり。元々は健康のためにお茶を入れて職場で飲んでいるマイボトルだ。この調査にあたって水を入れ、冷凍庫《れいとうこ》の氷を入れてきた。よく冷えている。

水筒の蓋《ふた》を外して差し出すと、少女は両手で持って口に運んだ。

「冷たっ！」

驚《おどろ》いた様子で叫んだが、その後は止まる様子もなく一気に飲んでいる。

ただし、その直後に顔をしかめた。どうやら、冷たいものを食べたときキーンと来るアレに襲われているようだ。

なんとなくそれが面白《おもしろ》かった。

少女は単にお腹が空いていただけだった。

猫屋のミニ羊羹を——黄瀬の物言いたげな視線を無視して——さらに数本を平らげた後に満足して息を吐いた。

そして幾つか尋《たず》ねるが、あまり要領を得ない。

話を聞く限り、どうやら赤星たちと同じような状況にあるらしかった。

「帰る場所が分からない？」

「うん、そうなのよ。いろいろ動いてる間に、ここに来たもの」

少女はコクコク頷きながら言った。

「そうか、それは大変だったね。しかし困った、どうしたものか」

「どうしましょうね」

「ところで君は……ああ、先に名乗っておくが、私は赤星。君の名前は？」

「シロノソルフランマグラキエストニトルスステルラなのよ」

「それは……立派な名前だね」

他に言い様がないので褒めておくと、シロノソルフランマグラキエストニトルスステルラは嬉しそうにしながら小威張りして胸を張った。

しかし赤星は寿限無《じゅげむ》寿限無になりそうで困った。否《いや》、その前に覚えられない。

「少し長いので短く呼ばせて貰ってもいいかな？　ええと、シロノとかで」

「いいわよ、特別にシロノと呼ぶことを許してあげるわ。感謝なさい」

シロノは小さな子供が見せるような、ちょっぴり偉《えら》そうな仕草で頷いた。

しかし気を許しているらしく、最初のような警戒具合は全くない。むしろ懐《なつ》っこい様子で見つめてくるぐらいだ。

「私たちはこれから営業所、つまり住んでいる場所に戻るのだが……シロノ君はどうするかな？　私たちと一緒に来ても構わないが」

「シロノでいいわ、君だなんて付けられると可愛くないもの。そうね、他に予定もないから一緒に行ってあげてもいいわよ。光栄に思って貰って構わないんだから」

口ぶりとは逆に、その表情は喜んでいる。

まるで子犬が尻尾を振りまくっているような雰囲気だ。いや実際に後ろで尻尾の先が揺れている。

まるで実家の猫のようだと思った。

青木が耳元に口を寄せてくる。

「連れてくって。課長、それ本気ですか？」

「当たり前じゃないか。こんなところに置き去りなど、ありえない」

「課長、異世界ですよ。俺が思うに、この子は貴族でっせ。異世界もので何故か遭遇率激高な貴族に違いないですよ」

「そうなのかね？」

「ええ、そうですって。この喋り方に、何より身に着けているものを見て下さい」

小柄なシロノは一振りの剣《けん》を所持しているが、その鞘《さや》にある装飾《そうしょく》は豪奢《ごうしゃ》なものだ。他にも身に着けている腕輪や首飾りも精緻《せいち》な彫刻《ちょうこく》が施《ほどこ》されていた。

この世界の技術的水準は不明だが、手の込んだ品だと一目で判《わか》る。

「……まあ、確かに」

「その貴族の子供が一人でこんな場所にいるなんて、厄《やく》ネタ以外に考えられませんって。きっと御《お》家騒動《いえそうどう》で追っ手に狙《ねら》われているとか、戦争で負けた貴族で命を狙われてるとか。異世界あるあるでっせ」

「…………」

「だが一人で置いておくわけにもいかない」

「俺たちだけならいいですけど、職場の皆もいますよ。巻き込まれたら大変です」

もっともな意見に考え込んでいると、シロノが下唇《したくちびる》を噛んで赤星の顔をじっと見つめた。哀しげな眼差しの中で、その赤い瞳が潤《うる》んでいる。

赤星は深く息を吐いた。

「……安心しなさい。見捨てはしない」

「よかった！　さっきの、まだある？」

あっという間にシロノは笑顔になった。どうやら羊羹が欲しかったらしい。この呑気《のんき》な様子から察するに、命の危機に晒《さら》されている心配はなさそうだった。

夕日を浴びる草原は、どこか侘しく寂《さび》しい気持ちをかき立てる。

遠くそびえる山脈の頂は真っ赤に染まって、空の青さとは対照的。赤らんだ草原は僅《わず》かな起伏《きふく》が影となって黒々とした筋や帯が描《えが》かれていた。

もうすぐ闇夜《やみよ》となりそうな景色のなか、草原と森の境に、ぽつんと三階建ての建造物が存在。薄《うす》く煙《けむり》が立ちのぼるのは煮炊《にた》きのもので、火事といったものではない。

「ふむ、夕食準備だと良いのだが」

赤星は期待の眼差しをした。

半日しっかり歩いた後なので、すっかり空腹状態になっている。

気分は食べるモードで、今の営業所にある食材で何が食べられるか考えてしまう。だが、袖《そで》を引かれ我に返った。

「ん？」

「ねえ、あれが赤星の住処《すみか》なの」

シロノは興味深そうに言った。

白く長い髪は夕日を浴びながら、不思議とその白さを失わずに輝《かがや》いている。一方で瞳の紅さは増して、これから行く初めての場所に対し少しも臆《おく》した様子もなく、むしろ好奇心《こうきしん》に満ちているようだ。

「そうだよ、住んでいると言うか……本当は働く場所なんだがね」

「見た事のない形の建物ね、それに窓がいっぱい。車輪のついた箱も窓がついているし、赤星たちは窓が好きなのね」

「窓が好きか、そうかもしれない」

面白い表現に赤星は思わず笑ってしまう。

帰還《きかん》した営業所は、敷地の周りが簡単な塀《へい》と金属フェンスで囲われている。そして正門のスライドゲートは安全の為にか、今は閉じてあった。

その脇《わき》に営業三課の田中係長が立っている。

「あーっ、赤星課長さんたち。お帰りなさいでございますぅ」

言って敬礼の素振りをする田中は五十代半ば。

陽気で気の良い男だが、年齢に見合わない口調で喋り、いつも満面の笑みを浮かべている。地声が大きく、電話をしだすと周りは仕事にならないぐらいの大声をだす。そこから分かるように、空気が読めないタイプだ。

今もゲートの上で腕を組んだまま、満面の笑みを浮かべたまま門を開ける素振りすらない。

当然と言うべきか、田中の興味はシロノに向けられた。

「あっれー？　その子どうしちゃったのよ。どっかで見つけちゃったの？」

「田中さん。すみませんが、それは所長に報告してからです」

「えっ、なになにどうしちゃったのよ？　もしかして、おいらには内緒？」

「まあそうですね。所長に報告しませんと怒られますから」

役職的には下でも年齢的には上なので、赤星も対応に苦慮《くりょ》する。しかも空気の読めない田中は、会話の切れ目も読めないのだ。あまり会話をしたくないのが本音だ。

その意味もあって、わざわざ所長の名前を出して逃げている。

「そっかぁ、分かったよ。早く報告しないとね、怒られちゃうもんね」

「ですね。ところで門、開けて貰ってもいいです？」

「おっとぉ！　これはごめんねぇ。了解《りょうかい》しましたであります！」

田中はようやく門を動かしてくれた。

そうかと思うと小走りでシロノに近づいて、両手を膝について身を屈《かが》め、覗き込むようにして顔を近づける。

「おいら、田中って言うの。お嬢《じょう》ちゃん、お名前は？」

「…………」

「あれれぇ恥《は》ずかしがってるのかな？　もしかして、おいら恐がらせちまった？　そんなつもりないよ、だってオイちゃん凄く良い人だからね。なんつって、自分で言ったら世話ないか。うわははっ！」

言って爆発《ばくはつ》するようにバカ笑いをしだす。

「…………」

シロノは得体の知れないものを見る目をして、完全に気味悪がっている。そのまま赤星の陰に隠れてしまうのは、当然の反応だった。

それを庇《かば》いつつ、そそくさと正門を通り抜ける。

「調査に出て、まさか現地人を見つけて連れてくるとはね」

所長室で、その部屋の主である一萬田が言った。

赤星は肩を竦め頭を下げる。シロノがその隣にちょこんと座り、足をブラブラさせながら室内を物珍《ものめずら》しげに見回していた。横に伸びた尻尾の先がぴょこぴょこ上下している。

「すみません。倒れているのを発見したので、放っておくわけにもいかず」

「ああ、別に責めているわけではないよ。そこで助けるのは、人として当然だよ」

「ありがとうございます」

一萬田は普段から部下の体調などを気遣《きづか》っているタイプだ。

他の営業所長の場合はノルマ達成を第一とするが、一萬田の場合は労働時間の短縮や休暇取得を第一にして、実際それを口だけでなく実行している。

だからシロノを連れ帰っても大丈夫だろうと予想していたが、思った通りだった。

「この子はシロノ、正式にはシロノソルフランマ……なんたらかんたらです」

「シロノソルフランマグラキエストニトルスステルラ！　ちゃんと覚えなさい」

「……という名前だそうです」

途中まで覚えていただけでも立派だと思うのだが、シロノはそうは思わないらしい。真紅の瞳で不満そうに睨まれてしまう。尻尾の先が勢い良く跳《は》ねて落ちてが、何度も繰り返されている。

「どうやら、帰る場所が分からなくなったそうです」

「その帰る場所がどんなところかは分かるかな？」

「分からないそうです」

「なるほど……まあ、今は気にしても仕方ない。とりあえず、総務課に任せるとしようか。あちらは女性が多いからね」

「そうですね」

話がまとまりかけるが、しかしシロノは首を横に動かし白い髪を揺らした。あと、ついでに尻尾の先も同じ動きをしている。

「嫌よ」

「そんなことを言うものじゃないよ」

「私は赤星についてきたの。拾ったのなら、ちゃんと最後まで面倒みなさい」

「いやいやそれは……」

拾われた側がそんなことを言うとは誰が思うだろうか。

やりとりを見ていた一萬田は、喉の奥を鳴らすように低い声で笑った。

「なるほど、シロノさんの言葉に一理ある。このまま二課で預かりとして、赤星君が面倒をみてあげなさい」

「ありがとう感謝しておくわ、物分かりの良いおじさん」

「ふふっ、光栄だね」

全く物怖《ものお》じしないシロノの態度に、一萬田は優しげに笑った。

これには赤星の方が青くなってしまう。もちろん上司に媚《こ》びる性格ではないが、やはり社会人としては気が引けてしまうのだった。

「さて、情報の擦り合わせをしようか」

言いながら一萬田は手を擦り合わせた。

「赤星君たちのお陰で、写真にあったような巨大羊。それから危険なモンスターがいることは分かった。シロノさんのお陰で、人がいるとも分かったわけだが。しかし周囲に道や居住地は見つからない。我々の孤立状態は解消されていないということだね」

「こちらのシロノも、あまり情報はないようです。何と言いますか、あまり物事を知らない子のようでして」

シロノはムッとしたが、事実そうなので仕方がない。

住んでいた場所や家族の名前、文字や暦《こよみ》、音楽や食べ物なども、知らない分からないと言うばかり。もはや記憶喪失《きおくそうしつ》ではないかと疑いたくなるぐらいだ。

「知らないのは仕方がないことだよ。さて、留守中に確認できたことだが、電気ガス水道はしっかりと使えた。そしてインターネットも使えた」

「えっ、それは本当ですか！　ああ、疑うわけではありませんが」

「気持ちは分かるが、有線系のものは通じている。光回線もね。それで本社とオンライン会議を実施したよ。その結果だが――」

一萬田は話し続けた。

あの運命の十二時になった瞬間、日本側では巨大生物が出現し周辺の建物など街を破壊《はかい》。自衛隊が有害鳥獣《ちょうじゅう》駆除《くじょ》による災害派遣《はけん》で防衛出動し、多くの犠牲《ぎせい》を出しつつも駆除に成功。

その巨大生物が出現した場所こそが、営業所のあった敷地のようだった。

「――ニュースなども確認したが、その巨大生物に対する報道で埋《う》め尽くされていたよ。どうやら我々も犠牲者《ぎせいしゃ》の中に数えられているようだ」

「実際似たようなものですからね」

「そういった状況なので、営業所の皆さんには家族への連絡を控《ひか》えるよう指示している。申し訳ないが、赤星君も理解しておいてほしい」

「つまり、下手に連絡をすれば大騒ぎになると？」

「その通り。いきなり異世界からメールを送っても混乱を招くだけだよ。それに我々がこちらに来て、巨大生物が向こうに現れた。どう考えても無関係ではなかろう」

そして、向こうでは多数の犠牲が出ている。

誰かが原因と責任を営業所に見いだす可能性がある。しかし営業所は異世界にある。そうなれば矛先《ほこさき》は家族に向き、被害に遭《あ》うのは家族となるかもしれない。

実際にそうした事例は過去の事件事故でもある。あながち考えすぎとは言えなかった。

「今現在、本社から政府に連絡を取って状況を説明している。なにぶんにも初めてのケースなので手間取っているようだが、少なくとも近日中に家族と連絡が取れる手筈《てはず》だ。繰り返すが、家族への連絡は控えてほしい」

「……分かりました」

赤星の家族は年老いた両親と弟が一人と猫一匹。

その心境を思うと胸は痛むが、事情が事情なので仕方ない。だが家族が大人ばかりなので、まだマシな方だ。営業所の者の中には子持ちはもちろん、子供が生まれたばかりの者もいるのだから。

# 第二章　美味《おい》しく食べるのは落ち着いた場所

廊下《ろうか》を歩く赤星《あかぼし》の後ろをシロノが付いてくる。

その存在は既《すで》に営業所内で知られて——間違《まちが》いなく田中が触《ふ》れ回った——皆《みな》が興味本位で集まってくるのだが、シロノはそうした視線を余裕《よゆう》で無視していた。正しくは無視ではなく、全く気にもしていない感じだ。

おかげで一緒《いっしょ》に居る赤星の方が恐縮《きょうしゅく》してしまうぐらいだ。

「この子は二課預かりになりましたので。宜《よろ》しくお願いします」

そう言いながら歩いて行く建物内は薄暗《うすぐら》い。

既に日は落ち、外は夜闇《よやみ》に包まれているが照明は使用していない。なぜならここは異世界、自然豊かでモンスターの存在する場所。煌々《こうこう》と明かりを点《つ》ければ、何が来るか分からなかった。

昼間に青木《あおき》が冗談《じょうだん》で言っていたように、今夜が無事に過ごせるかは分からない。急拵《きゅうごしら》えの処置で窓には板が打ちつけられているが、それにどこまで効果があるかは不明だった。

そんな状況《じょうきょう》なので、僅《わず》かに防災用ロウソクのか細い明かりを頼《たよ》りとしているだけだ。

「課長課長、夕食はこっちでっせ」

小走りでやって来た青木が手招きしてくれる。

案内されたのは職場の旧食堂だ。旧とあるのは、昔はそこで社員用の食事がつくられていたのだが、時代の流れで閉鎖《へいさ》され会議室に変えられていたからだ。

しかし片付けの悪いことに調理器具や施設《しせつ》はそのまま残っていたので、なんとか元の役目を取り戻《もど》すことになりそうだ。ただし、まだ準備中なので今日はホットプレート料理だった。

黄瀬《きせ》が真剣《しんけん》な顔で料理をしている。

「ああ、すまないね。黄瀬君にやらせてしまって」

「大丈夫《だいじょうぶ》ですよ。自分、先に頂いてますし」

「味はどうだったかな」

「えーと、あんまり美味《おい》しくもない感じになりました」

お好み焼き擬《もど》きが夕食だ。

肉も野菜もないため、小麦粉に水と塩を混ぜて焼き、調味料をかけて頂くらしい。つまりプレーンお好み焼というところだ。

「なるほど、美味しくないのは良くない。よし、私がやろうじゃないか」

赤星は食べ物にだけは煩《うるさ》い。

「こういった場合は、あまり厚くしない方がいい。具がないのだからね、要するに生地《きじ》にだけ火が通ればいいんだよ」

役目を代わると生地をホットプレートに薄《うす》く広げる。

それに火が通って香《こう》ばしさが漂《ただよ》いだしたところで、慣れた手つきで引っ繰《く》り返して裏面を焼き、もう一度引っ繰り返す。

「課長、上手ですね」

「これぐらいしか取り柄《え》がないのでね。さあ、あとはソースを塗《ぬ》れば問題ない。これなら具がなくてもなんとかなるだろう」

「自分がやったのより、ずっと美味しそうです」

「だてに食べ歩きはしていないよ。さあさあ、頂こうか」

切り分けて各自が皿にとって思い思いにソースをかけていく。具材が一切《いっさい》ないシンプルさだが、ソースの味で問題なく食べられる。

栄養面はさておき、粉物系なので腹持ちが良いのは間違いない。

「小麦粉をカナヤマさんに押《お》し付けられた時は困ったが、こうなると結果オーライだったか」

「課長は人が良いですから。だからカナヤマさんも無理言ったんですよう」

「いやいや押しに弱いだけだよ」

言いつつも赤星は次を焼くための準備に取りかかっている。青木も黄瀬も美味しそうに食べているし、シロノも遠慮《えんりょ》無く次に手を伸《の》ばしているからだ。

それを見ながら黄瀬はにっこり笑う。

「やっぱり課長は人が良いんですよ」


簡単な食事もソースの活躍《かつやく》と雑談のお陰《かげ》で、美味しく終わった。

営業所内は静かだが、まだ誰《だれ》も寝《ね》ていないだろう。この異常事態に興奮して眠気《ねむけ》などあるはずもないのだから。今頃《いまごろ》は各自の席でパソコンを駆使《くし》して元の世界のニュースなどをチェックしているに違いない。

もちろん二課の皆も同じような気分だ。

「ちょっと蒸し暑いですね。エアコンでも点《つ》けます？」

「まあ待ちなさい、青木君。それより良い方法があるぞ」

赤星は言ってロウソクの火を、ふっと吹《ふ》き消した。

そして窓を覆《おお》っていた板を外せば、途端《とたん》に月明かりが差し込《こ》んでくる。目が慣れると十分な明るさだ。続いて窓自体を開ければ、そこから新鮮《しんせん》な空気と虫や風の音が一気に流れ込んできた。

とても清々《すがすが》しく、何とも言えぬ清涼感《せいりょうかん》を与《あた》えてくれる心地《ここち》よさだ。

「…………」

窓枠《まどわく》に掴《つか》まり背伸《せの》びして外を眺《なが》めるシロノの姿がなければ、社員旅行にでも来ているような気分だ。もっとも最近はそうしたイベントも殆《ほとん》どないのだが。

しかし空を見上げれば、そんな気分も消し飛ぶ。

「月が二つある……」

「課長、異世界ですよ。そんなの当然じゃないですか」

「その青木君の異世界論も慣れてきたよ」

「俺《おれ》の異世界論は、まだまだありまっせー」

そう言って笑う青木のお気楽さを頼《たの》もしく思うべきなのかもしれない。他の課には立ち直れず、引きこもっている者も何人かいるのだから。その点で二課は、この状況に適応していると言えるだろう。少々お気楽ではあるが。

「ねえ、赤星たちはどこから来たの？」

シロノは窓枠に掴まりながら振《ふ》り仰《あお》いできた。

「遠い遠い場所からだよ。もう戻れないかもしれないが」

「そうなの、そういうの哀《かな》しいわね」

「シロノも迷子なのだから同じだろう」

「私？　私は大丈夫よ。だって、ずっと一人で生きてきたもの」

「そうか一人でか。凄《すご》いな、本当に偉《えら》いな。だったら、ここでゆっくりしなさい。人も居る、寂《さび》しくないだろう。それに美味しいご飯もあるし安全だ。うん、うん……」

言葉に詰《つ》まった赤星はシロノの頭に手を置いた。

そうした行為《こうい》は良くないかもしれないが、しかし今はそうしてやりたい気持ちだったのだ。

「私、もう眠くなったわ」

「なるほど、確かに良い時間だ」

シロノの欠伸《あくび》を契機《けいき》として、今日はもう寝ることとした。

食堂で使った道具や材料を手早く片付けて、二課室へと向かう。寝る場所もないため、各自好きな場所で、ごろ寝することになっているのだ。

二課の場合、元から仕事が深夜まで及《およ》んだ時は二課の床《ゆか》で転がって寝ていたぐらいだ。だから、ごろ寝することに対する抵抗感《ていこうかん》はない。それどころかシャツや下着、自前の枕《まくら》と寝袋《ねぶくろ》さえ常備してあるのだ。

その点は問題ないが……困ったのはシロノの寝る場所だ。

「課長の寝袋に一緒でいいんじゃないです？　本人もそれで良いみたいですし」

「それなら黄瀬君の方がいいのでは？」

「でも彼女《かのじょ》、もうとっくに寝てますって」

　黄瀬は寝袋に潜《もぐ》り込み、顔だけ出して寝息をたてている。これを起こしてシロノを任せるには可《か》哀想《わいそう》なぐらい幸せそうな様子だ。

「いや、そうは言ってもね」

「犬と一緒ですよ、犬と」

「うちは猫派《ねこは》なんだか」

「では猫と思いましょうや。お休みなさい、課長。また明日」

　興味なさげな青木は大欠伸。歩ける寝袋でベストポジションまで移動すると、そのまま横になって寝てしまう。

　そちらを睨《にら》んだ赤星であったが、もうどうしようもない。既にシロノは寝袋に入って寝ているので追い出すことも出来ない。

「仕方がない……」

　赤星は自分の椅子《いす》に座《すわ》って寝ることにした。机の上に腕《うで》を載《の》せタオルを置いて頭を預ける。寝られるかどうか心配だったのも一瞬《いっしゅん》。今日一日の疲《つか》れのせいで、気付けば翌朝という具合であった。


　翌朝。

　赤星は朝の日射《ひざ》しに目を細め、軽く身体《からだ》を動かし体操をしていた。

普段《ふだん》はアパートの自室でやっている体操は、ささやかなルーティンだった。環境《かんきよう》が激変した今だからこそ、そうしたことは崩《くず》したくない。

だから、今は営業所の駐車場《ちゆうしやじよう》で爽《さわ》やかな自然の景色を前にやっているのだ。

しかも昨夜は机で突っ伏《つぷ》して寝たので、余計に身体を解しておく必要がある。そうして一生懸命《いつしようけんめい》に体操をしていると、ついてきたシロノが不思議そうな顔をした。

「赤星、なんで朝から踊《おど》ってるの？」

「ラジオ体操というものだよ。こうして身体を動かすと健康に良いのさ」

「変なことするのね。でも面白《おもしろ》いわ」

「やってみるかな？　腕を大きく前に振って、一、二、三、四」

赤星の声に合わせシロノも真似《まね》して身体を動かしていた。

ちょっとした運動を終え営業所内に戻ると、そこで女性社員たちに遭遇《そうぐう》した。別に仲は悪くないが仕事以上の付き合いもなく、廊下であっても互《たが》いに会釈《えしやく》して通り過ぎるような仲だ。

しかし今朝はそうはいかない。

当然といえば当然で、皆はシロノに興味がある。それでシロノを囲むようにして集まってきた。

たちまち、もみくちゃにして甲高《かんだか》い声をあげだしている。

「えーっ可愛《かわい》いー。可愛いー」

「綺麗《きれい》な髪《かみ》でさらっさらじゃん。すげー」

「お家はどこかしら。きっとお父様お母様が心配してらっしゃるわあ。とっても心配ですわ」

口々に言う様は騒々《そうぞう》しい。

その中から助けを求めるシロノの視線を感じるが、赤星にはどうすることもできない。そこに割って入る勇気も気合いも根性も度胸も無謀《むぼう》さもなかった。

何故《なぜ》なら、職場にて隠然《いんぜん》たる権力を持つのは女性たちなのだ。

下手に機嫌《きげん》を損ねれば後が恐《こわ》い。

あの鬼塚《おにづか》課長でさえも、女性たちに対しては極《きわ》めて下手に出るぐらいだ。よしんば赤星が口を出すなど出来ようはずもなかった。

しかし、そこに数少ない例外がやって来た。

「おーっす。皆さん、おはよーさんでございますねん。おいらは朝から元気元気」

田中は敬礼の真似をしてみせる。

しかし、その格好《かっこう》は酷《ひど》かった。以前から職場でもだらしない格好をしていたが、今はもう度が過ぎている。歯ブラシを咥《くわ》え首にはタオルを巻き、極め付きに下着のランニングシャツ一枚にトランクス姿。

これに女性たちが顔をしかめた様子に気付きもしない。

「おいらも交ぜてよ、可愛い子ちゃんの頭をなでなでしたいであります」

田中が言葉通りにしようとすると、自称《じしょう》サバサバ系女子の白鳥《しらとり》がどついた。

「ちょっとねー、田中さん。何するつもりなんですか。というかね、その格好も言葉も存在自体がセクハラでしょが」

「待って待ってよ、セクハラ違う。これ普段着《ふだんぎ》だって、普段着だから圧倒《あっとう》的セーフ」

「アウトに決まってんじゃないですか」

「そっかなぁ。おいら、これが普通だけどなぁ。皆だって家ではそうしてるでしょ」

「そんなわけないでしょが、ボケェ。これが普通とか、まじウケるんですけど」

「えーなんか酷いなぁ。おいら泣いちゃうよぉ」

五十代半ばのおっさんが女性たちから雑にあしらわれる。誰がどう見ても軽《かろ》んじられていると分かるが、しかし田中はにやついて嬉《うれ》しそうだ。

「………」

むしろ見ている赤星の方が身につまされてしまう。

その理由は赤星が田中と同じ独身だからかもしれない。自分もいずれ歳《とし》をとれば、誰かに反応して貰《もら》えるだけで嬉しくなってしまう時が来るのかと不安だった。

何にせよ、小さく息をつき気持ちを切り替《か》える。

助けを求めるシロノの視線には気付かぬフリをして、朝の会議に向かう。


いつもの会議室でいつものように、一萬田《いちまんだ》は落ち着いた声で言った。

「まずは昨日の作業について、この場を借りて皆さんにお礼を言いたい。特に危険を顧《かえり》みず外の確《かく》認《にん》をしてくれた二課の皆さんには感謝する」

こんな時に会議とはバカバカしいかもしれない。

しかし逆に言えばこんな時だからこそ、意思疎《そ》通《つう》が大事なのかもしれない。ここで各自がバラバラに好き勝手な行動をとり、無駄《むだ》なことをする余裕はないのだから。

「さて、現状を踏《ふ》まえた目標を立てたい。我々が異世界という場所に転移していることは、どう考えても間違いないことだ。この点について反論のある人はいるかな？」

一萬田が室内を見回し確認するも、誰からも発言はない。

こうした会議でありがちな発言を躊躇《ちゆうちよ》して黙《だま》り込んでいるのではなく、本当に誰も反論をする気がなかった。なぜなら全員が昨日の夜に二つ並んだ月を見たのだから。

「よろしい、全員の認識《にんしき》は共通ということで話を進めさせて貰おう」

未知の現象であるが故《ゆえ》に救援《きゆうえん》が来る可能性がないこと。

それでも元の世界との接点があるのは、この営業所だけであること。昨日の現地調査でモンスターが確認されたこと。それらについて、一萬田が簡潔だが要点を得た説明をしていく。

さすがに営業所長になるだけあって上手だった。

「よって、私は営業所を安全に居住できる環境にすることを第一目標に掲《かか》げたい」

「発言よろしいでしょうか」

言葉の切れ目を選んで、鬼塚が挙手した。

「所長の意見に俺は賛成です。付け加えさせて頂くと、メンタルケアも大事です。俺とかは別に平気ですけど、皆の動揺《どうよう》は大きいでしょう」

「一課だと……清水《しみず》君は変わらずかな」

「はい、来月には結婚《けつこん》予定でしたからね。落ち込み具合は半端《はんぱ》じゃないです。他にも見たところ、所内の何人かが精神的に参っていそうですね。そういった方面も気遣《きづか》うべきではないかと、俺は思います」

他にも子供が生まれる直前や、生まれたばかり、親の介護《かいご》がある者だっている。いきなり異世界に飛ばされ、ウキウキになれる者は少数だろう。

一萬田は少し間を置いて頷《うなず》いた。

「分かった。そこは本社にかけ合い何らかの配慮《はいりょ》をして貰おう。合わせてメンタルヘルスケアの専門家とWEB越《ご》しで話せるようなことも考えていきたい」

「いや、それよりも家族との連絡《れんらく》を許可することが一番じゃないかと俺は思いますが」

「そちらは国関係との調整がある。だから何とも言えない」

「国の連中なんて、ほんっと動きが遅《おそ》いですからね。あいつらは尻叩《しりたた》いてやらないと動きませんっ
て。言っても仕方ないですけどね。あと、他にも問題があります」

鬼塚は弁が立って頭の回転も速く、細かいことによく気付く。性格はキツいが率先して動いて、自分の考えをしっかり持って言うことは言う。

社会人として理想的な人材だろう。

だからこそ、赤星のような大人しい者にとっては苦手なタイプではあるのだが。

「問題は、うちの和多《わた》と佐藤《さとう》の二人です。異世界ってことでアホみたいに興奮してますよ。あいつら完全に調子こいてますね。今は久保田《くぼた》君が押さえてますが、そのうち何かやらかしますね」

「佐藤さんは和多さんに引っ張られているだけかな。注意すべきは和多さんだろう。だが、彼《かれ》の性格からすると……どうしようもない。念入りに見張るしかないだろう」

一萬田は問題児の情報に頭を掻《か》いた。営業所の規模が小さいからでもあるが、各担当の性格までしっかり把握《はあく》している立派な上司なのだ。

会議は続くが、それほど堅苦《かたくる》しさはない。

雑談が混じり時には笑いもあり、昨夜の寝苦しかった事や食事の味気なさ、改良すべき点などが話題にあがる。さらにネットニュースで知った元の世界に出現した巨大生物《きよだい》に対する憶測《おくそく》や、今後の会社の方針への推測なども飛び交《か》う。

呑気《のんき》な気もするが、あまりの異常事態に感覚が麻痺《まひ》している部分もある。

何よりも、こうして会議室で顔を揃《そろ》えている今だけは、普段と変わらぬ気になるのだ。その証拠《しょうこ》に窓の外を眺めようとする者はいない。

これも一種の現実逃避《とうひ》みたいなものだ。

千賀《せんが》次長が手を叩いた。

「それでは皆さん、よろしいですか。そろそろ時間も過ぎておりますし、昨日のうちに確認をお願いしていた各員のステータスについて報告をお願い致《いた》します」

赤星は目を瞬《しばた》かせた。

それは初耳だ。自分が悪いわけではないが、恐《おそ》る恐る手を挙げ千賀に伝える。

「すみません。その話、私は聞いていなかったのですが」

「えっ？　あっ……そうでした。赤星課長ごめんなさい、伝え忘れてました」

「いえこちらこそ確認不足でした」

謝罪してくる上司の姿に、むしろ赤星の方が恐縮してしまう。自分が悪くないのに謝《あやま》るのは、社会人の習性のようなものかもしれない。

一萬田は場を収める雰囲気《ふんいき》で気さくに笑う。

「赤星君、ステータスというゲームのような表示には気付いているかな」

「はい。昨日の調査中に青木係長が気付いて、教えられました」

「それなら話が早い。それについて、この場で報告をあげて貰うことにしていたのだ。すまないが、二課で分かっている部分だけでも報告をあげてほしいのだが」

「分かりました」

しかし赤星は思い出した。

自分のステータスは知力でも器用さでもなく、腕力《わんりょく》が一番高かったのだ。しかも個性に食いしん坊《ぼう》とかまである。

そんなことは、あまり言いたくはない。

「あーっと……ですがステータスの数値は、プライバシーで個人的なものです。下手に触れてはステータスハラスメント、つまりステハラではないでしょうか」

ステータス公表を差し控《ひか》えたいがための、咄嗟《とっさ》に思いついた言葉だ。

一萬田は目を瞬かせた。

戸惑《とまど》いの様子は強いが社会人にとってハラスメントという言葉は鬼門《きもん》、これを使えば誰も何も言えなくなるという魔法《まほう》の言葉なのである。

「……確かにそれは良くない。ああ、ありがとう。危《あや》うく、そのステハラというものをするところだった」

「いえ、偉そうに言って申し訳ありません。ですがスキル情報は有用ですので、スキルだけを報告させて頂ければと思います」

「そうしよう。各課長も部下のステータスは胸に秘めて公言しないように。各自にもその旨《むね》を伝えておいてほしい。ステハラは良くないからね」

赤星は心の中でちょっと嬉しい。

上手《うま》くやれた自分を自分で褒《ほ》めて気分が良くなる。

「では、このまま二課から報告します。私はテイマー、青木係長はレンジャー、黄瀬君はスカウトのスキルでした」

「なるほど。そうなると昨日の調査で、スキルの効果を感じたりしたかな？」

「それは――」

いきなりの質問に戸惑うが、青木と黄瀬の様子を思い出し頷く。

確かにそれらしいことがあった。

「はい、ありました。モンスターに遭遇する直前ですが、青木係長と黄瀬君は隠《かく》れていたモンスターの存在を感じていました。首筋がチリチリすると。私は少しも感じませんでしたが」

今思えば、あの時のチリチリはそれだったに違いない。

ただし、きゅぴーんと来た部分は言わないでおく。さすがにこの場で、きゅぴーんなどと口にはしたくなかった。あまりにも恥《は》ずかしい。

「なるほど、ありがとう。今後の参考にしよう。ちなみに私のスキルはサムライだったよ。つまりは、お侍《さむらい》さんということかな。ははははっ」

一萬田が軽く笑うと何人かが追従して笑い、会議室は和《なご》んだ。

そんな雰囲気の中で各課からスキルの報告がされていく。

戦闘《せんとう》系が多く、ファイターやグラップラーやナイトもある。一方でクラフターやファーマーといったスキルも存在する。しかしテイマーは赤星以外にいなかった。

「それらスキルの効果を考えた――」

一萬田がまとめかけた時、会議室のドアがノックされた。

リズムの速い急《せ》いた調子だ。

「⁉」

全員の視線がそちらに集中する中で、ドアが少しだけ開けられる。中の様子を確認し躊躇した後、思い切った様子で開けられた。


「すんませんってです、えー、会議中よろしいでしょうか」

恐縮した素振《そぶ》りで入ってきたのは、貧相《ひんそう》な男で黒縁《くろぶち》眼鏡に濃《こ》ゆい顔をした稲田《いなだ》係長だった。係長だが、赤星どころか鬼塚よりも年上となる。

その稲田がおずおずと、卑屈《ひくつ》な上目遣《うわめづか》いで様子を窺《うかが》っていた。

「えーっと、お邪魔《じゃま》したのは何と言いますか報告したいことがありましてですね。ちょーっと問題ってのが発生しちゃいまして、ご報告にあがっちゃったわけで。えー、そんなわけで、お時間よろしいでしょうか。あー、これは早く報告した方がいいかなーって思うことなので」

「稲田係長、報告があるなら早く言って」

鬼塚が苛立《いらだ》ちを抑《おさ》えた口調で告げた。

この稲田の悪癖《あくへき》は、話が回りくどく要点を得ない点だ。

「あっ、すんませんです鬼塚課長。えー、実はですね、問題というのはですね。あー、和多さんと佐藤さんのことなんでして。あの二人がですね、私は止めたんすけど、もちろん久保田課長代理も一緒に止めたんすけどね。えーっと、はい。二人にいろいろ言って止めはしたんですけど。これが無理だったわけで」

「だからさぁ。どうなったんだよ、結論を早く言えよ！」

普段から、これに付き合っているせいだろう。鬼塚は年上部下にキレ気味だ。

しかし誰もそれを咎《とが》めない。皆が皆、稲田の喋《しゃべ》りは知っていて呆《あき》れて軽んじているし、今も苛立っているのだから。もちろん赤星も同じだった。

「はっ！　これは申し訳ないです！」

稲田は慌《あわ》てて背筋を伸ばすが、そこにはおどけるような雰囲気が強い。

「えーっ、お二人は昨日に赤星課長さんたちが倒《たお》したっていうモンスターのお話を聞いちゃいまして。それですっかり興奮しちゃって、えー、俺たちもやってやるぜぇってほにゃらら言い出しちゃって。外に勝手に出ちゃったんですよ」

「外に出たってのは、どの程度？　ほにゃららって何だよ。いつも言ってるように、報告は簡潔に要点を押さえて定量的にしなきゃ分からねえだろが」

「あっそうですね。駐車場にあったチャリンコで、どっか行っちゃいましたー」

「どっか行っちゃいましたー、じゃねぇよ！　止めろよ！　って言うか、それを先に言えよ！」

鬼塚が声を荒《あら》らげ机に拳《こぶし》を叩き付けると、稲田は恐縮した様子をみせて項垂《うなだ》れた。ただし、ちら上目遣いををする様子からは、自分の何が悪かったか理解してなさそうだ。これもいつもの事である。

　さすがに一萬田も顔をしかめ気味だ。

「待ちなさい、鬼塚課長。そう強い言葉を使うものじゃない」

「申し訳ありません、少し苛つきました」

「うん、まあ気持ちは……いや、それよりも外へ出た二人のことを考えなければ」

　営業一課のメンバーは鬼塚課長と久保田課長代理、それから担当の阿部《あべ》までがエース級。そこで修業《しゅぎょう》を積んでいるのが清水と佐藤で、残る問題児が稲田係長と和多。

　その最後の二人に常《つね》日《ひ》頃《ごろ》手を焼く鬼塚は露骨《ろこつ》に舌打ちした。

「もう良いでしょう、所長。ここは元の世界じゃないですから。外に出れば危険があって当然。あれだけ出るなと注意したのに出ていったんです。これは自己責任って奴《やつ》です。放っときゃいいんですよ、放っときゃ」

　鬼塚の投げやりな言葉に対し皆は曖昧《あいまい》な顔をする。

　気持ちは同じでも、表立って態度を明らかにはしたくないのだ。赤星も心の中では鬼塚の意見に賛成であった。

　そして稲田は落ち着きなく、今度は皆の顔をキョロキョロ見て突っ立っている。


「すまない！」

赤星は後ろ手でドアを閉めるなり手を合わせ謝った。

いつもの押し問答で、前日の調査実績をかわれた二課に仕事が一つ任されたのだ。

「和多君と佐藤君の捜索《そうさく》、二課でやることになった」

部屋では居住空間改善のため、せっせとお片付け中。立ち働き動き回る青木と黄瀬を、課長席からシロノが菓子《かし》を——黄瀬提供のクッキーを——齧《かじ》りながら眺めている。ちらっと向けられた真紅《しんく》の瞳《ひとみ》には、そこはかとなく課長の貫禄《かんろく》が感じられた。

「どうして赤星が謝るの？　赤星は偉いのでしょ」

「いやいや、偉いと言ってもね。役職でまとめてるだけでね……」

「群れのボスなら堂々とすればいいのよ」

シロノの言うことはもっともだが、生まれ持っての性格というものは変えがたい。出来れば赤星も堂々として、ついでに捜索依頼《いらい》も堂々と断りたかった。

しかしそれが出来ないのが人生というものである。

青木は苦笑《くしょう》した。

「まあまあシロノちゃんも、それぐらいでさ。ねっ、赤星課長が威張《いば》った姿を想像してみましょうや。ちょっとどころでなく似合わないでっせ」

「……確かにそうね。分かったわ、赤星はぺこぺこしてなさい」

この酷い言われようには、頭をかくしかない。

そして青木は身を乗り出してくる。

「うちの大ボスのオーダーは、お馬鹿《ばか》さん二人を見つけて来いってもんですか」

「その代わりに他の作業は免除《めんじょ》してくれるそうだ」

「はー、まー、しゃーないですよね。やーれやれ、引き留めるのは無理でも、どこ行ったかぐらい見ときゃよかった」

どうやら問題児どもが出かけたことは知っていたらしい。

「誰も追いかけなかった？」

「そりゃそうですよ、相手は和多ですよ和多。あのクソ生意気なアホ、出がけに何て言ったと思います？」

「うっ、大体想像がつく。聞きたくはないが何と？」

「それがですね『モンスターとか、どうせ大したことねぇ。俺のチートで超《ちょう》余裕。皆さん、後はしくよろー』ですよ。誰が追いかけます？」

「……まあ、誰だって追いかけたくなくなるだろうね」

むしろモンスターを呼びたくなる。

そう考えると、わざわざ報告に来てくれた稲田は良心的かもしれない。

「でもまっ、仕事なら仕方ないってもんでっせ。チーム赤星の力ってやつを見せてやろうじゃありませんか」

青木が言うと黄瀬もおやつの用意をしている。シロノも腕組みして頷くので、どうやら一緒に行くつもりらしい。

「助かるよ」

幸いなことに、今日も田中係長が見張りの大役を仰《おお》せつかっており、二人が自転車で向かった方向は大凡《おおよそ》ながら分かった。

教えられた方向へと進めば途《と》切《ぎ》れ途切れにタイヤの跡《あと》があって、青木はスキルのお陰なのか容易《たやす》く後を追ってくれる。あとは社用自転車――前カゴと荷台付きのいわゆるママチャリ型――のペダルをこいで進むばかりだ。

なお自転車に乗れない黄瀬はお留守番だった。

「本当ならバイクか車を使いたいとこでっせ」

「仕方あるまい。こんな平原で、地面がどうなっているかも分からないんだ。下手に走らせてスタックしたら、冗談抜《ぬ》きで命に関《かか》わってしまう」

なによりガソリンは貴重な資源である。

個人の車も含《ふく》め駐車場にあった全《すべ》てからガソリンは抜いてあるので、それの補《ほ》充《じゅう》も面《めん》倒《どう》くさい。なにより、こんな事に消費したくないという思いもある。

「ちょうどケッタで良かったでっせ。これより早く動くと痕跡《こんせき》が見えないんで」

「ケッタとは？」

「あれ、ケッタって言いません？　自転車のことですけど」

「ふーんなるほど。それは勉強になったよ」

言いながら赤星はペダルを漕《こ》ぐが、思うように進まない。柔《やわ》らかな土の抵抗《ていこう》は思ったよりも大きかった。場所を選べば車は走れるかもしれないが注意は必要そうだ。

「しかし、課長。異世界だってのに、平穏《へいおん》過ぎて不気味でしたけど。やーっとトラブルですよ。ようやく異世界に来たって実感しまっせ」

「青木君の異世界論はどうなっているのかね……」

「聞きたいですかー？」

　青木は前のめりにペダルを漕ぎつつ言った。

「こんな時はですね、真っ先に決裂《けつれつ》してグループ毎《ごと》に分かれて勝手な行動。その中で主人公様がチートスキルで大活躍。それに皆がひれ伏《ふ》しても、もう遅い。ざまみろって感じで俺すげーってなるもんでっせ」

　どうやら創作小説で語っているらしい。

　赤星は少し呆れた。

「それは何かおかしくないか？　たとえば海外に行ったときを考えてくれ。見知らぬ相手でも、同じ日本人として連帯感があるだろう。まして未知の場所に放《ほう》り出されたのなら、まずは生存の為《ため》にも協力するものだと思うが」

「課長、そういうツッコミは無粋《ぶすい》です。いいですか、不遇《ふぐう》な扱《あつか》いを受けた主人公様が大逆転、他の連中がひれ伏して後悔《こうかい》するところを足蹴《あしげ》にするとこに痺《しび》れて憧《あこが》れるってわけですよ」

「理解出来ない……しかし仲間割れか。このままいけば本当に起きかねない。注意した方がいいだろうね」

「え？　マジで？」

　驚《おどろ》いた青木はよそ見をして、地面の窪《くぼ》みにハンドルを取られて転倒《てんとう》しかけた。慌てて体勢を立て直して訪ねてくる。

「どういうことで？」

「まだ誰も、この生活に現実感を持ってない。ある意味で旅行気分だ。目の前のことに集中していれば、元の生活が戻ってくるような気がしているんだ。でも、それが少しずつ間違いだと分かってくるだろう」

そうなれば不満が頭をもたげる。

狭《せま》い部屋に雑魚寝《ざこね》してプライバシーがない。趣味《しゅみ》や娯楽《ごらく》に触れられない。食事の量は制限され、食べ慣れた食事がない。常に職場の人間と顔を付き合わせる。何よりも家族に会えない。

そんな日々が、これから先ずっと続くのだと実感した瞬間《しゅんかん》が恐ろしい。

「過去の大震災《だいしんさい》でもね、最初は呆然《ぼうぜん》自失となる。次に生きるため連帯感が生じたものだが、少し落ち着いてくると細かな不満が噴出《ふんしゅつ》してトラブルが続出だったよ」

「………」

青木は黙り込む。

面白おかしく読んでいたトラブルを自分の身に置き換《か》え、それが実際に降りかかるかもしれないと認識したのかもしれない。

「まあ、それをさせないのが職場の上司様たちの努力なのだがね」

少し脅《おど》かし過ぎたかもしれない。赤星は殊更《ことさら》に冗談めかして笑った。

「良いわね、これ。風が気持ち良いわ」

シロノは荷台に立って赤星の肩《かた》に手を置き、はしゃいだ声をあげている。すっかり御機嫌《ごきげん》だ。異世界に転移した中で良かったことをあげるなら、このシロノと出会えたことかもしれない。

「課長、まるで娘《むすめ》さんができたみたいですね」

楽しげな青木の言葉に、もしそうならどれだけ幸せだろうかと思ってしまう。ある程度の年齢《ねんれい》になれば、結婚云々《うんぬん》よりもただ単に家族が欲しくなるのだから。

そんなことを考えながらペダルをこぎ続けていくと、肩越しにシロノの手が伸びて右斜《なな》め前方を示した。

「赤星、あっち。あっち見なさい」

目を凝《こ》らしてみると、一本だけ生えた木の周りにモンスターが――最初の調査で遭遇したダチョウに似たモンスターが――何匹《なんびき》も集まっている。そして木の上には、細い枝にしがみつく人の姿があった。

目標物発見だ。

「いたぞ、和多君と佐藤君だ」

「あー、課長。残念ながら二人は諦《あきら》めましょう、あれは無理でっせ」

青木は断言した。

「佐藤君は可哀想ですけどね、相手の数が多すぎです。無理なものは無理ですよ」

「そうは言うがね……」

「やっぱ、あいつら肉食か。ああ倒しといて良かった」

一体倒すにも苦労をした相手が軽く十体はいる。

「調子こいて突っ込んだアホの見本ってもんです。写真撮《と》っときまっせ」

そう言って青木はカメラを構え何枚か撮りだした。

これは青木の性格云々よりかは、日頃《ひごろ》の和多の態度が原因だろう。小生意気で無責任、調子に乗りやすく我が儘《まま》で面倒くさがり、そんな駄々《だだ》っ子な性格なのだから。

撮れた画像を確認し、青木は人の悪い顔で頷いた。

「おやおや、和多の泣き顔が確認出来ますね」

この青木の性格も少し問題があるかもしれないと赤星は思った。

「課長、真面目《まじめ》に考えても助けるのは無理でっせ。モンスターの皆さんは、やる気たっぷり。今日のお昼を囲んでお祭り気分みたいですから」

「そうは言うけどね、見捨てるのは……」

「いいですか、課長。モンスターに気付かれたら、俺等まで巻き添《ぞ》えですよ。あいつらのせいで死んだら、死ぬに死ねませんって。課長、異世界ですよ。ここは弱肉強食世界、諦めましょうや」

「戻って車を準備して人手を集めて突っ込むとか？」

「それまで保つと思います？　と言いますか、佐藤君はともかく和多の日頃を知ってるでしょ。誰も命懸《いのちが》けで助けようなんて思いませんって」

「…………」

それは分かっている。

だが見捨てることはできない。それは所長に命じられたからという理由もあるが、それ以上に赤星の性格が理由だ。

やはり持って生まれた性格というものは変えがたいのだろう。

「あのモンスターのことが分かれば、対処法があるかもしれないのだが……」

「知らないの？　あれはラガルティなのよ」

何気なく疑問を口にすると、頭上から回答があった。シロノは荷台に立って赤星の頭の上で腕を組んでいるのだ。

「シロノは知っているのかね？」

「勿論《もちろん》よ。でもラガルティは嫌《いや》な奴なのよね、ちょこまか動いて獲物《えもの》を狙《ねら》ってしつこいの。あの二人が木から落ちてくるまで、ずーっと待ち続けるわね」

特に興味もなさそうに、ただ事実を述べるだけの口調だ。

「それより赤星の目的は見つけることなのでしょう？　だったら見つけたじゃないの。もう用事は終わったのだから戻りましょ」

「シロノちゃん良い事言うねー。確かに指示は捜索であって、救助でも連れ戻しでもないですよ。クエスト達成ってもんでっせ」

「良かったわね。さあ赤星、お菓子食べましょう」

もはや青木もシロノもやる気なしだ。

赤星自身も二人の救助が難しいことは理解している。人命救助の鉄則は救助を行う者自身の安全を確保することだ。我が身を顧みず危険に突っ込むなど、愚《おろ》かな行為以外の何ものでもない。

だがそれでも――。

「なんとか、あの二人を助けたい。どうしてもだ」

そう言った矢先のことだった。

自転車の荷台からシロノが大きく跳《と》んだ。そのまま素晴《すば》らしい速度で駆《か》けだすと、後ろにまとめた白い髪が跳《は》ねるように揺《ゆ》れる。途《と》中《ちゅう》で抜き放った剣《けん》を後ろに構え、尻尾《しっぽ》でバランスを取りながら突っ込んでいく。

「何が……うおっ⁉」

シロノが剣を振るうとラガルティの首が飛ぶ。

「凄いでっせ。うはっ、強キャラ少女！　まさに異世界！」

「そういう問題じゃない。どうなっているんだ⁉」

「課長、異世界ですよ。異世界の子供は最強の存在でっせ」

「どういう理屈《りくつ》なんだ……」

戸惑う赤星と興奮する青木が見ている前で、シロノは剣を振るう。離《はな》れていても届く程の風斬《き》り音が響《ひび》き、ラガルティの胴体《どうたい》が一刀両断された。

続けて放たれた蹴りでラガルティが弾《はじ》き飛ばされ、木に激突《げきとつ》して血を吐《は》き倒れ込む。樹上から枝葉が次々と落ち、そこで必死にしがみつく二人の悲鳴も響いた。

それはもう圧倒的だ。

シロノは確かに剣を持っていたが、そんなものは飾《かざ》りに近いと思っていた。どちらかと言えばコスプレをしている子供の感覚で見ていたのだ。

しかし、実際には歴戦の戦士のように強い。

「こんなものね」

全てのラガルティを倒したシロノは、ひと仕事終えた感で息を吐いた。赤星が驚いていると、少し不機嫌《ふきげん》そうな顔で近づいてきた。持ち上がった尻尾の先が細かく揺れている。

「倒したわよ、赤星。ちゃんと見てたわよね、さあ褒めなさい」

「あ、ああ。これは良くやったと言うべきなのか……」

「当然ね、もっともっと褒めてもいいのよ」

相変わらず不機嫌そうな顔だが、期待するような目をちらちらと向けている。どうやら言葉通りに、もっと褒めてほしいらしい。

「とても凄いよ、助かった。ありがとう」

ぱっと笑顔《えがお》になったシロノだが、急いでそっぽを向いてしまった。ただし、その口元は弛《ゆる》んだままなのだが。


今の戦いについて確認すべきなのだろうが、しかし先にやっておくべきことがある。

「あざーっす！　まじ助かった。いや、死ぬほどやばかった」

和多が木から下りてくる。

入社四年目で二十代半ば過ぎだが、ひ弱さを感じる線の細さだ。若いというより幼さを感じるラッキョ顔。それが偉そうに威張っている姿は失笑ものだが、本人は少しも気付かない。何にせよ営業先の偉い人にタメ口を利《き》くような問題児だった。

「いやぁ、俺のファイタースキルが大活躍なはずだったんですけどね。あいつら不意打ちしてくるわ、複数で襲《おそ》ってくるわで死ぬほど卑怯臭《ひきょうくさ》い。マジかよっ、て感じ」

想像通りの態度だった。

和多は倒されたラガルティや、それを倒したシロノに興味を向けている。そこには感謝や反省をしている雰囲気はない。

感謝されたいわけではないし、こうなると分かってはいた。

それでも、やっぱり釈然《しやくぜん》としない気分だ。

「…………」

赤星が無言で視線を向ければ、青木は頷いて手に持つカメラを指し示した。

この一連の態度を動画撮影《さつえい》しているのだ。もちろん救助の状況を報告するためだが、動画は幹部連中全員が目にする。もちろんその後は、職場の全員が見るだろう。和多がどんな人間か、改めて皆が知ることになる。

大人の嫌がらせは、こうやるものだという見本かもしれない。

続けて佐藤が下りてきた。

こちらは入社二年目で、やや濃ゆい顔をしている。生真面目《きまじめ》だが気弱なため、先輩《せんぱい》風を吹かす和多に引っ張り回され、何かと割を食っている気の毒な子だ。

「赤星課長、青木係長、それからシロノさん。ありがとうございました！　皆さんは僕《ぼく》の命の恩人です！　一生感謝しますっ！」

堅苦しいぐらいの口調で平身低頭している。

赤星は優《やさ》しく笑って肩を軽く叩き、慰《なぐさ》め宥《なだ》めておく。もう一人が酷いだけに、こちらが余計に可愛く思えてしまう。

「あまり気にしないでいいよ。でもね、これからは勝手なことをしないように」

「申し訳ありませんでした。以後気を付けます！」

「さあ、早く戻ろうか。佐藤君が乗ってきた自転車はどこかな」

和多の方には声を掛《か》けず辺りを見回すのは、無視しているわけではない。誰だって嫌《きら》いな相手とは極力関わりたくないのが人情だ。

自転車は少し離れた場所に転がっていた。

近くに草むらがあるので、そこから飛びだしたラガルティに襲われたのだろう。確認すると、一台はラガルティに踏みつけられたせいで車輪が大きく歪《ゆが》んでいた。

「これは直せるかな？」

「どうでしょう、でも俺が触《さわ》るとよけいに酷くなるのは間違いないですな」

「私も自信が無い。それでは和多君と佐藤君は私たちの乗ってきた自転車で営業所に戻りなさい。これは私が運んでいくよ」

「課長、お供しまっせ。ではでは二人は早いとこ帰んなよ」

すかさず青木が言って和多と佐藤を先に行かせてしまう。もちろん理由は一緒に行動したくないからだった。

遠ざかる二人の姿を見ながら、赤星はサドルを抱《かか》え前輪を浮《う》かせ、傷んだ自転車を運びながらゆっくりと歩いていく。

自転車に乗れず不満そうなシロノを宥《なだ》めがてら話しかける。

「シロノは強いのだな。驚いたよ」

「そうよ当然なのよ。私はとーっても強いのよ」

「それはやっぱりスキルのお陰なのかな？」

「ちょっと違うわ。ねえ、赤星はスキルを持ってるの？」

シロノの反応から察するに、どうやらスキルという概念《がいねん》は一般《いっぱん》的らしい。同時に持つ者と持たざる者がいそうだと分かる。

「そうだよ、私のスキルはテイマーでね。シロノには見えないと思うが、こうしてステータス表示と言えば……おや？」

赤星は目を瞬かせた。

なぜならそこに、以前にはなかった表示があったからだ。

「何か増えている」

「課長、まさか新スキルが派生ですか」

「そうじゃない。ステータス欄《らん》に竜《りゅう》を従えし者とあるんだ。しかもテイムモンスターに、ホワイトドラゴンとある」

「おおっ！　それっぽくて凄い！　で、そのホワイトドラゴンはどこに？」

「私の方が知りたいよ」

何が何だかさっぱりだ。

ステータスとして自分の情報が表示されて、しかも勝手に中身が書き換えられている。ゲームでは当然の仕様だが、実際となると非常に気持ち悪い。

「課長、それ昨日倒したラガルティかもしれませんよ。なんとラガルティが起き上がり仲間になりたそうに見ている、って感じでどうでしょう」

「ホワイトドラゴンとあるのだが」

「それは、つまり……俺の同級生に名字が伊藤《いとう》、名前は少佐《しょうさ》と書いて『しょうた』って読む奴がいたんでっせ」

「はぁ？　唐突《とうとつ》だね。まあ……立派な名前じゃないか、センスはともかくとして」

「あいつ防衛大学校に進んで今は自衛隊に居ますけどね、名前が名前なんでね」

「そりゃまた面倒くさい名前になったな」

「といった前置きを踏まえまして、そのホワイトドラゴンも。ホワイトドラゴンという名前のラガルティだったのでは？」

「いや、それはないだろう」

赤星は青木の力説をあっさり否定した。

名前についてはともかく、あの時のラガルティはきっちり首も落として仕留めている。あれで起き上がってきたらホラーである。


「しかしホワイトドラゴンか……ホワイトドラゴンというものを見てみたいな」

「呼べば出てくるんじゃないです？　出でよホワイトドラゴーン！　って感じで」

「いやいや、そんな。出でよホワイトドラゴン、と言っても——」

そう言った瞬間であった。

日が陰《かげ》って風圧が押し寄せる。

景色が何か大きなものに遮《さえぎ》られているが、それらは純白の鱗《うろこ》と甲殻《こうかく》に覆われている。やや長めの前足と力強い後ろ足があって、太く頑丈《がんじょう》そうな爪《つめ》。背中には大きな一対《つい》の翼《つばさ》があって、背後には長さのある尾《お》がうねっている。

そして高い位置から見おろす顔は間違いなくドラゴンだ。

体表の白さから考えれば、ホワイトドラゴンに間違いなかった。

「か、か、課長！　これドラゴンですよ」

「本物？」

「どうします！　俺たち食われちまいまっせ！」

「私は食べられるより食べたいが……いや、落ち着こう。テイムモンスターなら大丈夫なはず。それよりシロノだ、シロノ！　どこだ、無事なのか。出ておいで！」

ホワイトドラゴンの姿が消えた。

そして、そこにシロノの姿が現れた。ちょこんとした姿は困惑《こんわく》気味だ。

「……え？」

赤星は大いに戸惑った。マジマジとシロノの小柄《こがら》な姿を見つめ、何度も瞬《まばた》きを繰り返す。自分の見ているものが全く信じられなかった。そして、それはシロノも同じらしい。

「何で⁉　どうして⁉　どうして自分の意思で姿が変えられないのよ！　私はテイムされた覚えなんてないのに、なんで⁉」

シロノはシロノで混乱している。

もちろん赤星も同じで、すっかり動揺していた。

「落ち着きなさい。そうだ！　こういう時は美味しいものを食べるんだ。よし、黄瀬君から貰ったクッキーを食べよう。シロノも食べるだろう？」

「食べる！」

取り出されたクッキーにシロノは即座《そくざ》に反応、赤星と並んでバクバク食べて頬張《ほおば》りだす。その姿は仲良しそのものである。

青木は納得《なっとく》した。

「……あー、なるほど」

間違いなく餌付《えづ》けという名のテイムに違いない。

つまり最初の出会いの時に食べさせた猫屋のミニ羊羹《ようかん》、あれが原因だ。

「課長らしいっちゃ、らしいけど。ないわー、これないわー。腹を空かせて行き倒れたドラゴンに食べ物やってテイムするとかないわー」

青木は残念そうに肩を竦《すく》めた。


会議用の大型ディスプレイに、撮影した動画や写真が次々再生されていく。

「以上が報告になります」

営業所に戻って捜索結果の報告中だ。

もちろん和多と佐藤が先に戻っているため、皆は状況を把握している。しかし仕事として報告は必要ということで、会議室に課長達が集まっていた。

和多の泣き顔は皆に大ウケで、その後のシロノの戦いぶりには響《どよ》めきが起こり、救助後の和多の言葉には呆れの声がもれた。

そしてシロノがホワイトドラゴンであると説明すると、誰も何も言わなかった。普通は信じないのが当然だ。

一萬田がようやく口を開くが、そこに疑わしさが満ちていた。

「ドラゴン。はぁー、シロノさんがドラゴンね」

この反応を予想していた赤星は実感を込めて頷く。

「そうですね。これは実際に見て貰うのが早いと思いますが、それをやりますと建物に被害《ひがい》が出てしまいます。ですから、動画をもう一本御覧《ごらん》下さい。青木君、再生を」

「はい課長、お任せ下さい。ポチッとな」

こんなこともあろうかと撮影しておいたシロノの変身姿が再生された。

少し離れた場所に立つシロノが手を振っている。合図をするとそれが大きな純白のドラゴンに変わり、前足をあげフレンドリーな様子で手を振った。また合図すると、シロノの姿になって駆けてくる。

「「「…………」」」

誰も何も言わなかった。

ややあって、またしても口を開くのは一萬田だ。組織のトップとして、誰も何も発言しない場合の対応を自らに課しているのだろう。

「あー、なるほど。動画を見ても、にわかには信じられないが……すまない、嘘《うそ》だと疑っているのではないのだが」

「気持ちは分かります」

「それは事実と納得するとして、シロノさんは大丈夫なのかな。つまり我々に危害を加えるかどうかという観点で」

「問題ないと思います。それは本人が言っているからだけではなく、今日までの様子からでも判断できます」

「ならば、我々は頼れる仲間を得たと考えて良いのかな？」

一萬田だけでなく、次長の千賀も他の課長たちも期待の目を向けてくる。

皆は和多がモンスターに襲われている動画を笑いこそしたが、しかし同時にそれが自分たちにも起こりうる状況だと理解しているのだろう。それに対しホワイトドラゴンという存在は非常に心強いものだ。

小さく頷きながら、赤星は自分の考えを伝える。

「協力はお願いします。でも強制はしません」

「こうした言い方は悪いが、君が手懐《てなず》けたモンスターではないのかね？」

「そうかもしれません。ですけど、私はそれをしたくありません。シロノは意思を持っています。その意思を無視するようなことはだめです」

「なるほど。私は赤星君の判断を支持する。その上で、協力をお願いしてほしい」

「はい」

頷く赤星だったが、もう一つ付け加えておこうと思った。

「あっ、それとですが……シロノがホワイトドラゴンであることは、この場限りの情報でお願いします。いずれ分かるにしても、出来るだけ普通に過ごさせたいので」

その言葉に一萬田は優しい笑《え》みを浮かべた。

「君らしい意見だね」


会議室を後にして二課室に向かう。

営業所内は、あちこちで改修作業が行われている真っ最中。それは建物の安全性を高めるためのもので、倉庫から運んできた資材、またはスチールラックを移動させるなどして窓を塞《ふさ》いでいる。

二課室でも一人残った黄瀬が作業をしていたが、今は息も絶え絶えで机に突っ伏していた。そのグッタリした姿は、あまり女の子が見せるべきではない状態だった。

「黄瀬君、大丈夫かい？」

「だ、大丈夫です。ちょぉっとカロリーを消費しすぎただけなんですから」

「悪いね、一人でやらせて。直《す》ぐ手伝うよ」

「そんなことないですよ。自分、一緒に行けなかったから頑張《がんば》らねば」

留守番だったことを気にしているらしい。

しかし自転車に乗れないのだから仕方のないことだった。

「とりあえずですけど、部屋の中は大掃除《おおそうじ》して埃《ほこり》なんかは綺麗にしました。そのついでに机の配置を勝手に変えましたけど、構わないですよね」

普段は使わない机は隅《すみ》に寄せられ、使えるスペースが広く取られている。ちょっとしたレイアウトの変更《へんこう》だが、一人でやるのは大変だったに違いない。

とはいえ、赤星としては個室が欲しかった。

如何《いか》に気心知れた仲間とはいえど、さすがに毎日一緒に雑魚寝はストレスがある。それもいずれ解決せねばいけない問題だろう。

「本当は、他の課みたいに窓も塞ぐつもりでしたけど……」

「外が見えないなんて嫌なの」

「と、シロノ様が仰《おつしや》いますから」

なにか上下関係が構築されている。

課長席にちょこんと座るシロノに黄瀬は頭を下げているぐらいだ。

もちろん黄瀬にはシロノがホワイトドラゴンだと伝えておいたが、どうやらそれとは関係なく普通に逆らえないらしい。

赤星は肩を竦めた。

「まあ、それは仕方ない。夜はしっかりと覆うとしよう」

二課は調査や捜索に駆り出されたため、目論見《もくろみ》通りに優遇《ゆうぐう》されていた。

今も体力回復という事で、営業所の片付けや補強といった作業に加わる必要もなく休んでいられる。もちろん何かあれば駆り出されるのだろうが。

「ところでシロノは、どうしてあんな場所に倒れていたのかな。ドラゴンなのに」

赤星は丸椅子に腰《こし》を下ろし、自分の席に座るシロノに視線を向けた。

それは最初の出会いの時についての話だ。ホワイトドラゴンがお腹《なか》を空かせ行き倒れるなど考えがたい。

「ちょっと前に、この辺りで面倒なのと戦ったの」

「それで負けたと？」

「ちーがーいーまーすー」

シロノの頬《ほお》が膨《ふく》らんだ。

「もちろん私が勝ったのよ……まあ、追い払《はら》っただけだけど。とにかくね、それで力を使い切ったから人の姿で消耗《しょうもう》を抑えてたの。でも人の姿だと、お腹が空くのよ」

「なるほど」

「本当なら人里まで行ければ良かったのよね。でも、その前にお腹が空いて動けなくなったの」

「……人里？　それは近くにあるのかな」

「もちろんあるわよ」

そして教えてくれた場所は、思ったよりも近かった。

これはかなり重要な情報だ。

しかし今から報告したところで作業の邪魔になるだけ。それであれば、明日の会議で報告すれば良いことだろう。

「ありがとう。良い情報だ。そうなると気になるのは、追い払った相手が戻ってくるかだが……どうなんだろう」

「大丈夫よ。向こうは必死で逃《に》げたから、戻って来る筈《はず》がないの」

「そうすると、私たちはシロノに感謝すべきなのかな。もし、そんな相手がいたら大変だったからね」

「ふふん、もっと感謝してもいいのよ」

口調は威張っているシロノだが、表情はそれを裏切っている。なんとも御機嫌といった様子で、お礼にと差し出したクッキーを貰うと更《さら》に嬉しそうだった。

休憩《きゅうけい》がてら椅子に座り、ひと息つくと赤星は落ち着かない気分となる。

「うーむ、仕事がしたい」

「課長、異世界ですよ。仕事なんて無理でっせ」

「しかしね、パソコンが使えるのであればテレワークと大差ない気がする。こうして何もしないでいると罪悪感みたいなものがあるんだ」

「それ仕事中毒ですって。どっちみち外部との連絡は禁止されてますし、せいぜい情報収集でもしときましょうや」

「うーん、確かにね。それしかないか」

瑞志度《みずしど》営業所が異世界転移した事は極秘情報だ。

外部とのやり取り可能な回線は全て国によって監視《かんし》されている。発信は規制されているが、普通に閲覧《えつらん》するだけなら特に問題はなかった。

職場のノートパソコンで、仕事以外のインターネット閲覧するのは微妙《びみょう》に遠慮があったものの、しばらくすると気にならなくなる。

「ふむ……」

幾《いく》つかの記事を確認して、小さく唸《うな》った。

「どこもかしこも、巨大生物の話題ばかりだな」

「そりゃそうですね。まだ一日しか経《た》ってませんからホットな話題でっせ。マスコミは同じ内容を垂れ流すだけで、俺たち営業所のことは何も出てませんね」

「犠牲者《ぎせいしゃ》リストに私の名前があったよ。今ごろ両親は泣いてるだろうな」

「うちはどうでしょうかねぇ……」

青木が考えたくないといった様子で頭を振るが、黄瀬も似たようなものだった。

しんみりとネットニュースを眺めていく。横から覗《のぞ》き込むシロノは、次々と変わる画面に興味半分驚愕《きょうがく》半分。机の縁《へり》から顔を半分だけ覗かせ見ている。

「これが問題の巨大生物か……」

かなり遠方から撮られた動画のなかで、球形に近い存在が浮遊《ふゆう》しながら移動していく。そこから放出される稲光《いなびかり》が地面や建物に激突しては炎《ほのお》が上がる。そして巨体の激突したビルは崩壊《ほうかい》していく。

マスコミのヘリが辺りを飛び回り、それが光線を受け爆発《ばくはつ》。

そのうちに自衛隊の戦闘ヘリが現れ攻撃《こうげき》を開始。ボロボロになった巨大生物は徐々《じょじょ》に高度を下げ、見覚えのある小山に墜落《ついらく》。戦車か何かによる集中砲火《ほうか》を受けるシーンで動画は終わった。

「まるで怪獣《かいじゅう》映画みたいだ」

実際には多数の死者や怪我人《けがにん》が出ているのだろうが、出てくる感想はそれだ。

自分が異世界にいなければ、そして見知った風景が破壊《はかい》されていなければ、本当に映画と思ったかもしれない。

だが、それが現実だと分かるだけに苦い顔だ。

「我々が異世界に来て、向こうでは未知の巨大生物が出現した。やはり関係あるのは間違いないか」

「大ありでっせ。むしろ俺らが、こっちに来たのはヤツが原因かもしれませんよ」

「ふむ、そうなるとあまり考えたくはないが……」

「ですね、ヤツが倒されて死んだってことは。もう俺たちは戻れないってことでっせ」

「……仮にそうだとしても、倒さねば大変なことになっていたさ。仕方ない」

ニュースでは死者行方不明者は判明しているだけで五百人を超《こ》え、被害総額は少なくとも五十億円はくだらないと報道がされていた。

巨大生物の出現という未曾《みぞう》有の事象に対し、その被害が大きいのか小さいのかは分からない。しかし早急《そうきゅう》に駆除《くじょ》されなければ、被害が拡大したことは間違いないだろう。

「自衛隊の株は大上がりだろうが、市街地で火器使用か……おっと、さっそく識者の批判コメントでマスコミが騒《さわ》ぎ立てているか」

「野党による政権批判もでっせ。その方がウケが良いですからねー」

「こっちでモンスターと対峙《たいじ》した身としては、素直《すなお》に称賛《しょうさん》すべきだと思うよ。本当に命懸けだからね。巨大生物を倒してくれて、ありがとうという気分だ」

赤星が感心すると、シロノが不満そうに主張した。

「だったら赤星は私に感謝するべきよ」

「……なんだって？」

「あれは私が弱らせたのよ」

「シロノは、この生物を知っているのかね？」

赤星は画面に映る巨大生物を指さし言った。

同時に青木も黄瀬も自席で立ち上がって、シロノの答えを待っている。営業所が異世界に来て巨大生物が元の世界に行ったのであれば、帰る方法の糸口になる。

「もちろんなのよ、こいつウニウェルスムって言うのよ。時々ふらっと現れて辺りを荒《あ》らして、また別の場所に一瞬で逃げてくの」

「……その一瞬で逃げていくとは？」

「良く分からないわ。古いドラゴンが言ってたのは、別の場所と今の場所を入れ替えるとかなんとかって話。でも私の方が強いのよ。あと少しで仕留めるとこで逃げられただけなの」

シロノは得意そうな様子だが、それで力を使いすぎ人形になって空腹で行き倒れたことは都合良く忘れているらしい。

しかし赤星たちはそれどころではなかった。

青木と黄瀬は向かい合わせの席で互いに頷き合う。

「俺が思うに、そのウニなんとかは、死にそうになって必死に逃げたんじゃないのか。それで全然別の世界に飛んじまったんだよ」

「それですよう。私たち、ウニと入れ替わったに違いないです」

「質量保存の法則？　等価交換《こうかん》？　あの巨体と同じ空間がまるっとって感じかな」

「でもでも、でもですけど。どうして電気ガス水道が繋《つな》がってるのでしょう」

「そこは分からんね。でも間違いなく言えるのは、俺らが戻れないってことだよ。ウニは断末魔《だんまつま》的に跳躍《ちょうやく》……SF的に言えばランダムワープだから、俺等も戻れないんだ」

二人の言葉を聞きながら赤星も想像した。

ウニウェルスムが必死になって次元の壁《かべ》を突き抜け、それで営業所ごと赤星たちが異世界にやって来た。そして肝心要《かんじんかなめ》のウニウェルスムは自衛隊によって駆除されてしまっている。どう考えても戻れそうな要素がない。

だが一番の問題は、この事実をどう報告すべきかだ。

営業所や赤星たちが異世界転移した原因はウニウェルスムでも、要因はシロノである。そして得てして人は原因と要因をごっちゃにしがち。

下手に報告すれば、シロノを責める者が出るのは間違いない。

それは良くない。

自分のテイムモンスターだからという理由ではなく、ただこの無邪気《むじゃき》な少女が責められ哀しみ嫌な思いをすることが良くないと思えるのだ。

「すまないが二人とも聞いてほしい」

赤星に注目が集まる。

「ウニ何とかのことは後で所長に報告し、元の世界にも伝えて貰う。ただしシロノとウニの戦闘はなかったことにして黙っておく」

「課長何を……って。ああ、そういうことですね。俺もそれが良いと思いまっせ」

青木は即座に理解して頷いた。黄瀬も同様で一生懸命首を縦に振って同意する。

ただし当の本人だけが不満そうにする。

どうやら自分の活躍を蔑《ないがし》ろにされたように感じているらしい。頬を膨らませた。

「むーっ、なんでなの」

「余計な事を言うと、お菓子が食べられなくなるよ」

「分かったわ。黙っておくの」

たちまちシロノは納得し、真剣な顔で頷いている。

二課の結束はとても固い。


営業一課の課長代理、久保田は日射しのさす営業所の軒先《のきさき》に座り込んでいた。

作業の途中のひと休みで、僅かな風が心地よい。だがしかし、その風を遮るように隣《となり》に座り込まれ——しかも距離感《きょりかん》も近いため体臭《たいしゅう》も嗅《か》がされ——内心ムッとした。

相手は年上部下の稲田だった。

「はー、よっこいせ。あー、疲れちゃった」

無自覚な無神経さがある稲田は、いつも相手の都合などお構いなしだ。しかも独り言が多く、それに少しでも反応すれば、そこから回りくどく長い話が始まってしまう。何より物理的な距離感が非常に近い。今まさに真横に座ってきたように。

「いやー、あれですよねー。久保田さん」

反応しないで居ると、ついに話し掛けて来た。

今は明らかに休んでいるのに、この年上部下はお構いなしだ。別段仲も良くないのだが、人寂しい性格らしく常に誰かの側《そば》に引っ付きたがるのだ。

「なんか二課が羨《うらや》ましいって思っちゃいません？　えー、僕らがこうして運んでるのに休んでるとかね、狡《ずる》いなーって感じ。あーもう腰が痛くてまいっちゃいます」

「二課は率先《そっせん》して現地調査と捜索も行ってくれたじゃないですか」

「そぉでした、えへっ」

舌を出しながら自分の頭に拳《こぶし》をぶつけている。

「だったら仕方ないですね。あー、本当なら我ら一課で行くとこでしたもんねー。二課の皆さんには足を向けて寝られませんですよ、ありがたやありがたや。あー、だから会議室の窓ふさいで頑張っちゃわないとですよね」

「…………」

久保田は面倒そうに黙り込んだ。

嫌という態度を露骨に見せているが、そうする程近寄ってくる気がする。

「二課に来たシロノちゃん可愛いですよね。えーしかも、けっこう力持ちで。僕ぁ驚いちゃいましたよ。あー、重くって持ち上げるの苦労しちゃってたやつを、片手でヒョイッですよヒョイッ。なんか超人《ちょうじん》って感じ」

「異世界なんで、そういう人もいるのでしょ」

「そぉですね、異世界じゃーんって感じですね。でも僕ら帰れるんですかね？」

「さあね、なるようにしかならんですよ」

「久保田さんは、えー、お子さん生まれたばっかなのに大変ですよね。家のこと心配ですよね。いやー僕なんてね、奥《おく》さんに捨てられたばっかなんで構わんですけどね。でもちょーっと心配かも、えへっ。ちょびっとぐらいですけど」

久保田は目を閉じ、心の中で深く深く息を吐いた。

もう五十代に突入《とつにゅう》したとは思えぬ喋り口調に嫌気《いやけ》がさしている。もちろん話の内容も。

「で、何が言いたいわけ？」

「あー、それは何つーかですね。えー、僕らがこんな苦労するよりかはシロノちゃんが運んでくれた方が早いんじゃないかなーって思いません？　よしっ、ちょっと一緒に頼みに行っちゃいましょう」

どうやら、これが回りくどい話の本題だと久保田は察した。

一人で言いに行くのが嫌なので、こうして人を巻き込もうとしているのだ。下手に頷けば勝手に言質《げんち》を取ったことにもされかねない。そういう小賢《こざか》しいところがイラッとする。

だから稲田の話は聞き流すのが一番だ。

「おおっとぉ、久保田さん。あー、あれ何すかね。えー、ちょっと何て言うかね。ほら、野生化した豚《ぶた》さんって、とっても巨大になるって話だそうなんですよ」

「だからさ、何が言いたいわけ」

「あっ、すんませんです。えっとですね、大っきい豚さんが来ちゃってまーす」

「大っきい豚さんって……来ちゃってまーす、じゃねぇよ‼」

稲田が指差す方を見て久保田はキレた。

倉庫のあるフェンスの方に、突進《とっしん》してくる何かの姿がある。稲田は豚さんと言ったが、むしろ猪《いのしし》さんに近い。しかし自動車並の大きさがある。

それはフェンスの手前で跳躍し、激しい音を響かせアスファルトの上に着地した。

「敵だーっ‼　避難《ひなん》しろ、避難だ‼　皆、建物の中に避難しろ！」

久保田は大きな声を張りあげ、稲田には目も向けず建物内に逃げ込んだ。

背後で巨大猪さんは、千賀次長の愛車に突撃《とつげき》すると引っ繰り返し、隣の車にも襲い掛かっている。

辺りには激しい衝突音《しょうとつおん》や破砕音《はさい》が響く。

これではコンクリート製建物でも、本当に安全なのかと不安になった。


外から聞こえてきた声に、赤星は直ぐに反応した。

席から立って窓を開け外を覗き込む。そこでは茶褐色《ちゃかっしょく》の毛皮の大きな生物が暴れ回っていた。頭から背中にかけ青味を帯びた甲殻があって、そこに太短い白い角が幾つもある点に目を瞑《つむ》れば猪と言えなくもない。

二階なので良いが、一階からは悲鳴や物の倒れる音が聞こえてくる。

「あれシシギアレなのよ」

シロノが窓枠に掴まり外を見た。

「縄張《なわば》り意識がとっても強いのよ。だから自分と同じぐらいの相手がいると、突っ込んで攻撃するのよね。バッカみたい」

「……まさかだが、車のことをライバルとでも思っているとか？」

「車？　あの鉄の塊《かたまり》のことね。そうね、もしかしたらそうなのかもしれないわね」

シシギアレの大牙《おおきば》が軽自動車のドアを易々《やすやす》と貫通《かんつう》。そのまま持ち上げられて放り投げられる。地面に激突しクラクションの音が鳴り響くと、シシギアレは突っ込んで体当たりを食らわせた。

「あちゃーっ、あれ一課の渋谷《しぶや》係長のマイカーでっせ」

「ちょっと待ってくれ。その向こうにあるのは！」

「課長の車ですね。こうなった場合は保険とか下りますかね」

「保険とかの問題じゃない。あの車は大事なんだ……」

ディーラーとドキドキしながら値下げ交渉《こうしよう》。納車を心待ちにして、そのまま実家まで運転していき他に見せる相手もいないので両親に披露《ひろう》。そして皆で寿司《すし》を食べに行った楽しいひと時。

そういったものが詰まっている。

「あれ赤星の大事なものなの？」

「そうだ……出来れば壊《こわ》されたくない。何とか守りたい」

「だったら仕方がないわね。私にもっと感謝なさい」

シロノは窓を開けると、そこから飛び降りていった。

軽《かろ》やかに着地、白い髪がまだ宙で揺れる内に走りだし、今まさに赤星の車に突進しようとしたシシギアレに飛び蹴りを入れた。

さすがはドラゴンの化身、シシギアレの巨体が吹っ飛んで転がる。

すぐに身を起こしたシシギアレは咆吼《ほうこう》し、前足で地面を掻いてシロノに突撃。

しかしその攻撃にシロノは怯《ひる》みもせず、鼻面《はなづら》を殴《なぐ》りつけた。軽い一撃にしか見えないが、シシギアレが弾き返されて吹っ飛んでいく。シロノは踏み込んで追いかけ、巨体が地響《じひび》きをたて落下すると同時に、次の拳の一撃を入れる。

シシギアレは短い悲鳴をあげ痙攣《けいれん》したかと思うと、横倒しになったまま動かない。そしてシロノは腕組みして威張っている。ドラゴンの姿でなくても十分に強かった。

「これは、どんな味なんだろう」

シシギアレを見ながら赤星は言った。

周りには何人も集まってきて大きな姿を恐々と見ていたが、赤星の言葉には引き気味呆れ気味の反応だった。もちろん、そこに居た一萬田も似たような顔をしている。

「赤星君。仮に食べられたとしてもだね、このままの状態では食べられんね」

一萬田の言うとおりだ。スーパーのパック詰《づ》めの肉とは違って、シシギアレは生きていたときと同じ毛皮に覆われた状態である。ここから肉を切りだすのは、それだけで大仕事になってしまう。

「誰も肉の解体などやりたがらないだろう」

「あ、やりますよ」

しかし赤星はやる気だ。

食べるためなら、そうした労力は惜《お》しまない男なのだ。遠巻きにする皆の中で、一萬田が代表して深い息を吐いた。

「まあ好きになさい。どちらにせよ、まずは血抜《ちぬ》きをしないと食べられないと思うがね」

「では、さっそくやります」

「時間が時間だ、今からでは無理ではないかな」

既に夕方に近い。

今から作業しては日没《にちぼつ》には到底《とうてい》間に合わない。野生動物どころかモンスターの出現する世界で、血の臭《にお》いをぷんぷんさせながら夜を過ごすのは非常にマズい。食べる側が食べられる側になってしまうだろう。

その危険性を指摘《してき》した一萬田は、傍《かたわら》の倉庫を指し示した。

「安全のため、第一倉庫に入れておくべきだろう。あそこなら一応は密閉できる」

「ならば倉庫で血抜きをするのは……」

「ダメだ」

「分かりました。それでは二課で作業します」

シシギアレの運搬《うんぱん》を引き受けたのは、赤星が頼んでシロノが倒したことであるし、仕事がなくて暇《ひま》だったからでもある。そして何より、肉の権利を主張したいからだった。

そこまで理解しているのかは不明だが、一萬田はくれぐれも余計なことをしないようにと念押しして営業所内に戻っていく。

他の皆も、手伝わされたくないため早々に去って行った。

「さて、やるか」

赤星は少しも気にしていない。

「仕方ないわね、私が運んであげるわ」

「その必要はないよ」

「どうしてなのよ。私がやるって言ってるのに」

「シロノも戦って疲れただろう。それに服が汚《よご》れても困るだろう」

「……まあ、赤星がそういうなら仕方ないわね。ちゃんと見ててあげるから、困ったら私に言いなさい」

シロノは機嫌良くそっぽを向いてしまった。

「課長、フォーク持って来ましたよ」

青木は慣れた手つきでフォークリフトを運転し、そのフォークをシシギアレの下に差し込んで持ち上げる。その様子をシロノは興味深げに見つめているばかりだ。

「この感じだと、一トンちょいですね。知らんけど」

そのままゆっくりと第一倉庫へと移動。

先回りしていた黄瀬が扉《とびら》を開けようとしていたが、重たい金属扉に四苦八苦して唸っている。赤星も手伝い押し開ける。

第一倉庫は古く、あちこち錆《さび》の出た倉庫だ。

そろそろ建て替えの話も出ていたが、一萬田が言っていたように密閉できる構造だ。足元もコンクリートの打ちっぱなしで排水溝《はいすいこう》もある。

「確かに水で流せば掃除も簡単だ」

「うわっ、血の臭いが酷いです。でも、仕方ないですよね」

「そうだね、モンスターが来ても困ってしまう」

シシギアレを片付ける。

その日も粗末《そまつ》な食事をして、早めに睡眠《すいみん》をとることになった。そろそろ皆に疲れが見えて、少しずつ不満や愚痴《ぐち》が増えているのを感じていた。


次の日の朝。

意気揚々《ようよう》と第一倉庫に向かった赤星は、悲鳴のような声をあげた。

「ない⁉」

扉を開ければ空っぽで、シシギアレの姿がどこにもない。倉庫を間違えたかと思ったぐらいだ。楽しみにしていた肉が消え失《う》せ、赤星は動揺すること頻《しき》りだ。

「私の肉がない！　も、もしかして倉庫を間違えたかな」

しかし青木が即座に首を横に振る。

「課長、ここに運んだのは間違いないですよ。そこまでボケちゃいませんて」

「まさか誰かが持ち出した……何てことはないか」

赤星は自分で言って自分で否定する。

扉の開閉をすれば大きな音が響くため、夜中にそれをすれば誰かが気付くだろう。そもそもシシギアレを持ち出す理由もなければ、フォークリフトを使わねば運べない重さである。

さらに言えば、第一倉庫の床には血痕《けっこん》すらないのだ。

「ひょっとしてですけど、ゲームのように倒した相手は消滅《しょうめつ》するかもしれませんよ」

青木は無精髭《ぶしょうひげ》を擦《なす》りながら言った。さすがに三日目ともなると髭が目立っていた。もちろん赤星も同じだが、面白がって触ってくるシロノに困っている。

「質量保存の法則どころか、原子や分子に喧嘩《けんか》を売ってやしないかね」

「でも考えてくださいよ。課長、異世界ですよ」

「何でも異世界を理由にするのはどうかと思うが」

赤星は諦めきれず倉庫の隅々《すみずみ》まで見回し確認している。

シシギアレが消えてしまった奇妙《きみよう》な出来事より、楽しみにしていた肉が消えたことの方が衝撃《しようげき》だ。

昨夜は寝るまで、どうやって肉を食べようかと想像して楽しみにしていたのだ。

「赤星の言う通りよ。青木はなに言ってるのよ、肉が消えるはずないじゃないの」

「やはりそうか。つまり私の肉はどこかにある！」

「……こだわるのね」

何にせよ第一倉庫からシシギアレが消え失せたことは報告せねばならない。

黄瀬が汗《あせ》をかき走ってきた。

「か、課長！　あのあのあの、所長が呼んでます」

「いや今は肉の捜索で忙《いそが》しいんだ」

「でも所長室まで大至急って」

「…………」

普段は聞き分けの良い赤星だが、食べ物が絡《から》むと非常に面倒くさくなる。

青木は深々と息を吐いた。

「課長、行って来て下さいよ。肉については俺と黄瀬ちゃんとで捜《さが》しときますんで」

「……分かった。しっかり頼むよ」

「はいはい了解《りょうかい》でっせ」

「ちゃんとだよ」

念押しする赤星だが、それでも辺りを見回し肉を運んだような痕跡がないか気にしていた。


所長室の応接テーブルで、見知らぬ男と対面している。

WEB会議用のモニター越しの相手は、見覚えのない六十代かそこらの男で、飲み屋街を歩けばどこでも見かけそうな目立たない顔立ちをしている。ただし、その目には精力的な強さがあった。

赤星が戸惑うのは、所長の一萬田が今まで見たことがないぐらいに緊張《きんちょう》しきっているからだ。

するとモニターの男が言った。

『細かい挨拶《あいさつ》は抜きでいこう。私は官房《かんぼう》副長官をやっている億野《おくの》と言う』

「え……官房副長官？」

『なーに、日本を裏から操っている事務担当さ。別に威張るつもりはないが、官房長官どころか総理も私の意見に耳を傾《かたむ》けざるを得ない』

報道などで政府筋の発言と耳にするが、それは官房副長官の非公式発言である。それぐらいの権《けん》威《い》と立場がある。さらに複数いる官房副長官の中でも、事務担当の官房副長官は他よりも特別な立場だ。それは官僚《かんりよう》の頂点であり、まさに国を動かす全組織に対し影響力《えいきようりよく》を持ち、まさしく日本のフィクサーと言える。

しかし赤星にとっては、何だか凄い人という程度の理解でしかなかった。

『事情を簡潔に説明しよう。君たち九里谷《くりや》商事の瑞志度営業所の敷地《しきち》跡に、突如《とつじよ》として新たな未確認生物が出現した。ただし既に死んでいる状態だったがね』

「……もしかして」

『ほう、今ので察したか。その通りだ。先程《さきほど》そちらの一萬田所長に確認して貰ったが、君たちが倒したという生物と思われる。それを念の為に確認してもらいたいため、最後に間近で見たという君に来て貰った。これを見てくれ』

画面が切り替わり、そこにシシギアレの姿が表示される。

――間違いない。

寝る寸前まで楽しみにしていた肉の姿がそこにあった。

そして再び、億野がモニターに現れる。

『どうかな？　これは発見時に全く手を触れていない状態だ』

「間違いないです、私の肉ですね」

『私の肉？』

「あ、すみません。気にしないで頂ければ。はい、倒れている様子は倉庫に入れた時とほぼ同じ姿勢です。これは間違いなく第一倉庫に運び入れたシシギアレです」

『シシギアレと呼ばれる生物なのか。そちらから、こちらへ転移したとみるべきか』

「入れ替わった……あっ、まさか……」

気付いたことがあって、赤星は思わず声をあげてしまった。

もちろん、億野が見逃《みのが》すはずもなく優しいが鋭《するど》い視線が向けられる。

『何か知っているなら話してくれるかな』

「実は――」

第一倉庫のことはさておき、シロノとウニウェルスムの戦闘と、ウニウェルスムの能力についても説明した。

「すみません。所長には後で報告するつもりでしたが、いろいろありましたので」

赤星は首を竦めた。

一萬田は気にするなと言ってくれたが本心はどうか不明だ。何にせよ報連相を怠《おこた》ったことを申し訳なく思ってしまうのは、社会人として身についた習性かもしれない。

そして億野は指を上下させ考えている。

『つまり、そのウニウェルスムには空間を移動する能力があるのか』

「はい、嘘を吐くような子ではありません。間違いない話です」

『その存在が出現したポイントで同じように物体が転移している。なるほど、無関係とは思えない出来事だ。君たちも戻って来られるかもしれない』

帰れるかもしれないという可能性に、赤星の心がわきたつ。だが、今までに何人かが何回も第一倉庫に足を踏み入れているが誰も転移をしていない。

転移にも何か条件や法則があるかもしれない。

『だが、異世界からの生物や物体が流入してくる危険性があるかもしれない――』

それっきり億野は黙り込んで思案をしている。

気まずい空気がしばし流れた。

『ああ』

と、億野は赤星たちの存在を思い出したように顔をあげた。

『ご足労感謝する、我々は君たちを見捨てはしない。最大限の支援《しえん》をするつもりでいるし、救出にあたっても努力をするつもりだ』

億野は優しささえある仕草で頷いてみせた。


一萬田と相談し、この物体の転移について、他の皆には内緒《ないしょ》のまま営業二課が中心となって調査をすることにした。そうして実験を重ねた結果、幾つかのことが分かってきた。

転移が行われるのは日付の変わる瞬間、第一倉庫の中にある物品だけが、地球側の同一ポイントに出現する。さらに、地球側のポイントに置かれてあった物品がこちらへ転移もする。

しかし一度転移したものは二度転移しない。

そして何より生物については、向こうからもこちらからも転移はしなかった。

帰れるかもしれないという希望が見えかけ、しかし結局ダメだった事実に赤星たちは失望した。

『なるほどダメだったか』

何度目かになる打ち合わせで、それを聞いた億野は残念そうな素振りもなく頷いた
『しかし生物の定義とは何かね』

その問いに赤星は額を押さえる。まさかこんな禅問答《ぜんもんどう》、もしくは科学の最先端みたいな問いに悩《なや》む日が来ようとは思いもしなかった。

「分かりません。動物は無理でしたが、納豆は移動してきました」

『つまり菌類《きんるい》は生物ではないのかね』

「どうでしょうか。味がいまいちでしたので、何か菌などが不活性化している可能性もあります。しばらく放置して状態を確認してみます」

『うむ。それから植物の地植えは転移しないが、土から引き抜くと転移するのか』

「転移後は育つ様子もなく直ぐに枯《か》れます。乾燥《かんそう》させたものは、そのままですね。乾燥ハーブをつくるには便利そうですし、あとは外来種問題は心配しなくて良さそうですね」

『ははっ、違いない。病原菌が侵入するような心配もなさそうだ』

日本側の営業所があった敷地は立入禁止。転移ポイントには医療《いりよう》用陰圧《いんあつ》テントが設置され、転移と同時に防護服に身を包んだ係員が転移物を密閉梱包《こんぽう》して周囲を消毒。

そこまで徹底《てってい》的にやっているらしい。

新しい環境に人や物が移動し、そこで未知の病気が持ち込まれ多くが命を落とした惨禍《さんか》は枚挙に暇《いとま》がない。まして異世界から送られて来た死骸《しがい》や植物など、念入りに調査されて当然だった。

しかし、生物が転移しないので問題が起きることはなさそうだったが。

「あの、ひとつ提案してもよろしいですか」

『なんだい？　言ってみなさい』

「戻れないという事実を踏まえまして。もうこうなったら……」

「ふむ？」

『異世界トレーディングをしませんか？』

赤星が提案すると、億野は鳩《はと》が豆鉄砲《まめでっぽう》を食ったような顔をした。そして少しして涙《なみだ》を滲《にじ》ませるほど大笑いをしたのだった。

ＷＥＢ会議を終了《しゅうりょう》させヘッドセットを外していると、黄瀬がふらふらと二課室に入ってきた。そして自席にまで辿《たど》り着けず、パイプ椅子にストンと座りこんでしまう。

深く息を吐いているが、それは動いて疲れたというだけではなさそうだ。

「はぁぁ、疲れました。確認完了《かんりょう》です。転移して来た電子機器は問題なく動きましたよう」

「確認ありがとう。ところで、何かあったかな？　何となく疲れた感じだが」

「田中係長につかまったんです」

「ああそうか……」

転移確認は他の課に内緒で行っているが、皆も薄々《うすうす》だが二課が何かをやっていることに気付いている。皆は見て見ぬ振りをして結果を待っているのだが、それが出来ない者が何人かいるのだ。

その筆頭が田中で、調子外れの大声でしつこく話しかける。

何にせよ田中は相手が女性となると一生懸命張り切って話しかけ、声も大きくなるので黄瀬にとっては苦手な相手なのだった。

「こんなこと言ってはダメですけど……何とかならないですか、あの方」

「無理ってものだろう。だが、他の人達もそろそろ限界に近そうだ。この件だけでなく、この生活そのものがね」

それは集団生活の問題で、神経質と無神経、繊細《せんさい》とがさつ、呑気とせっかち、一人が好きと一人が耐《た》えられない。いろいろな性格の者がいる。職場という環境で、仕事という接点だけでなら我慢《がまん》出来ていたことも接する時間が増えていけば、それこそ箸《はし》の上げ下ろしさえ我慢出来なくなる。

声や物音や物の扱い方といった些細《ささい》なことで喧嘩が起きている。

既に殴り合いの喧嘩さえ発生していた。

その都度、各課の課長が対応を行っていたが、少しずつ限界が見え始めている。組織という上下関係どころか、枠組み自体が通用しなくなりつつある感じがあった。

たとえば営業一課では鬼塚課長が高圧的に押さえ付けていたが、それで余計に苛立ち不平不満が露骨に口に出され不満が増しているのが実状だ。

「大人なんですから、皆で仲良くすればいいのに」

「それは違う、大人だからこそ仲良く出来ないものだよ。そういうわけで、うちの課も不満があったら早めに言ってほしい」

「はーい。それなら日本から来るお菓子、自分も試食させて貰いたいです」

「それはシロノに頼むしかないな」

「ううっ、また土下座して頼むしかないですね」

二課は元からお互い遠慮なく言いたいことを言える環境だった。不満はあってもすぐに解消されてしまうため気楽な雰囲気だった。

「とりあえず、もう直ぐ営業所内の不満は解消されるさ」

「あっ、もしかして」

「その通りだよ。一萬田所長と話したが、もう公表をするよ」

「良かったぁ、やっと肩の荷がおりた気分です」

黄瀬はそう言って自分の胸に手を当てた。嬉しそうな顔をしているのは、やはり内緒事が苦手だからに違いない。素直でとても良い子だ。


営業所の駐車場に全員が集合していた。

重大発表があると知らせてあるため、このところ多かった諍《いさか》いも鳴りを潜《ひそ》め。誰もが落ち着かない様子で静かに待っている。

「皆、集まってくれてありがとう」

一萬田は皆に座るよう手で合図すると、ハンドスピーカーを口の前にかざした。

「そろそろ、この生活に不満を感じて誰もが苛立っていると思う。もちろん私もそうだ。しかし私は思う、未知の世界で我々はお互いに手を携《たずさ》え生きねばいけないと」

だが、そんな言葉はあまり通じていない。

課長辺りの者は大人しいが、係長は少し不満があり担当などは露骨に面倒そうな態度をみせている。年配は渋《しぶ》い顔をしており若手は更に苛立ちを隠せていない。

「前置きはさておき、集まって貰った理由を話そう。まず一つ目。皆も気付いていたと思うが、二課がいろいろと作業をしてくれていた。その結果、日本との物流が確保された」

大きな響めきがあがった。

そして赤星が前に出ると、皆の注目が集まる。

青木と黄瀬がホワイトボードを運んできて、そこに大判資料を貼《は》り付けていく。少し風があるため、四隅にしっかりマグネットが配置された。

準備が調ったところで赤星は、日本との物流確保で第一倉庫による転移と、その法則について説明する。これまで経験してきたプレゼンの中で、一番熱心に聞いて貰えたかもしれない。

「――というわけで、残念ながら日本に戻る目処《めど》は立っていません。ですが我々は我々の欲しいものを、今まで通りに手に入れることができます。食糧《しょくりょう》も服も家具も、車さえも」

インターネットで商品を選んで注文して取り寄せる。

それは今の時代では、さして抵抗感もなく当たり前のことだ。むしろ、この場に居る皆は日中は仕事をしている社会人なので、普通に買い物をするよりはネットショッピング利用の方が多いぐらいだろう。

「そんな感じで物流が確保されますので、今まで通りの生活だけでなく仕事も可能なのです。ええ、今まで通りの仕事が」

ざわつく。

察しの良い何人かは気付いているようだ。

「なぜなら我々は、異世界と元の世界を唯一仲介《ゆいいつちゅうかい》できる立場にあるわけです」

「本社とも調整させて貰ったが、かなり……いや、全力プッシュで大乗り気だ」

九里谷商事では社長自らが陣頭《じんとう》指揮をとる一大プロジェクトとなる。

これまでさしたる特徴《とくちょう》も強みもなく、鳴かず飛ばずだった九里谷商事にとって空前絶後の大チャンス。億野にトレーディングの話を提示した後から、一萬田が本社に話をし社長など一部の幹部と調整し、そういった計画を推し進めている。

その結果、日本側での細かい準備や調整は全て本社に任せてあった。

「それからですね、この近くに人里があるという情報もあります。ですから、我々は日本と異世界を繋ぐような仕事が可能です」

赤星は自信たっぷりに言った。

残りの説明は一萬田が引き継ぎ、ようやく赤星の役目は終わった。青木や黄瀬と一緒に聞く側にまわって駐車場のアスファルト舗装《ほそう》に直座《じかすわ》りをする。隣に来たシロノに頭を撫《な》でられれば、ひと仕事終えた気分だった。

駐車場は広々として風が爽やか、晴れ渡る空は清々しい。

皆でこうして駐車場に座っていると年一回の避難訓練でもしているような気分だ。

「課長、お疲れ様でっせ」

「人前で喋るのは苦手なんだよ……」

「そうは見えませんけどね。それより会社でやるよか、俺等で会社を設立して直接売った方が儲《もう》かるって思いません？」

青木の意見は確かに頷けるものがある。

しかし、赤星は首を横に振った。

「日本側で信用出来る相手が必要だろう。だったら本社を巻き込んだ方が早い」

「まあ、確かにそうですけど。同期のあいつらが今まで通りの生活で、棚《たな》ぼた的に儲けるのが気に入らないですよ」

「それはどうかな。なにせこれは世界中からの注目を浴びるだろうからね。その矢面《やおもて》に立たされるわけだから、きっと大変だと思うよ」

「うっ……それを思うと少し気の毒のような気がしてきたかも」

青木は呻《うめ》くように言った。

何にせよ、仕事に伝手《つて》や縁故《えんこ》というものは大切だ。それであれば、やはり本社を絡めるのが一番手っ取り早いのは事実だろう。一萬田は独立採算制を取り入れるつもりらしいが、経理関係に疎《うと》い赤星に詳《くわ》しいことは分からない。

その一萬田が言った。

「皆、もう一つ重大発表をする」

いよいよ次かと、事前に知らされていた赤星は期待に身構えた。

「ようやく政府関係との調整が整って、家族とのＷＥＢ面会が許可される。またインターネットの使用もある程度の制限はかかるが同様に許可されるだろう」

先程に負けない程の響めきが起きるものの、そこには喜色が強い。実を言えば最近は情報封鎖《ふうさ》の為に、本社側のサーバーでアクセス制限がかけられていたのだ。

駐車場に座る皆は互いに顔を見合わせ、喜びの声をあげている。

誰もがそれを待ち望んでいた。事前に話を聞いていた赤星でも、やっぱり嬉しくなってしまうぐらいである。それまで皆の間に漂っていた不満は一瞬でふき飛んだ。

「これでもう大丈夫だな」

赤星は呟《つぶや》く。

日本と異世界でトレーディングを行うことで、全員が会社という枠組みを意識して組織への帰属意識を取り戻した。ネットショッピングの利用が可能となったことで、元の生活を少し取り戻した。

そして家族との連絡が許可される。

何より仕事がある。

これによって、一気に元の生活に近づいたと言えよう。

家族持ちにとっては出張や単身赴任《ふにん》の時と同じ。そうでない者にとっては年に一回か二回の帰省がなくなり、あとは買い物を全てＷＥＢでするようになっただけ——そうと割りきれて妥協《だきょう》できた者から、少しずつ現実を受け入れていった。

「良かったわね、赤星」

「そうだね。次はいよいよ近くにある人里か」

そこにどんな食べ物があるのだろうかと、赤星は一人楽しみにしていた。

## 第三章　知らない場所には知らない食べ物

「やっと着いた……」

実際にはまだ距離《きより》はあるが、前方に人里が見えていた。

それは斜面《しやめん》を利用した居住地だ。周りには木杭《きぐい》で出来た防壁《ぼうへき》があり、見えている範囲《はんい》に小さな建物が数十戸、大きな建物もある。全体的に石や木を多用した素朴《そぼく》さの漂《ただよ》う雰囲気《ふんいき》で、色とりどりの三角旗が目を引く。それは建物の屋根から屋根へと渡《わた》され賑《にぎ》やかだった。

平原をあちこち移動して、ようやく発見した人の住む集落だ。

異世界で生きて行くには交流は必要であるし、何より日本と異世界でトレーディングを行う為《ため》の商材も必要となる。ここで上手《うま》く交流をはからねばならない。

「しかし何だか見た事のあるような、ないような建物の造りだ……」

赤星《あかぼし》は足を止めたまま、腕組《うでぐ》みして頬《ほお》を押《お》さえた。青木《あおき》と黄瀬《きせ》がカメラで撮影《さつえい》した後、その画像を拡大して確認《かくにん》する。シロノは横で暇《ひま》そうに欠伸《あくび》。一同は食い入るように画像を確認した。

調査で派遣《はけん》されたのは二課のメンバーであった。

「独特な感じですがね……強《し》いて言うなら、東南アジアとエジプト辺りの建築様式をまぜこぜしたように感じまっせ」

就職前は海外放浪《ほうろう》が趣味《しゅみ》だったという青木が言った。

「元の世界と関係があったりしないかね」

「課長、異世界ですよ。そんな関係なんてあるわけないでっせ」

「だが青木君、これは大事なことだよ。つまり食べ物にまで影響《えいきょう》があるかもしれないわけだ。私は東南アジア系の料理は食べたが、エジプト系はまだなんだ」

「……もしかして課長、食べるモードになってません？」

赤星は出張先で必ず名物料理を食べる。時には食べるものを目的として、営業地を決めるぐらい食欲に忠実だ。

ちなみに食の拘《こだわ》りは、赤星が味で黄瀬が量、青木はその中間ぐらいになる。

「当たり前だよ、私は食べるぞ。本当ならこの週末に銀座《ぎんざ》まで行って、昼には虎《とら》ノ門《もん》で焼き鳥丼《どん》、それから銀座で猫屋《ねこや》のかき氷、さらに青山霊園《れいえん》の側《そば》でパンケーキと紅茶、夕飯に赤坂《あかさか》で蕎麦《そば》！　締《し》めのデザートは日本橋《にほんばし》の百疋屋《ひやっぴき》でパフェの予定だったのだから！」

「はいはい、今宵《こよい》の胃袋《いぶくろ》は飯に飢《う》えているって感じなんですね」

「まさにそんな気分だよ」

会話ばかりで暇を持てあましたシロノが、赤星の手を掴《つか》む。しかも食事の話を聞いてお腹《なか》を空《す》かせたのだろう。ぐいぐい引っ張り急《せ》かしてくる。

「赤星、早く行きましょ」

シロノに手を引かれて前に進みだす。

そこには活気があった。

行き交《か》う者の足取りは力強く、道端《みちばた》の物売りは威勢良く声を張りあげる。全《すべ》ての人々が活《い》き活きと生活しており、凶暴《きょうぼう》そうな生物の死骸《しがい》が台車に乗せられ掛《か》け声と共に運ばれていく。店頭の棚には、長大な一本骨や掌《てのひら》ほどもある鱗《うろこ》、極彩色《ごくさいしき》の毛皮が並んでいた。

これまで見たこともない光景と活気に、青木と黄瀬は圧倒《あっとう》され立ち尽《つ》くしている。

「何だか凄《すご》い、信じられないぐらいでっせ」

「本当なんですよう。本当凄いとしか言えないです」

「さすがは異世界ってとこで――課長、ストップ。どこ行く気ですか」

ふらふらと、赤星は食べ物が吊《つる》された屋台へと向かっていた。

「あれを見るんだ、あれは間違《まちが》いなく焼き豚《ぶた》風味に違いない。私の勘《かん》が告げている。あれは間違いなく美味《おい》しいものだと」

「はいはい。食べ物に関しての勘は凄いですもんね課長は。ですが忘れてません?」

「ん？　何をだね」

「お金ですよね、お金。課長、異世界ですよ。日本円が使えるとお思いですか。それに今は情報収集に来てまっせ」

「……そうだった」

赤星は肩《かた》を落とし、名残惜《なごりお》しげに何度も屋台を見つつも歩きだす。

里への出入りは自由で、しかも赤星たちの背広やスーツの姿を見ても、大して気にされてはいない。奇異《きい》の視線は向けられるが、それだけだ。

黄瀬がカメラを構えて撮影をしようと、シロノが尻尾《しっぽ》を揺《ゆ》らし歩いても誰《だれ》も気にしていない。なぜなら行き交う人々の格好《かっこう》は様々で、武器や防具を身に着けている人もいるぐらいだ。少々奇抜《きばつ》な格好をしていても、あまり気にされないらしい。

「さて、まずは情報収集だ」

それを片付けねば食事の方に注力できないが、目の前の人々はあまりにも活き活きとして、それぞれが目的を以《もっ》て動いているので話しかけることを躊躇《ためら》ってしまう。

「村長みたいな人に会いたいがどうするかな」

「どうしますかね。誰かつかまえて聞いてみます？」

「さて、どうしたものか……」

赤星が悩《なや》んでいるとシロノが両手を腰《こし》に当て威張《いば》った。

「分からないなら聞けばいいのよ」

言うなりシロノは野菜売りに目を向けた。

恰幅《かっぷく》がよい女性が威勢《いせい》の良い声をあげ、緑色をした植物――恐《おそ》らくは野菜――を売っている。こうしたタイプは得てして世話好きで面倒見《めんどうみ》が良かったりする。

止める間もなくシロノは女性の元に行った。

「ねえ、ここで一番偉《えら》い人はどこ？」

「おや見ない子だね。うん、一番偉い人かい？　それなら里長だね、そこの坂を上がった先の目の前の集会所にいるわよ。ちょっと頑固《がんこ》で気難しいけれど根はいい人だからね、用事があるなら行って挨拶《あいさつ》してごらんなさいよ」

「ありがとう、感謝するわ。ところで、何を売ってるの？」

「おやおや、ソヤヌ菜を知らないのかい」

女性は木の笊《ざる》から緑の濃《こ》い野菜を手に取った。

「これは茎《くき》がしゃきしゃきして炒《いた》め物でも煮物《にもの》でもいけるよ。もちろん栄養もあって元気もりもりさ。今が旬《しゅん》だからお買い得だよ。一つと言わず沢山《たくさん》どうだい？」

「ありがとう。でも私たち遠くから来たから、この辺りのお金を持ってないの」

「まぁっ、そりゃ大変だったね。だったら一つあげるわ、これ食べて元気出すのよ。なーに、後でお金が入ったら何か買ってくれたらいいからね」

「ありがとなの、感謝するわ」

シロノはソヤヌ菜を受け取って、可愛《かわい》らしく会釈《えしゃく》をしている。

しかし赤星のみならず青木も黄瀬も、女性の途切《とぎ》れることなく放たれる大きな声に圧倒され棒立ちとなっていた。戻《もど》って来たシロノは褒《ほ》めてほしかったのだろう。しかし赤星がそんな様子なので眉《まゆ》をひそめ軽く蹴《け》りを入れてソヤヌ菜を差し出した。

「ほら、これあげるわ」

「シロノのお陰《かげ》で助かったよ、ありがとう」

「当然なのよ、もっと私に感謝なさい」

「とてもありがとう」

「ふふん」

とっても機嫌《きげん》の良いシロノは尻尾をフリフリさせる。

そしてちょっとだけ声を潜《ひそ》めてみせた。

「でもね。内緒《ないしょ》だけど私、葉っぱは苦手なの。だから赤星が食べなさい」

「なるほど、それでは頂くとしようか」

むしゃむしゃして、しばし咀嚼《そしゃく》。

目を上にやりながら味を確認していく。歯ごたえが良い。微妙《びみょう》にほろ苦さと青臭《あおくさ》さはあるが、美味しい葉っぱという味わい。何より鮮度《せんど》が良い。のびのび育ったという感じの食感が味を引き立てている。

「これなら炒め物でも煮物でもいけそうだ」

躊躇うことなくソヤヌ菜を口にした赤星に黄瀬は呆《あき》れ顔だ。

「やっぱり課長は凄いですよ、躊躇うことなくいくなんて。異世界の葉っぱですよ、ちょっとは躊躇うのが普通《ふつう》だと思いますけど」

「黄瀬ちゃん、気にする方が負けでっせ。なんせ、うちの課長なんだ。躊躇うはずないじゃない」

「まあ確かにそうですよね」

ゆるい坂を上がっていく。

道の脇《わき》には丈《たけ》の短い草が生えているものの、足元の道は土が剥《む》き出しで小石が幾《いく》つか顔を出している。建物は相変わらず賑やかで、人の出入りも多い。こんな小さな里に、どうしてこれだけの人がいるのか不思議に思う程だ。

黄瀬が振《ふ》り向いて辺りの写真と動画を交互《こうご》に撮《と》り続けている。

坂を上がってみると、そこは砂が敷《し》き詰《つ》められた広場だった。高床式住居《たかゆかしき》の発展系のような建物に囲まれている。里長の居る集会所となれば、きっと真正面の建物だろう。

「さて気合いを入れていこうか。青木君、黄瀬君」

「なんだか営業かけるのも久しぶりって気分でっせ」

「確かにそうだ」

異世界市場を開拓《かいたく》し、新たな販売網《はんばいもう》を構築するための第一歩。ここで接触《せっしょく》する里長と上手くやりとりをせねば、全てが台なしだ。商品調達も販売も出来なくなるかもしれない。そうなると食事にも支障が出る。

そう考えると、少しばかり緊張《きんちょう》する。

可能なら相手と交渉《こうしょう》してくるようにと一萬田《いちまんだ》からは言われている。

日本における商取り引きでは、交渉に出向いた者など単なるメッセンジャー。実際の意思決定は会社の上司に委《ゆだ》ねねばならない。しかしそれでは通用しないと、海外と取り引き経験のある一萬田が判断したのだった。

それを思うと、かなりの重責だ。


坂を上がって目の前の建物に入る――しかし、そこは食堂だった。

広さは小さな体育館ほどで天井《てんじょう》も高い。奥《おく》には暖炉《だんろ》にカウンターテーブル、あちこちにテーブルがあって人もいて、何人もの給仕《きゅうじ》によって料理や飲み物が提供されている。

「むむっ」

中に入ったとたん押し寄せる美味しそうな匂《にお》い。

近くのテーブルにあるのは。程よく焼かれ照りのある丸焼き肉、山盛りサラダ。ぐつぐつ音をたてるグラタン、蜂蜜《はちみつ》の滴《したた》り落ちるパン。

異世界料理なので実際はどうか分からないが、しかし赤星にはそう見えた。

でも分かることが一つある。

「間違いない。うんっ、これは絶対に美味しい」

「課長、課長。本来の目的」

「分かっている、分かっているよ。情報収集が第一だからね。入るところを間違えたようだ」

バツの悪い顔をする赤星は、それでも未練がましく辺りのテーブルを見つめる。ようやく誘惑《ゆうわく》を振り切ると、近くを通りかかった女性を呼び止め尋《たず》ねた。

「申し訳ありません。集会所がどこか教えて頂いても宜《よろ》しいですか？」

給仕の女性が片手に持つトレイには空の皿やジョッキが山積み、それを崩《くず》さず動く様子は見事なバランス感覚だと感心してしまう。

女性はにこやかに頷《うなず》いた。

「こちらで問題ありません。お食事ですか？　ご依頼《いらい》ですか？」

「はい、食事を……ああ、違います」

思わず答えてしまったが、青木の咳払《せきばら》いで我に返った。依頼という言葉の意味は分からないが、まずは本来の目的を達成せねばならない。

「集会所という場所で里長さんにお会いできると伺《うかが》ったのですが。あっ、申し遅《おく》れました。私はこういう者です」

流れるような仕草で、頭を下げ気味に名刺《めいし》を差し出す。

女性はそれを空いた手で受け取ったものの、明らかに困惑《こんわく》している。名刺という文化そのものがないというよりは、そこに書かれた文字が分からないのかもしれない。しばし名刺を見つめ、それから赤星を見つめ微笑《ほほえ》んだ。

「畏《かしこ》まりました。里長はこちらです」


案内されたのは天井の高い小部屋だった。

天井から吊《つ》り下がる金属球形から細い煙《けむり》がもれ、薄暗《うすぐら》い室内に薄く香りを漂わせている。調度品の類《たぐい》はないが、木造の素朴な建物はそれだけで落ち着く雰囲気があった。

さらにテーブルの上には精緻《せいち》な模様の織物が広げられ、木の長椅子《ながいす》は座り心地《ごこち》が良い。壁《かべ》にあるタペストリーは、モンスターらしき姿が織り込《こ》まれた見事なものだ。

どれも異世界民芸品として日本に送れば売れそうなものばかりだった。

「さっきの人は、ただのウエートレスではないな。なんと言うのかな、一流企業《きぎよう》のできる秘書の雰囲気があった」

「凄い美人でしたね。しかもスタイルが良くって物腰《ものごし》も柔《やわ》らかくて優《やさ》しそうな感じですし、うちの職場には居ないタイプですよ。そう思いません？」

「まあ、その感想を聞かれたら大変なことになるとは思うよ」

「それマジで洒落《しやれ》になりませんって。内緒にして下さい！」

青木は身震《みぶる》いした。

営業所の女性たちの耳に入れれば、それこそ攻撃《こうげき》ならぬ口撃で吊し上げられかねない。もちろん物理的にもやりそうな女性も何人かいる。

「あっ、黄瀬ちゃんも内緒でね」

「どうしましょーねー」

「ひゃーっ。後でお取り寄せのスイーツ奢《おご》るから。お願い！」

「そういう話なら仕方ないですね。黙《だま》っておいてあげますす」

黄瀬は嬉《うれ》しそうに笑って、辺りにカメラを向け記録に勤《いそ》しんでいる。

「うちの職場の女性ときたら、これでっせ。ここの交渉とかが上手くいったら、光ケーブル引いてこっちで暮らすのも大アリって俺《おれ》は思いまっせ。わりと本気めで」

入り口のドアが開いた、先程《さきほど》の女性が顔をだす。

「里長がお会いになるそうです」

ドアがさらに大きく開けられる。

そこから茶色いローブをまとった、杖《つえ》をつく老人が現れた。ただ赤星たちは、その老人の姿に目を瞠《みは》った。

子供並の小柄《こがら》で肌《はだ》は緑色をして皺《しわ》が多く、頭部には短い髪《かみ》が少しあるだけ。目は大きく殆《ほとん》どが黒い。そして杖を掴む手の指は三本で、少し蛙《かえる》のような雰囲気がある。

映画や漫画《まんが》でしか見たことのないような姿だった。

ローブをまとった老人は思ったよりも軽い身のこなしで歩いてくると、ひらりと椅子に座《すわ》った。

「里長のウイリデだ」

嗄《しわが》れた声は厳しいもので表情も渋《しぶ》い。

先程のソヤヌ菜売りの女性が頑固で気難しいと言っていた通りの態度である。根はいい人という評価を言葉通りに考えれば、つまりそれは普段の人当たりはそうではないという意味だろう。

ウイリデは赤星の差し出した名刺を受け取ると、目を細めながら離《はな》したり近づけたりしながら眺《なが》める。念入りに確認すると頷いた。

「見たことのない文字じゃな」

ジロッと刺《さ》すような眼差《まなざ》しが向けられる。

「お前達はどこから来た？　儂《わし》の知る限り、こんな文字は見たことがない」

「えーっと、それは……東の方の……」

「東か。東と言えばランディア、リッピネ、ヤーポンの国がある。だが、どこもこのような文字は使っておらん。その先は海じゃが、そこを越《こ》えて来た者を儂は知らん」

「…………」

赤星は顔を引きつらせた。

閉鎖《へいさ》的な地方の里長であれば大した知識もないと思っていた。騙《だま》すつもりはなかったが、口先で誤魔化《ごまか》せばいいと考えていたのだ。この世界の知識レベルは不明だが、しかしこの老人は間違いなく幅広《はばひろ》い知識を持っている。

さらにウイリデはたたみ掛けてくる。

「しかも、そこの者は恐らくドラゴン種ではないか？　他の者ならともかく、儂には分かるぞ。なぜドラゴン種の者が一緒に居るのだ？」

「それにつきましては、どう説明すれば良いのか」

「早く言え。でなければ貴様らを不審者《ふしんしゃ》と見なし追い出すぞ」

「それは困ります」

良くない展開だ。しかも、それを感じたシロノが尻尾を強く上下に振って一触即発《いっしょくそくはつ》とまでは言わないでも、キナ臭《くさ》い雰囲気になってしまった。

赤星は目を閉じる。

脳裏《のうり》に浮《う》かぶのは、これまでの経験。営業に行った先の個人商店の頑固老人、何かにつけて文句を言われて苦労させられた。その時の対応からすると、こうした頑固な老人に下手な言い訳は逆効果。むしろ腹を割って本音でぶつかるのが吉《きち》である。

息を吸って吐《は》いて覚悟《かくご》を決めた。

「まず最初に私どもが来ました東の方とは、先程言われた東ではありません」

「ほうっ」

ウイリデの片眉があがるが、後ろに控《ひか》える給仕の女性が困惑するのとは対照的だ。

「我々はウニウェルスムによって、別の世界からこの地に放《ほう》り込まれました。そうした出来事を言っても信じて貰《もら》えるとは思えず、元の世界での出身を名乗りました。元の世界では極東の国と言われておりましたので。不誠実な発言、申し訳ありません」

実際、赤星は深く反省していた。

この世界そのものを原始的な未開社会と決め付け、里長に対しても田舎《いなか》の老人と軽《かろ》んじていた。営業として一番やってはいけないことだ。

深々と頭を下げるが、それでも足りない気分であった。

ウイリデは何度か頷《うなず》き納得《なっとく》したらしく、苦笑《くしょう》気味に笑《え》みを浮かべた。

「なるほど分かった。別の世界などと言われても、確かに普通の者は信じぬな」

「信じて頂けますか？」

「ウニウェルスムの名が出れば別じゃ。あれは世界を繋《つな》げて動く生き物なのでな。苦労して奴《やつ》を追い詰めれば姿が消え、代わりに見たこともない生物が現れたという伝承を幾つか耳にする」

今回もシロノがウニウェルスムを追い詰めた後で、赤星たちがそうなったので、まさにそれだ。過去にも似たようなことがあるなら、何と迷惑《めいわく》な生き物なのだろうか。

しかしお陰でウイリデの態度は軟化《なんか》している。

「そして、こちらのシロノですが。私に従ってくれています」

「ドラゴン種が従っていると⁉　一緒に行動しているのではなく⁉」

ウイリデの目が大きく見開かれた。後ろに控える給仕の女性など、口を押さえながら小さく頭を横に振っている。どうやら、相当信じられないことらしい。

暇そうにしていたシロノは頬を膨《ふく》らませた。

「言っておくけど、私は赤星にテイムされたつもりなんてないわよ」

「ああ、そうだったね。ごめん」

「失礼なことを言ったら、お詫《わ》びが必要だって思うわ」

「ミルキーな飴《あめ》でいいかな」

「仕方がないわ、それで許してあげるから感謝なさい」

口では偉そうなことを言うものの、シロノは差し出された飴を受け取り頬張った。

これもまた普通ではないのだろう。ウイリデと女性の態度は完全に異常事態を見ているようなものであった。だが何にせよ、赤星がドラゴンを従えていることは信じて貰えたようだ。

「すいませんね。それで我々の目的なのですが――」

赤星は居ずまいを正すと、ここを訪《おとず》れた目的について話しだした
「――と、いったわけで。我々は交易を望んでいます」

異世界である日本との交易を説明すると、ウイリデは保留とした。

そこからもたらされる富への興味はあるようだが、むしろ懸念《けねん》の方が大きく交易自体への不信感も強いようだ。それも当然だ。異世界の存在を信じることと、その相手を信用することとは全く別物なのだから。

ましてウイリデは里の長。

人々を率いる立場の者が、いきなり訪れた相手を安易に信用する筈《はず》がない。

しかし、こうした態度に赤星は慣れてはいる。なにせ営業に行けば、相手から不安や不信を向けられるのはいつものこと。ここから地道に交流を重ね、信用を勝ち取るのが営業マンとしての腕の見せ所である。

「もちろん最初から信じて頂けるとは思ってません。ただ、私どもはこの世界に来たばかりで他に頼《たよ》る術《すべ》がありません。何とか協力して頂けないでしょうか」

「ふむ……協力か……」

手にした杖を撫《な》でながらウイリデは思考する。

「ならば一つ条件がある。この近くにラガルティの巣がある。そこの数を半分程度に減らしてくれたならば協力もするし、商売の許可も出そう」

「それはありがたいです」

「ただし！　お主の従えている……もとい、協力をしてくれているシロノ殿《どの》の力は借りぬこと」

ウイリデはシロノが不機嫌そうな顔をしたので慌《あわ》てて言い直した。

どうやらドラゴンという生き物は思ったよりも上位の存在のようだ。普段のシロノの様子を見ていると、とてもそうは思えないのだが、そうらしい。

しかしシロノの手を借りられないことは辛《つら》い。

「戸惑《とまど》っているようじゃな。しかし、お主らはこの地で商売をしたいのであろう。それであれば、この地に住まう者たちから認められる必要がある。これは儂がどうこう言っても仕方のないことじゃからの」

営業などをしていると、その地における暗黙《あんもく》の了解《りょうかい》というものがある。

たとえば地域の誰某《だれそれ》に挨拶が必要だったり、取り引きに組み込まねばいけなかったり。地元に受け入れられる為の手順というものがある。人間感情というものがあるのだから当然だ。

しかし、まさかモンスター退治が条件とは思いもよらなかった。

「倒《たお》さないと無理ですか」

「無理じゃな。力を示せ、さすれば皆《みな》も認めよう」

「はぁ……」

「もちろん今すぐとは言わぬ。それまでは、この集会所で依頼でも受けて生活費を稼《かせ》ぐのじゃな」

「依頼ですか……つまりモンスターを倒したり、荷物を運んだり、護衛したり、何かを探してくるといった仕事ですか」

「分かっとるなら話が早い」

言いおくとウイリデは椅子から飛び降りるようにして立ち上がった。そして、思ったよりも優しい笑みをみせてくる。

「後は、そこのローサに話を聞くと良い。お主らを応援《おうえん》しておるよ」

ウイリデは杖をつきながら出て行った。


後に残った給仕の女性が丁寧《ていねい》に頭を下げた。

「では、ここからは、私、ローサが御《お》相手をさせて頂きます」

「はいはいはい、宜しくお願いします！　俺は青木、青木です。どうぞ宜しく」

青木が手を挙げ身を乗りだした。

待っていましたと言わんばかりの態度なので、赤星は任せることにした。実を言えばウイリデとの会話だけですっかり疲《つか》れている。

シロノが置いてあったコップを手に取り突《つ》きつけてくる。

「ほら赤星、お水飲みなさい」

「ああ、ありがとう」

「別にこんなの当たり前のことなの、お礼なんていらないわよ」

「そうか、でもありがとう」

重ねて言うとシロノはそっぽを向いた。顔が赤いのは言わぬが花だろう。

疲れた気分に水が心地よく、口当たりがまろやかで間違いなく軟水《なんすい》である。これであれば料理も美味《うま》いだろう。なにせ硬水《こうすい》と軟水では味の染《し》み具合も違ってくるのだから。

気を抜《ぬ》いて室内を見回すと黄瀬と目が合った。

カメラを構えつつ手を振ってみせるので、どうやらしっかり撮影していたらしい。少し気恥《きは》ずかしいので、この部分は編集で削除《さくじょ》なりして貰うべきだろう。

青木はローサに熱心に話しかけている。

「ここの里の名前は何でしょかね？」

「アグロスの里と申します。この辺りはモンスターが多いため、ハンターと呼ばれる方々がモンスターを倒して素材を集め、それを売り買いして生活しています」

「なるほど、だから力を示せってわけですか」

「そうなります。里専属で活動されている方も、流れの方もいらっしゃいますが。誰もが力を示して、ここで生活をしております」

「おうっ、これぞまさしく異世界ファンタジー」

青木は嬉しそうに悶《もだ》えているが、異世界に対する興奮半分、ローサとの会話に対する興奮半分といったところだろう。

「そのハンターのお仕事というのはモンスター退治ってわけですね。で、俺らみたいな初心者には草むしりとか、迷子の猫捜しとか、屋根とか塀《へい》の修理とかだったり？」

「はい？　モンスター退治はありますが、他に仰《おっしゃ》られたような依頼はありませんよ。雑用であれば自分で行いますし、そもそも家屋の修理は素人《しろうと》に頼《たの》むものではありません」

「ですよね、俺もそんな素人修理の家に住むのは嫌《いや》ですもん」

青木は浮かれ気味だ。

この異世界でタイプの女性に巡《めぐ》り会って大喜びなのだろう。普段の仕事では見せないぐらいの熱意である。そんな部下の努力に水を差さぬよう、赤星は黙っておいた。

だがしかし、それも次の言葉を聞くまでだ。

「宜しければ集会所でお食事をどうぞ。今回はサービスです」

赤星は目に力を宿らせた。

黄瀬は満面の笑みになる。

シロノは舌なめずりした。

「あー、そうですね。うちのボスと仲間たちが是非《ぜひ》食べたいそうです」

これ以上は会話を続けられないと気付き、青木は残念そうに肩を竦《すく》めた。


情報収集を終え営業所に戻ると、さっそく会議室で会議が開かれ、そこで報告をする。

「――以上が近隣《きんりん》にある、アグロスという里の状況《じょうきょう》になります」

赤星の報告に一萬田所長は真剣《しんけん》な顔で耳を傾《かたむ》けている。千賀《せんが》次長がその隣《となり》に控え目に座り、他の課長たちは思い思いの態度でモニターを見つめている。

「続きまして、食事になります。こちらの肉は当然ですがジビエ、野菜類は新鮮《しんせん》で味わいが強い。素材の味が強いのもあって、味付けは全体的に濃いめで香辛料《こうしんりよう》も多いです。それから量も非常に多いですが美味しいので問題ないですね」

「あのねぇ、赤星君ね……」

一萬田は椅子の上でずっこけ気味だ。いや、実際にそんな素振《そぶ》りをしている。

「はい、もしかして味付けの方が気になりますか？　そちらは東南アジア系にやや近いと感じますが、東ヨーロッパ的な雰囲気も漂ってます。ただ日本人に向いてる味付けであるので、私としてはお勧《すす》めですね」

「いや、そうじゃなくて……」

「あ、お酒の方でしたか」

「酒⁉」

「あまりお酒は飲めないので軽く頂きましたが、ワインに似た感じの風味でした。恐らくブドウに似た果物を使ってますね。辛口《からくち》で度数が高く芳醇《ほうじゆん》な香りがたって、料理に合います」

途端《とたん》に会議室に羨《うらや》ましげな声が溢《あふ》れる。

日本から各種食材は送られていたが、その殆どは食糧《しよくりよう》。嗜好品《しこうひん》扱《あつか》いの酒類はまだ来ていない。だから営業所の酒飲み共はいろいろ我慢《がまん》をしている。そして会議室に居るほぼ全員が酒飲みだ。

我に返った一萬田が咳払いをして、続けるよう合図をしてくる。

「それから、こちらが里長になります」

ウイリデの小柄で緑の人といった姿に、皆が驚《おどろ》きの声をもらした。

「こう言っては失礼だが、まさに異世界といった種族だね」

「はい、そうですね。変な意味ではなく会話は普通にできる、やりての方といった印象です。気難しいですが本音で話せば分かってくれる方ですね。ただ、かなりの知識と洞察力《どうさつりょく》を持った人ですので、応対には注意が必要です」

自分の失敗が繰《く》り返されぬように情報を伝えておく。

次の画像を表示させる。

「こちらがローサさんです。親切な方です」

キリッとした顔立ちのローサと、にやけ顔の青木が並んだ画像だ。こちらはこちらで皆から感嘆《かんたん》の声が――しかも一際《ひときわ》大きく――もれた。一萬田も身をのりだしている。

「美人だな」

「ですね。御覧《ごらん》の通りで青木君も大喜びでしたよ」

皆は芸能人の誰某《だれそれ》に似ていると軽口を叩《たた》いて嬉しそうだ。きっとアグロスの里に行く希望者が、より一層増えるに違いない。ただし千賀次長が咳払いをすると皆が首を竦めた。

「報告ありがとう、どれも貴重な情報だよ。しかし、そうなると最初に考えねばならないのはウイリデさんから出された宿題だ。これについては、どうかな」

一萬田の問いと視線は、明らかに赤星へと向けられていた。

「はい、我々だけの力でラガルティの群れを倒さねば駄目《だめ》だそうです」

「ふむ……どうしてもかね」

「地元に受け入れられるには必要なようです」

「なるほど」

一萬田はしばし瞑目《めいもく》し考え込んだ。ややあって、渋い顔で頷き目を開ける。

「これは大きな危険を伴《ともな》うが、避《さ》けては通れないことではあると私は思う。もう直に日本側で情報解禁が行われるとも聞いている。その時に、こちらで商品確保が出来ていないのは宜しくない。早急《さっきゅう》に対応する必要があると思う」

「そうですね」

答えながら、赤星は内心では早く話を切り上げたかった。

皆の前で一人立たされ、そこで受け答えするなど嫌すぎる。それにアグロスの里と往復したばかりなので、そろそろ休憩《きゅうけい》したい。

気付いてほしい素振りをみせるが、一萬田はそれどころではないようだ。

「赤星君はラガルティとの戦闘《せんとう》経験があるのだったな。それは、どんな感じだったかな?」

「そうですね……まずスキルは関係ないと思います」

自分の中で答えを探し、思ったままに伝えていく。

「いえ、実際には関係すると思いますが……そのスキルがあるからと、戦えるわけではないと思います」

あの和多《わた》や佐藤《さとう》は戦闘スキルを持っているが、多勢に無勢とはいえ戦うどころではなかった。一方で赤星は戦闘スキルなしでもラガルティと戦えている。

その違いは何か。

物事に取り組む姿勢であり、それは心構えだ。

「つまり自転車を乗りこなす才能があっても、自転車を乗ろうとする意志や意欲がなければ無意味なのと同じではないかと。いえ、上手い喩《たと》えでなくて申し訳ありません」

「いや、分かり易い言葉だったよ。ありがとう。確かに私もサムライのスキルがあるが、いきなり刀を持って戦えと言われてもね。恐《こわ》くて逃《に》げだす自信がある。心構え、その通りだ。それが大事そうだ」

一萬田が思案していると、その後ろで鬼塚《おにづか》が声をあげた。

やはり、こういった時に何か言わずにいられない性格なのだ。

「言わせて貰いますが、これは難しい問題ですよ。若い連中に死ぬかもしれない危険な目に遭《あ》えなんて、俺は言えませんて」

「その気持ちは分かるが、戦いは避けては通れないだろう。ここは日本ではない。いつモンスターに襲《おそ》われるか分からない場所だよ。ならば、どのみち戦わざるを得ない。いきなり戦いに放り込まれるよりは、まずは自分たちから戦った方が良いとは思わないかな」

「分かりました。それが所長の判断であれば俺は従いますよ」

鬼塚はあっさりと引き下がるが、そのとき赤星は気付いた。

恐らく一課に戻った鬼塚はぼやくのだろう、戦うことに自分は反対して釘《くぎ》を刺したが所長が決めたのだと。それは犠牲《ぎせい》が出た時に対する皆の不満を回避《かいひ》するための布石というわけだ。

もちろん一萬田も察した上で言っているのだろう。口を引き結び、少しばかり苦々しい顔で眉間《みけん》に皺を寄せている。

——何とかしなければ。

ふと、そんな思いが赤星の心を過《よぎ》った。

一萬田の言うことは非常によく分かる。この世界は日本のように常に安全ではないのだ。いつかどこかで必ず戦わねばならない。それであれば襲われて戦闘になるよりも、入念な準備をして自ら挑《いど》んで戦った方が遥《はる》かにマシだ。

「すみません、こちらを御覧下さい」

赤星は急いで機器を操作し、アグロスの里で撮影した画像をモニターに表示させる。

そこに現れたのは村を行き交う人々の姿。いずれも武器を身に着け、剣なども鈍器《どんき》に見えるぐらいに頑丈《がんじょう》だ。そして防具は硬《かた》く頑丈そうだが動きやすそうなものだ。

「きっと、これぐらいの装備が必要です。ですが弓や弩《いしゆみ》のような装備もあるので、せめて日本から猟銃《りょうじゅう》が持ち込めれば助かると思います」

「それは難しいね」

「そうなるとボウガンはどうでしょう。日本国内では所持が禁止されていますが、こちらでは大丈夫《だいじょうぶ》です。それを大量に用意して、長篠《ながしの》の合戦方式にして皆で撃《う》つというのは」

赤星は一生懸命《いっしょうけんめい》に言った。

きっとこれまでの会議で、ここまで必死に考えて自分の意見を述べたことなどない。自分は愚《おろ》かで物事を考える力がないと理解しているが、それでも意見を言わずにはいられない。

「なるほど、そういうのも良いね。しかし皆の安全第一を考えれば、間近に迫《せま》られた場合に身を守る術も必要となるだろう」

「そうですね。あとは逃げるかですが……それなら……」

「構わない。何か気付いたなら言ってほしい」

「はあ、それでは。単なる思いつきですけど、軽トラを使ってはどうでしょう」

「軽トラをかい？」

「荷台です。その荷台に乗って、そこからボウガンを撃ちます。ラガルティが近づいたら逃げるのはどうでしょう」

「なるほど。荷台に乗るのは道交法違反《いはん》だが、ここなら問題はなさそうだ。お巡《まわ》りさんも来られないからね」

一萬田の言葉に皆から笑いがあがる。

そして赤星の言葉で風向きが変わったようだ。皆の間から次々と意見が持ち上がり、何となく戦うことを前提とした空気が醸成《じょうせい》されていく。もちろん課題は多いが、それを解決するための前向きな意見が大多数だった。


会議が終わって、ようやく赤星も解放された。

だが、まだ片付けがある。本当なら青木や黄瀬に手伝って貰いたいところだが、二人も疲れているので休ませてやりたかった。

皆が三々五々と解散していく中で赤星が片付けをしていると、最後に残った鬼塚が言った。

「赤星ちゃんよ、あんまり所長の肩を持つもんじゃないぜ」

それは、どことなく困らされたような声色《こわいろ》だ。

「所長ってのは所詮《しょせん》は上の立場からものを見てる。下のことなんて分かっちゃいない」

「でも一萬田所長は今までの所長とは違いますよ」

「そうかもしれんけどな。まあ別に俺はどうでもいいよ、ただ赤星ちゃんが後で困ると思って言ってんだぜ。まあ余計なお世話かもしれないが」

「…………」

「でもな、何かあったら責任取らされるのは俺らだよ。課長ってのは、そういう立場なんだ。こんな世界で誰か死んでみろ。他の連中に吊し上げられたら何が起きるか分からんよ。俺はそれが一番恐いと思ってんだ。言いたいのはそんだけだ」

言いおいて鬼塚は去っていく。

赤星は手を止め、その後ろ姿を見やった。

確かにそうかもしれない。法もなければ治安を守る警察もいない異世界の、営業所という限られた空間での人間関係。何がどうなり、何が起きるかは誰にも分からない。

言葉こそキツいが鬼塚の意見も間違っていない。そして心配してくれているのも事実だろう。

「…………」

黙っていると、会議室の入り口に白い髪の小柄な姿が現れた。シロノだ。頬を膨らませ気味で、とことこやって来る。

「赤星、用事は終わったのよね」

「ん？」

「だったら早く来なさい。ご飯なの。赤星が来ないと、ご飯が食べられないのよ」

「それは一大事だ。直《す》ぐに行こう。待っててくれてありがとう」

「べ、別に待ってなんてないのよ」

「なんだそうだったか」

赤星が肩を落とすと、シロノはムッとした。表情がコロコロ変わる。

「でも、ちょっとは待っててあげたのよ。だから感謝なさい。ほら、まだ片付けがあるのなら私も手伝ってあげるから」

「片付けなら終わったよ」

「なら、そう言いなさいよ！」

尻尾を荒々《あらあら》しく振って気持ちを表すシロノと一緒に歩きだす。

会議室から廊下《ろうか》に出ると、そこに食事の匂いが微《かす》かに漂っている。もう夕食は始まっているらしい。アグロスの里で美味しいものを食べた後なので、いつもの非常食めいた食事は一層味気ないものになりそうだ。もちろん文句は言えないのだが。

「ところでシロノにお願いがあるのだが」

「何？　聞いてあげるわ」

「そのうち何かあったら、皆を守るのを手伝ってほしいんだ」

「ふぅん……まあいいけど、考えておいてあげるわ」

「ありがとう」

気の早い者が点《つ》けた蛍光灯《けいこうとう》に照らされた廊下をシロノと一緒に歩いて行く。今日は早く寝《ね》るつもりだ。やはり遠くへのお出かけで身も心も疲れきっているのだから。

営業所の駐車場《ちゅうしゃじょう》に全員が集合していた。

課毎《ごと》に一列に並んで整列して点呼をとり、それを確認後に各課長が総務課長の元へ報告。とりまとめると総務課長が千賀次長へ報告し、そして千賀次長から一萬田所長へと伝えられて人数確認が終わる。

「なんだか面倒《めんどう》なことするのね」

赤星は二課の列の先頭に座っているが、素直《すなお》な感想を述べたシロノの口を塞《ふさ》いだ。その尻尾がアスファルト舗《ほ》装《そう》をペシペシ叩いて不満を訴《うった》えていた。

駐車場に待機する全員は何が始まるのかと期待気味だ。

前回が良い話だったため、今回もそうに違いないと期待しているのだろう。しかし前に立つ一萬田の顔は厳しいものだ。

一萬田はハンドスピーカーを口元にかざした。

「近いうちに我々は、ラガルティと呼ばれるモンスター退治を実施《じっし》する」

それが里との交流を行う為の条件である、との説明にざわつく。

営業をしていると成約を取るため様々な要望もあるが、さすがにこれは誰にとっても初めて。若手の中にはモンスター退治という言葉に拳《こぶし》を握《にぎ》って気合いを入れる者もいるが大半はそうではない。不安そうな顔をしている。

何人かは自分には関係ないと興味なさげだったが、それも次の言葉を聞くまでだ。

「これは全員で行う。年齢《ねんれい》性別役職関係なく、全員参加でだ」

年配者は露骨《ろこつ》に顔をしかめ、女性はヒソヒソ批判的に囁《ささや》き合っている。そこから聞こえてくるのは、若い者がやるべきとか、男がやるべきといった声だった。

一萬田もそれは聞こえているだろうに意にも介《かい》していない。

「分かっていると思うが、ここは日本とは違う。誰かに負担を押し付けていられる世界ではない。ここに居る全員が、いつかどこかで必ず戦わねばならないだろう。今この瞬間《しゅんかん》、そこのフェンスを乗り越えラガルティが襲ってくることだってありえる」

正門の方が指し示された。

そちらのフェンスから向こうは平原が続き、遠くには実際にラガルティが彷徨《うろつ》く姿がある。それは偶《たま》に営業所近くまでは来るが侵入《しんにゅう》はしていない——今はまだ。

「その時、皆はどうする？　逃げればいいのだろうか？　しかし常に逃げきれるだろうか。逃げられず、生きるために戦わねばならない時は必ずある。だから私は思う、全員が戦いというものを経験しておかねばならないと」

力強い言葉に頷く者は少なく、皆はまだ戸惑いが多い。

それに対し一萬田は優しい声で続ける。

「戦うことが不安な気持ちも分かる。誰だって危険に遭いたくはない。そんなことに対する恐怖《きょうふ》も分かる。私だって恐い、ここに居る誰もが恐い。でも、やるしかない。やらなければいけない。私たちは今ここにいる。安全な日本ではなく、モンスターの存在する世界に！　だから戦わねばならないのだ！　この世界で生きていくために！」

一萬田は力強く拳を握って掲《かか》げてみせた。

「全員で協力すれば絶対に上手く行く。我々全員で力を合わせ戦おう！」

露骨な不満の声は収まっていたが、しかし不安な顔は消えてはいない。

異世界に来たからと、即座《そくざ》に気持ちを切り替《か》え戦える者ばかりではない。戦いなんてものは恐ろしく、出来れば避けたいことである。そして嫌なことから目を逸《そ》らしていれば、何とかなると思ってしまうのが人間というものだ。

――やはり何とかしなければ。

赤星は皆の様子をみて、そんなことを考えた。

そして鬼塚の言っていた言葉を思い出すが、それが現実になるのは嫌だと思う。嫌であれば何とか回避するために動かねば駄目だ。

だが自分にできることはあるのだろうか。

――無理、かな。

ただの食い意地の張っただけの男にできることはない。今も脳裏にはアグロスの里で食べた食事しか浮かんでこない。アグロスの里に行って美味いものを食べて過ごしたい。そんなことを、ぼんやりと考えていると一つ案が浮かんだ。

――やるしかない、否《いや》、やらないといけない。

まだ決戦の時までには時間がある。心に決めたことを実現するために動きだす。

まずは、再びアグロスの里へと出かけることにした。

だが出発にあたって、営業一課所属の阿部《あべ》が頭を下げてきた。いつものように二課が行くつもりだったが、他の課にも里を経験をさせるため同行して貰うことになったのだ。

「よろしくお願いします、赤星課長」

阿部の髪型はブロッコリーやマッシュルームに似ている。顔立ちや体形は今風の爽《さわ》やか系男子。見た目が良いので九里谷《くりや》商事の紹介《しょうかい》パンフレットの撮影にモデル代わりに使われている。それでいて驕《おご》りもせず、気遣《きづか》いも出来て礼儀《れいぎ》正しく人当たりもよい。

今は担当者だが、次はもう係長への昇進《しょうしん》が検討されている若手一番の有望株。同僚《どうりょう》からは完璧《かんぺき》超人《ちょうじん》などと弄《いじ》られ、女子からの人気はもちろん絶大。

赤星は、何から何まで自分と違い過ぎる相手に微笑んだ。

「こちらこそ、よろしく。営業一課のエース阿部君が来てくれたなら心強いよ」

「いえ、こういうことは初めてです。僕《ぼく》なんて何の役にも立ちません。雑用でも何でもしますので、扱《こ》き使ってください。よろしくお願いします！」

「そんなに気を張らなくていいよ。指示通りに動いてくれれば十分ってものさ」

「頑張《がんば》ります」

真面目《まじめ》に頷く様子は、同じ営業一課の問題児である和多とは大違いだ。

そこに営業用のライトバンがやって来た。走行試験も兼《か》ね、途中《とちゅう》までこれで行くことになっているのだが、運転席の窓が開き青木が半分身体を出して車体を軽く叩いた。

「はいはい、そこの皆さん俺とドライブしません？　出発進行でっせ」

「あっ！　係長に運転なんてさせられませんよ、僕が運転しますよ」

「いいっていいって、これ好きでやってるからさ。それよか乗りなよ。心配せんでも、スタックした時に扱き使ってやるから」

「分っかりました。では不肖《ふしょう》阿部、助手席でナビさせていただきます」

冗談《じょうだん》めかして敬礼した阿部は、助手席に乗り込む。どこまでも如才《じょさい》ない。

赤星が車のドアを開けるとシロノが同じ場所から入り込む。まだドアの開け方を知らないのだ。奥に詰めて乗り込んで、シロノにシートベルトをしてやって自分もする。

「こちらは完了《かんりょう》だよ。青木君、頼むよ」

「了解。では出発進行」

留守番の黄瀬が田中に手伝って貰いながら正門を開ける。ライトバンはゆっくりと走りだすが、直ぐに加速しだした。この世界において初となるまともな自動車走行だ。

不整地走行にもかかわらず、車は軽快に進む。

「さっすがはライトバン、なんともないぜ」

青木は御《ご》機嫌だ。

だが赤星は窓の上に取り付けられているグリップを両手で必死に握っていた。速度を出しすぎている上に不整地を走るため、時折跳《は》ねて大きく揺れるのだ。

今もまた下からガツンとした衝撃《しょうげき》。

胃がヒヤッとする浮遊《ふゆう》感があって着地する。

「いえーい！　係長、もっとやっちゃってください！」

「よっしゃ、やったるでぇ」

青木と阿部はノリノリで、もちろんシロノも大喜び。

そんな中で赤星は青息吐息《といき》だった。

「待ちなさい、スピードを落としてくれ」

「えっ、もっと上げてくれですか？」

「違ぁうっ！　ほら、もう里が見えているだろう。車はここまでにした方がいい」

「あー本当ですね。しゃーない」

今度は前につんのめるような急ブレーキ。車体が回転する遠心力で身体《からだ》が引っ張られ、またも赤星はグリップにしがみつく。

車が停止した。

軽くスピンをしたせいで、車の向きは進行方向と正反対を向いている。帰りの時は方向転換《ほうこうてんかん》しなくて丁度良いだろう。

少し遅れて土煙《つちけむり》が周りを包むので、直ぐには外に出られない。

「……帰りは私が運転しよう」

「そりゃ駄目ですって、課長に運転させるなんてとんでもない。大丈夫、帰りはもう少し安全運転しますんで」

「まったく、途中で凹凸《おうとつ》があったら大変だ。乗り上げたり嵌《は》まったりしたら――」

「そしたらシロノ様に助けて頂きますんで」

ちゃっかりした青木は笑っている。

周りの土煙はまだ舞《ま》っていて、窓枠《まどわく》にも細かな砂が溜《た》まっている。営業所に戻った後は、高圧洗《せん》浄機《じょうき》でも使ってしっかり洗車せねばならないだろう。

阿部はシートベルトを外し軽く振り向いてきた。

「聞いてしまってもいいですか？　シロノちゃんがドラゴンだってのは本当です？」

「それは誰から聞いたのかな」

「誰というようなこともないですけど、まあそんな噂《うわさ》です」

会議でその場限りとは言っておいたが、そんなものがアテになるはずもない。たとえば、システム課の竹山課長などはポロッと言ってしまうタイプだ。多分その辺りが大本だろう。

「ちなみに和多君も聞いてましたから、もうその話は……あれですね」

「営業所の皆が知ってるってわけだね」

「です」

和多はお喋《しゃべ》りなので、自分の知っていることをあっちこっちで自慢《じまん》げに吹聴《ふいちょう》してまわるのだ。もちろん機密に近いようなことも――しかも来客が居ても――平気で喋るので、営業所内で一番信用ならない相手である。

そしてシロノも隠《かく》す気はなかった。

「そうよ、私はホワイトドラゴンなのよ。分かったら、ひれ伏《ふ》しなさいなの」

「ははぁっ。これは恐れ入りました、ドラゴンのお姫様《ひめさま》」

「分かったらいいのよ」

如才なく阿部が返事をしたのでシロノの機嫌は良い。一方で赤星としては、自分の娘《むすめ》にちょっかいを出された気分だ。つまり面白《おもしろ》くない。

シロノが見上げて来た。

「ねえ赤星、これ外しなさい」

「むっ、分かった。そろそろ砂煙もおさまったようだ」

「そうよ、早くなさい」

ちょっと威張り気味のシロノは、シートベルトを掴んで文句を言った。


営業所からアグロスの里まで徒歩なら三時間程度だった。

今回は三十分とかからなかったが、その内の十分が徒歩だ。赤星は振り返って、大きく広がる平原の景色の中にある小さなライトバンを見つめる。疲労《ひろう》の度合いも段違いで、文明の利器とは斯《か》くもありがたいと思い知らされた。

その傍《かたわ》らでアグロスの里を見ている阿部は興奮気味だ。

「凄いですね、なんだか人生観が変わりそうな景色です」

「そうだろ、こういうのは肌で感じないとな。話や動画では分からんってもんさ」

「海外の市場もこんな雰囲気でしょうか。日本にはない感じですね」

里を行き交う人の数はそれほど多くはないが、しかし熱気のようなものがあるせいで賑わっているように感じられる。大型の武器を持った男女が行き交い、見たこともない生き物や品が運ばれる。飛び交う声は覇気《はき》があって、笑い声も力強い。

この空気に浸《ひた》っているだけで、自分の中に力が宿りそうな気がするぐらいだ。

アグロスの里に見入る阿部の肩を、ぽんっと叩く。

「いいかな」

「あっ、すみません赤星課長。ちょっと、ぼぉっとしてました」

「気にしなくて構わないよ、その気持ちは分かるからね。さて、ここからは別行動にしよう。阿部君は青木君とシロノを連れて里を視察――」

言いかけたとたん、シロノがムッとした。

「嫌よ、私は赤星と行くの」

「ああそうか、ではそうしてくれるかな」

「もちろんなの」

堂々と言ってシロノは赤星の隣に並んだ。

もうすっかり、そこが定位置らしい。そんな様子を阿部は不思議そうに見ている。テイムしたモンスターと言うよりは、もっと別の関係。たとえば親子みたいだと思ったのかもしれない。

青木は苦笑気味に笑みを浮かべた。

「では、課長はどうなさるので？」

「里長のウイリデさんに会おうかと思っている」

「交渉ですか」

「まあ、そんなものだよ」

言って赤星は歩きだすのだが、その胸には自分の出来ることをやろうという決意のようなものがあった。横に並んだシロノは両手を大きく振り歩いている。

集会所に行ってローサに声をかけると、直ぐにあの小部屋へと案内された。

穏《おだ》やかな風が入る窓に日除《ひよ》けがあって少し薄暗く、落ち着く香りが漂っている。どこかしら祖父母の家を訪れた時のような穏やかな雰囲気が確かに存在した。

ぼんやりとしていると、ウイリデがやって来た。先日と同じく薄茶のローブをまとい、杖を突きながらやって来る。頭を下げる赤星に気難しげな顔を向けた。シロノの姿に片眉を上げるが、直ぐに視線を戻す。

「何用だな」

「度々《たびたび》で申し訳ありません」

「構わん。ドラゴンと共にある者の面会を断るはずもない」

「そういうものですか？」

「そういうものだ」

ウイリデは椅子に跳《と》び乗るように腰掛ける。

緑の肌に見られる皺は深く、それなりに年齢を重ねているようだが、その身のこなしは軽い。しかし杖は手放せないらしく、そこから杖で身体を支えながら身を乗り出してくる。

「で、どのような用件だ」

「贈《おく》り物を持って来ました。どうぞ、コレをお納め下さい」

「なんだ、これは……」

「こんな感じで使ってみて下さい」

　言って赤星は鞄《かばん》から取り出した品を顔に装着してみせる。直ぐに外し、ウイリデに同じようにするよう促《うなが》しながら渡す。

「ふむ……？」

　ウイリデは訝《いぶか》しげな態度を隠しもせず、しかし言われるまま装着。そして赤星の差し出す名刺に目を向け――その目が大きく見開かれた。

「おおっ‼　見える！　この文字は読めんが文字が見える！」

「どうでしょうか。これは老眼鏡というものです」

　以前にウイリデが赤星の名刺を見た時の仕草で、これは老眼に違いないと思ったのだ。自分の親から老眼の辛《つら》さを聞いていたので、これは使えるのではないかと考え受付などに置かれている老眼鏡を取り寄せて持ってきたのだった。

　ここまで喜んで貰えるとは思いもしなかった。

「そちらはサンプル、つまりお試《ため》し用に差し上げます」

「ほう、で何を求める」

　ウイリデはさすがに疑わしい目を向けて来たが、その手はしっかりと老眼鏡を握って放さない。どうやらもう手放す気はなさそうだった。

　赤星は和《なご》やかに微笑んだ。

「我々はラガルティ退治をせねばなりませんが、しかし戦いの素人ばかり。このままでは、とても勝てるとは思えません」

　そもそも、平和すぎる日本において戦いを知っている者など極少数だ。武術にしても精神論や型稽古《けいこ》が中心であるしスポーツと化している。命懸《いのちが》けの白兵戦による戦闘経験者は皆無《かいむ》だろう。

赤星はラガルティを倒しこそしたが、それは無我夢中でだった。そして倒せたのは偶然《ぐうぜん》の要素が大きく次も同じようにやれる自信はない。

これから営業所の皆が同じことを行うわけだが、今のままでは大怪我《おおけが》もしくは死人が出るのは間違いないだろう。一萬田はそれも避けては通れないことと覚悟をしているのは明らか。

だが赤星は、営業所の皆に無事で居て貰いたかった。

「だからそれを勘弁《かんべん》してほしいと？」

ウイリデは顔をしかめる。

目を細めた様子は、嫌なことを聞いてしまった時の表情だ。

「しかしこれは前にも言ったように、儂がどう思うかではない。この里におる他の者たちがお主らを受け入れるかどうかという――」

「待って下さい。それは違います」

赤星はキッパリと言って続ける。ここで勘違《かんちが》いされては堪《たま》らない。

「我々は力を示すために戦うつもりです」

「むう？」

「ですが、戦い方を知りません。だから、まずは戦い方の指導を受けたいのです」

「…………」

「ここで依頼が受けられると聞きました。それは逆に言えば依頼が出来るということですよね。だから、戦い方を指導してくれる方を紹介していただけませんか。この世界のお金は持っていないので払《はら》えませんが、代わりに珍《めずら》しい食事を用意できます。それを報酬《ほうしゅう》とします」

それこそ、この世界の誰も食べたことのない食事だ。

食べ物を報酬とするのも、食い意地の張った赤星ならではだろう。

「ちなみに味の方ですが……」

「とーっても美味しいのよ」

「このような評価を頂いてます」

言い終えた赤星と満面の笑みを浮かべるシロノを交互に見て、ウイリデは肩を震わせだす。やがて声をあげ笑いだした。

「はっははは。なるほど、なるほど。分かった、それでは誰か見繕《みつくろ》っておこうではないか。それも食いしん坊《ぼう》な者をな」

気難しげな顔は意外なほど楽しげになっている。

ウイリデとの対面を終え集会所を出た。

薄暗い室内から屋外に移動すると、途端に目眩《めまい》がするような明るさで良い天気だ。相変わらず空は良く晴れている。

「ここは雨が降らないな……」

そう呟《つぶや》くとシロノが小さく笑った。

「今は降らないわ。だって、そういう時季だもの」

「つまり乾季《かんき》という事かな？」

「乾季って何か知らないけど、もう少ししたら雨がいっぱい降る時季になるわ」

「なるほど……そうすると、雨対策も考えておかねば」

シロノの言葉では、どれぐらいの量が、どれぐらいの期間続いて降るのかは不明。後で里の誰かに聞くなどして情報収集が必要そうだ。

日本では、雨季といえば梅雨《つゆ》や台風のイメージで水害を連想する。

確かにそれは正しいが雨季は少々違う。一日に何度も激しい雨が降る地域もあれば、何日も降り続く地域もある。もちろん水害だけでなく、蚊《か》などが大量発生し病気が流行することもあるのだ。この異世界の雨季がどうなるか分かったものではない。

「よし、青木君たちと合流して情報を集めよう」

赤星は頷いて辺りを見回した。

この世界は電波が通じていない。だから、その場で連絡《れんらく》して即座に合流とはいかない。地道に足を使って捜す必要がある。今ではすっかり文明の利器に慣れきってしまったが、子供の頃《ころ》はそうやっていたのだ。そんな遥か昔を思い出しながら歩きだす。

「さて……どこにいるのかな」

歩きだして気付くのは里の広さだ。

ただし物理的な意味ではない。スマホの地図アプリで場所を知るのではなく、自分の目で見て感じて考え、捜しながら歩く世界はとても広く感じられる。

細い小路や、道端に置かれた石像。道は僅《わず》かな高低があり、脇には細い水の流れがある。虫や小動物、細かな草や花。幾つもの建物や行き交う人々。

そんな情報量の多さが世界を広く感じさせているのかもしれない。

「赤星、居たわよ。あそこ」

シロノが坂の下を指し示した。

両脇に物売り達が敷物《しきもの》を広げ、籠《かご》や笊や箱に詰めた品々を売っている道だ。前にソヤヌ菜を貰った場所になる。

そこに阿部がいた。

ただし、何か荒《あら》っぽそうな男に絡《から》まれていた。


「さっきから金も持たず彷徨《うろつ》いて、色々聞きやがって。おい、何が目的だ」

「ですから、どんな品があって値段がどうかを調べているだけです」

「はあぁん？　ってことは、お前盗賊《とうぞく》か！」

「どうしてそうなるんですか⁉」

「うるせぇ！　言っておくが、この里に手出しはさせんぞ！」

怒鳴《どな》った男は剣を抜いた。

恐らくそれは威嚇《いかく》なのだろうが、途端に阿部は顔を青ざめさせ後退《あとずさ》った。戦いへの心構えなどあるはずもなく、突然《とつぜん》の身の危険に怯《おび》えてしまっている。

駆《か》け寄りながら赤星は反省していた。

――注意しておくべきだった。

この世界はモンスターが存在して大勢が武器を所持している。武器があれば弱い者から搾取《さくしゅ》しようとする盗賊などがいるのも当たり前。そんな場所で見知らぬ者が買い物もせず市場を彷徨いていれば、盗賊の下調べに思われても仕方ないかもしれない。

阿部はエースと呼ばれるほど仕事は出来るが、やはりまだ若い。

若者特有の傾向《けいこう》で、自分の行動が周りにどう思われるかという視点に欠けているのは事実だ。

「ちょっと待って貰えますか。それは誤解ですので」

赤星は間に割って入った。

ギロッと睨《にら》んでくる男の顔には、モンスターとの戦いで負ったに違いない爪《つめ》の傷痕《きずあと》が刻まれ、体格は大きく筋肉質で迫力《はくりょく》がある。もし道で出会ったら即座に脇に避《よ》けてやり過ごす相手だ。

「なんだお前は、いきなり」

強い口調に震え上がりそうだ。

日本で絡まれた半グレなどとは比較《ひかく》にならない迫力だった。

「彼《かれ》の同行者です。盗賊というのは全くの誤解で、これから商売をするための確認をさせて貰っただけです。もちろん里長のウイリデ氏からも――」

「ごちゃごちゃ喧《やかま》しいぞ！」

いきなり突き飛ばされた。

剣で斬《き》られるよりはマシだったが、胸に衝撃を受け息が詰まる。しかも軽くよろめいて足をもつれさせ、そのまま屋台に突っ込んでしまう。売り物が上から落ちてきて頭にぶつかるが、その中に粉物があったせいで激しく咳《せ》き込んでしまう。

周りから嘲笑《ちようしよう》があがり――次の瞬間、全てが凍《こお》り付いたように止まる。

なぜなら、そこに暴威《ぼうい》が出現したからだ。

「お前、私の赤星に何をした」

シロノは少女の形をとった暴威となっていた。

整った顔立ちの鼻筋に皺を寄せ、瞳《ひとみ》の朱色《しゆいろ》は濃すぎるほどに強まっている。全身から漂う迫力のせいで、白色をした髪が逆立っているようにすら見えた。

誰もが得体の知れぬ恐怖を感じ、その存在が足を進める様子を凝視《ぎようし》する。

「私の赤星を傷つけた」

小さな足が砂を踏《ふ》む音が響《ひび》くほど辺りは静まり返っていた。

シロノは男の持っていた剣を掴み取り、それを砕《くだ》いてしまう。恐ろしいほどの光景に厳《いか》つい男は一歩も動けない。無造作に破片を捨てたシロノは男へと迫り手を伸《の》ばし――。

「止《や》めなさい、シロノ」

だが、軽く咳き込みながらの声が割って入った。

赤星は頭から白粉を引っかぶったまま、何とか身を起こす。

「乱暴はいけないよ」

「なんでよ、なんで止めるのよ赤星」

「別にこんなのは、服が汚《よご》れただけじゃないか」

「でも怪我とか痛い思いをしたじゃないの」

「大したことない。それにお陰で、これが小麦粉っぽいとも分かった。うん、実に素晴《すば》らしい。さてと、心配してくれるのなら後で背中でも撫でてくれないかな」

和やかに言うとシロノは小さく息を吐いた。

「……赤星がそこまで言うのなら、やってあげないこともないわ」

踵《きびす》を返して赤星に近づいて立ちあがる手助けをする姿は、まるっきり普通の少女のようだ。

辺りの緊張が一気にほどけ、全員が大きく息を吐き呼吸することを思い出した。そして男は立っていることもできず、その場にへたり込んでいた。

周りの視線を避けるため、その場を離れ緩《ゆる》い坂を上っていく。青く冴《さ》えた空を背景に建物が建ち並ぶ様子がよく見える。

隣に並ぶ阿部は神妙《しんみよう》な顔だ。

「助けていただき、ありがとうございます」

言って赤星に頭をさげ、さらにシロノにも頭を下げる。少しだけ怯えの色があるのは、暴威の塊《かたまり》のような姿を見たばかりだからなのだろう。

「別に何もしてないよ。それよりも、阿部君に怪我はなかったかい」

「あっ、はい。僕はどこも怪我してません」

「それは良かった」

「赤星課長こそ怪我は大丈夫ですか」

「なに何ともないさ」

辺りを見回しながら歩くのは青木を捜しているからだ。阿部のことを任せておいたはずが、途中から別行動をすることになったらしい。要領が良いので変なトラブルに巻き込まれていないと思うが、ちょっと心配は心配だった。

そんな赤星の顔を阿部が見つめた。

「あのっ、赤星課長は僕を叱《しか》らないんですか？」

「叱る？　それはどうしてかな」

「いえ僕は失敗しましたので、そりゃ叱責《しっせき》ものじゃないですか」

「う－ん、まあ叱るようなことでもないと思うが。失敗と言うよりは、むしろ災難だったね」

赤星は殊更《ことさら》気軽に言って笑うが、実を言えば叱らないのではなく叱れない。

上司として舐《な》められるかもしれないが、性格的に他人を叱ったりする強い言葉が苦手だ。それに今や下手に叱ればパワハラ扱いになる時代。そうしたことに慎重《しんちょう》にならざるを得ない部分もある。

「ただまあ、そうだね。今回の件は何が悪かったか良く考えて次に繋げよう」

気を使って若干《じゃっかん》言い訳気味に言っておく。

「分かりました」

阿部は笑顔《えがお》で頷き、ややあって意を決したように口を開いた。

「あの－、ところで僕を二課に配置換《が》えとかして貰えませんか？」

「いきなり何⁉」

「前から営業一課から出たいなっと、つまり鬼塚課長の下は嫌だと一萬田所長には訴えていたんですよ。ほら、鬼塚課長ってワンマンじゃないですか」

阿部が言うには、どれだけ阿部が自分で考えた意見を言っても鬼塚は聞く耳も持たず取り合ってくれないのだそうだ。そして鬼塚の流儀《りゅうぎ》で仕事は進む。

「それって、僕のキャリアアップになりませんよね。成長しても鬼塚課長の劣化《れっか》コピーにしかならなくて、僕という人間の持ち味が活かせないと思うんですよね」

「真面目だね……阿部君は」

赤星はそんなキャリアアップなど考えたこともない。給料分の仕事をして給料日を楽しみにして、あとは休みの日にのんびり美味いものを食べられたら良いだけ。そこに自分の成長という意識は皆無なのである。

「そんな真面目なんかじゃないですよ。普通ですって、普通」

「…………」

「でもキャリアアップを抜きにしても、やっぱり鬼塚課長のやり方は……あっ、もちろん悪口じゃないですよ」

阿部は慌てた様子で両手を振った

「分かっているよ、そこは」

「この際だから全部言ってしまいますけど。鬼塚課長って成果を出しても、もっと頑張れって言うんです。褒めてくれないんですよね。それで次の成果を求められるんです」

「それは気が休まらないね」

「ですよね、やっぱりそう思いますよね」

「しかしまあ……鬼塚課長は有能な人だからね。阿部君に見込《みこ》みがあるからこそ、期待していろいろ求めているんじゃないかな」

当たり障りないことを言っておくが、赤星も鬼塚は疲れる人だと思っていた。

鬼塚は弛《たゆ》まぬ努力で成果を出してきただけに、他の者にも同等の努力と成果を求めるタイプなのだ。自分について来られる者を可愛がり、そうでない者には冷たくそっけない。何人かを精神的に潰《つぶ》したという噂で、注意を兼ねて一応は瑞志度《みずしど》営業所送りになったと聞いている。

ただし会社にとってはありがたい人材で、数年で本社に呼び戻されるはずと噂されていた。

「ですから、僕はもう疲れたので二課に行きたいです」

「まあ二課はのんびりだからね。休むにはぴったりかな」

「そういう変な意味じゃないですよ。僕は赤星課長の下で働きたいんです」

「そ、そう?」

「だってほら、青木係長とか黄瀬さんを見ていると、自由にのびのびやってるじゃないですか。失敗しても赤星課長が責任取ってフォローしてるし。もう最高の仕事環境《かんきょう》ですよ」

それは阿部の誤解だ。

部下を扱いきれないので好きにさせているだけ。失敗のフォローは、課長として責任を取っているだけだ。そこに大した考えもない。あとは降格させてくれないかという期待もある。

「鬼塚課長なら失敗すると露骨に態度が変わって、酷《ひど》いと一週間は口も聞いてくれませんよ。ほら稲田《いなだ》係長なんか見てると、そういう対応ですから。まあ、稲田係長は仕方ない人ですけど」

「ははは、っ……」

「というわけで、僕を二課の子にしてください」

阿部に拝まれても困る。

そんなことをすれば、鬼塚に睨まれ後々まで禍根《かこん》を残してしまう。特にこんな異世界に来て営業所内の人間関係は狭溢化《きょうあいか》しているのだ。余計な揉《も》め事は勘弁してほしい。

「そういったことは人事権のある人に言おう」

「もう言ってますよ。でも赤星課長からも希望が出ると、僕の希望も通りやすくなるって思うんです。もちろん赤星課長に、あんまりご迷惑はかけませんけど」

冗談めかしながら阿部は残念そうに肩を竦めた。

うん、とシロノが頷いた。

「そうよ、赤星は良い奴なの。だから私が面倒見て大変なの」

「ありがたいことだよ。でも、さっきのような心配をかけないように心がけよう」

「心配なんて、私はしてないわ」

「おやそうだったか。てっきり心配してくれたとばかり思っていたが」

「ちーがーいーまーすー」

そんなシロノの言葉が面白く苦笑気味に笑って歩いて行くと、ようやく前方に青木を見つけた。しかも隣にはローサがいる。デレデレとヤニ下がった顔の青木を見ていると、部下のトレードを検討しても良い気がしてきた。

「いやいや違いますよ。俺はちゃんと仕事の話をしてたんですよ」

青木は心外だという顔をした。

最初の表情で完全に誤解したが、ウイリデにお願いした戦闘指導の件でローサと調整をしていたそうだ。

ちらりと視線を向けるとローサも頷く。

「ええ、その通りです」

「なるほど。ところで、その格好はもしかして……」

「里長より、私が皆さんに戦闘の指導をするようにと仰《おお》せつかりました」

ローサは普段の給仕姿ではなく、戦闘向けの格好をしている。細かな刺繍《ししゅう》の入った赤い短衣に、シッカリとした革のブーツ。頭の赤布を使った飾《かざ》りも防具の役割らしい。そして背中には長大な剣を背負っている。

「あ、ローサさんがですか……」

「はい。ひと通りの戦闘は嗜《たしな》んでおりますので、どうぞご安心を」

「すみません、疑うような言い方をしてしまって。見た目と実力が別ということは、とてもよく理解してますので」

赤星はちらりとシロノを見た。この少女の存在こそが理解の根拠《こんきょ》である。

「そちらのシロノ様の強さには到底及《とうていおよ》びませんが、純粋《じゅんすい》な戦闘技術と指導という点のみでしたら私で問題ありません。それよりも――」

ローサが微笑んだ。

それだけで赤星はドキドキするが、シロノに脛《すね》を蹴られ悶絶する。

「――珍しく美味しい食事。私、とても期待しております」

自分と同じように美味しいもの好きらしい、そう分かって赤星は嬉しくなった。

美人は緊張して苦手だが、しかし同好の士であれば話は別だ。

「どうぞ楽しみにして下さい。まだ全部は揃《そろ》っていませんが、元の世界から幾つか取り寄せていますので。ちなみに甘味《かんみ》など、お菓子《かし》類も多いですから」

「まあっ、それは素敵《すてき》ですね」

「そうですね、お菓子類は青木君が詳《くわ》しいので彼に確認しておいて下さい」

「畏まりました」

嬉しそうなローサは青木に向かって期待の目を向けた。

そして赤星は不器用なウインクを部下に送っておく。もちろん青木への精一杯《せいいっぱい》の応援というものである。しかし青木はローサに見とれて気付いた様子もないのだが。

やれやれと肩を竦め、赤星は帰路につくことにした。

「それでは出発したいと思いますが、宜しいですか」

「畏まりました。ですが皆さま、かなりの軽装の様子。平原の端《はし》まで移動するのでしたら、もう少し水や食糧を持たれた方が宜しいかと」

「大丈夫ですよ。直ぐ着きますので」

「？」

ローサは不思議そうに目を瞬《しばた》かせた。

里から出て、やや強めの日射《ひざ》しの下を歩いて行く。

草原の草丈《くさたけ》は膝《ひざ》程度のもので見晴らしが良い。襲ってくるようなモンスターも確認出来ず、青木と阿部がはしゃぎ気味。積極的にローサへと話しかけていたが、そつなく返事をされている。

むしろローサは途中で気付いたライトバンの存在に訝しげな様子となった。さらに、目指している場所がそこと分かると、ますます訝しがっていた。間近に行って初めて見る車という物体に理解が出来ない様子となった。

「これは何でしょう」

首を傾《かし》げながら訊《き》いたローサに、赤星はどう答えるか迷わざるを得なかった。

「あー、つまりですね。馬のない馬車みたいなものと言いますか」

しかし里の中で馬車を見ていない。

もしかすると馬車が存在しない可能性もあるので、表現を変えた方が良いかと悩む。

「または押したり引いたりする必要のない荷車とか――」

言いながら、どう説明したものかと悩んでしまう。

未知の物体を概念《がいねん》すらない相手に説明することは非常に難しい。これから日本からもっと様々な品が来た時に同じような困難が伴うだろう。どれだけ素晴らしい品であろうと、まずは知って理解して貰わねば意味がない。

「どう説明したものか」

「課長、異世界ですよ。考えるな感じろってことでいきましょうや」

「まあ確かにそれが一番早いか。百聞は一見にしかずと言うし」

「そぉでっせ」

青木はウキウキで、客室乗務員がファーストクラスの客を席に案内するように、助手席のドアを開け恭《うやうや》しい仕草で会釈してみせた。

「ささっ、ローサさんは助手席。つまり俺の隣に座って下さいよ。ああ、荷物は荷台に積みますんで。お預かりしまっせ」

ハッチバックを開け、青木はいそいそとローサの荷物を積み込んだ。

そのローサは物珍《ものめずら》しげに車内を覗《のぞ》き込んでいる。剣だけは手放さず胸に抱《だ》きながら助手席へ乗り込む。シフトレバーやハンドルを眺めているが若干警戒《けいかい》気味で触《さわ》る様子はなかった。ただし窓硝子《まどガラス》だけは指先で何度かつついて確認している。

後部座席の真ん中にシロノが位置取り、赤星と阿部が従者の如《ごと》く左右に座る。

いそいそ青木が乗り込み、エンジンを起動させた。

「出発進行でっせ！」

意気揚々《ようよう》とライトバンが発進した。


青空の下の平原、木陰《こかげ》で女性が四つん這《ば》いとなっていた。

それはローサだ。

草むらに頭を突っ込んでいるのは、生まれて初めて乗った自動車から――しかもハイテンションな青木による原野走行の――洗礼を受けた結果である。

少し離れて停車するライトバンの側では、気まずそうな顔をした男が三人。四つん這いになったローサを後ろからチラチラ見ているため、シロノは男どもの足を順番に蹴飛《けと》ばしていった。

草原は広々として雄大《ゆうだい》で、ゆったりとした時と風が流れている。

ややあってローサが口元を拭《ぬぐ》いながら立ち上がった。

「申し訳ありません。お見苦しいところをお見せ致《いた》しました」

ゲッソリした顔で、まだ完全に気分が回復した様子ではなさそうだ。しかし腰のベルトにぶら下げていた小瓶《びん》を手に取って飲み干すと、直ぐに顔色が良くなった。小さく息を吐けば、すっきりした様子だ。

それが何か尋ねようと思った矢先、青木が地面に跪《ひざまず》いて両手を合わせた。

「すんません、調子にのりすぎました！　お許しを！」

「いいえ謝《あやま》るのは私です。皆様が平気なのに一人状態異常になりまして、お恥《は》ずかしい限りです」

「恥ずかしいだなんて、そんなことはないですって」

青木は一生懸命に両手を振って語るが、自分の失態を少しでも挽回《ばんかい》したいらしい。けれども、女性に疎《うと》い赤星から見ても上手い手とは思えなかった。

しかし失態を誤魔化したい部下のため、話題を逸らしてやるのも上司の務めだ。

「ところでローサさん、いま飲まれたものは何です？」

「これですか？　これはごく普通の状態回復薬になります」

「……飲まれたら気分は治ったのですか」

「そうですよ。ですから青木様も、お気になさらずに」

「酔《よ》い止めどころの話じゃない」

赤星は興奮気味だ。

日本において車酔《くるまよ》いは予防や緩和《かんわ》の薬こそあれど、即効《そっこう》で回復させる薬など存在しない。もしもこれが日本でも同じ効果を発揮すれば、唯一無二《ゆいいつむに》の薬となるだろう。

しかも、この薬はこの世界において比較的普遍《ひかくてきふへん》的なものらしい。これぞまさしく商機になりうる品に違いない。心の中のメモ帳に状態回復薬のことを記載《きさい》しておいた。

ふいにシロノが視線を巡らせた。

「赤星、気を付けなさい。あっちからラガルティが来たわよ」

その視線が睨みつける先に、軽快さのある足取りで近づいてくるラガルティの姿があった。獲物《えもの》を狙《ねら》うというよりも、ライトバンの存在に興味をひかれ見に来たといった様子である。

教えられた赤星達は慌てて身を竦める。一応は武器として斧《おの》を持っているが、やはり戦いとなると身構え警戒してしまう。

そんな様子にシロノは困ったように笑った。

「赤星ったらダメね。仕方ないわ、私が助けてあげるから感謝なさい」

今にもラガルティを襲いそうなシロノだったが、それをローサが止めた。

「お待ち下さい、シロノ様」

「ふぅん、邪魔《じゃま》する気なの？　人間如きが私の邪魔を？」

「そうではありません」

シロノの目が細められ真紅《しんく》の瞳が鋭《するど》さを増すと、ローサは身を引き怯《ひる》みをみせた。いかに少女の姿をしていようと正体はドラゴン。その迫力は並大抵《なみたいてい》ではなく、関係のない青木や阿部まで怯えて

しまったぐらいだ。

だが、赤星は手を軽く上下させた。

「まあまあまあ、止めなさいシロノ」

「赤星まで」

「ローサさんの話を聞いてみようじゃないか」

「なによっ、勝手にすればいいわ」

たちまちシロノの頬が膨れるが、寸前までの鋭さは皆無。むしろ駄々《だだ》っ子が拗《す》ねているようにしか見えない様子だった。

赤星は苦笑するが、それを見るローサは畏敬《いけい》の念を隠せないでいる。

人智《じんち》を超《こ》えるドラゴンは大いなる存在。それを従えるなどあり得ないことであるし、仮に従えたとしても、こんな気安く接することが出来る存在ではないはずだ。

しかし、当の赤星はそんなことに気付きもしない。

「すいませんね、ローサさん失礼しました。それで、どういったことです？」

「あ、はい。折角《せっかく》の機会ですので、皆様にラガルティと戦って頂こうかと思いまして」

「…………」

聞くのではなかったと後悔《こうかい》する赤星は声もない。その横ではシロノがそっぽを向きつつ、鼻先でふんっと笑った。

「僕、初めてですから優しくして下さい」

阿部は鼻息の荒い赤星と青木に挟《はさ》まれながら言った。

接近していたラガルティはライトバンではなく、確実に三人を目標としていた。頭を軽く下げ細長い尾を後《お》ろに伸ばし、爬虫類《はちゆうるい》のような足を軽快に動かし向かってくる。威嚇なのか短く何度も吼《ほ》え、その度に嘴《くちばし》の中に鋭い歯が見えた。

もう目前だ。

恐ろしい、とても恐ろしい。

しかし赤星は震える青木と怯える阿部の姿を見て覚悟を決めた。

「私は頼りない人間だが安心しなさい。まず、私が最初に攻撃する。青木君と阿部君はタイミングを合わせ、両側から攻撃を頼む」

「赤星課長……」

何やら驚いた顔をする阿部に頷き、赤星は斧を振り上げ前に飛び出す。

「ぬりゃあああっ！」

叫《さけ》び声をあげれば、ラガルティも反応して牙《きば》を剥く。

咄嗟《とつさ》に身を捻《ひね》って斧を盾《たて》のようにしてかざす。グラスファイバー製の柄《え》に鋭い歯が食い付き、同時に身体がぶち当たった。直ぐ間近に迫る荒い呼吸、吐きそうな臭気《しゆうき》が顔にかかる。鋭い爪のある短い前足が振り回され、その風を感じるほどだ。

「ぬがあああっ！」

斧を間に挟んでの押し合い。

渾身《こんしん》の力で耐《た》える時間は一瞬にも長時間にも思え――ラガルティの両側で影《かげ》が動く。青木と阿部が必死な様子で斧を振り上げ、爬虫類めいた身体へと叩き付ける。

苦痛の叫び声があがりラガルティからの圧が消える。

この状況でも斧を手放していなかった自分に驚きつつ、赤星はグラスファイバー製の柄を握り直す。ラガルティの唾液《だえき》で濡《ぬ》れているが、青木と阿部の繰り出す攻撃の隙《すき》を狙って攻撃をしかける。

「どっせえええぃっ！」

渾身の力で振り下ろしたそれは、ラガルティの脳天を叩き割った。

短い悲鳴、傾いていく姿。地面の上で痙攣《けいれん》。

それでも赤星は斧を構えたままラガルティを睨み付ける。油断せず観察していると言うよりは、また襲いかかられる危険に身構えているだけだ。

しばらく観察し、そっと近づき爪先《つまさき》で小突いて直ぐ離れる。

動かない様子に少し大胆《だいたん》に突いてみて、確実に反応がないと確認すると肩の力を抜き、青木と阿部と顔を見合わせ勝利を分かち合い――。

「はい、ダメダメでございますね」

ローサが肩の辺りで両手を空に向け言った。

「「「ええ……」」」

そんな酷評《こくひょう》に三人揃って呟き、がっくりと肩を落とす。誰も怪我することなく無事倒せたので上出来とすら思っていたが、それは評価の対象ですらないらしい。

「まず阿部様、攻撃の時に目を瞑《つむ》っておられましたね。いったい何を考えてるのです？　戦う気あります？　これは基本どころではありませんね」

「すみません。ちょっと恐くて」

「駄目な戦いという自覚は皆無なんですね。モンスターと戦っている自覚はないのですか。そのままモンスターに命を差し上げてどうぞ」

「漫然《まんぜん》と戦って申し訳ありません」

阿部は心を折られた様子で項垂《うなだ》れた。

そちらを見やったローサは次に青木を見る。美人の冷ややかな眼差しに、青木は怯えながらもどこか嬉しそうでもあった。

「青木様は自分だけのタイミングで攻撃されていましたね。全く連係《れんけい》というものを考えておられません。仲間がいるのであれば、まずは他の方の動きを見るべきです」

「いやぁ慣れてなくって」

「関係ありません。戦っていても、他の人が上手いこと助けてくれると思ってましたよね？」

「思ってました……」

「はい、思うのは良いのです。その相手が誰で、どこに居て、どう動くかを考えてましたか？」

「しておりませんでした！」

「それなのに突っ込んで戦って、助けて貰えると思っていたんですよね。死にますよ」

「今、まさに死にそうな感じでっせ……」

「はぁ、次に赤星様です」

ローサの視線を向けられ、赤星は背筋を伸ばした。

二人に繰り出された彼女《かのじょ》の言葉は淡々《たんたん》としていたが、それだけに心に刺さるものがある。喩えるならばガラスのナイフのような感じだ。

「真正面からラガルティの攻撃を受けるとか正気ですか？　こんな無謀《むぼう》な人は見たことがありません。それ次も上手くいくと思ってます？」

「いや、そんなことは。ただ他に方法がないなと思って」

「注意をひく程度にするか、上手く躱《かわ》すのが普通です。他の人が同じことをしていたら、赤星様は心配になりませんか？」

「死ぬほど心配します」

「分かったら止めましょう。ですが、相手の動きだけでなく仲間の動きも見ていた点は良いです。自分の身を大事にすれば、赤星様については問題ないです。私から教える必要はありませんね」

多分高評価なのだろう。そう思いたい。

しかし戦い方の指導を受けたいのだが、いきなり教えることがないと言われ面食らう。

「えっ、武器の扱いとか動き方とか。そういうのは……？」

戸惑う赤星にローサは微かに微笑む。

「必要ありません。武器の扱い方は人それぞれですし、それは各人が己《おのれ》の中で見いだすものです。それに今の赤星様に教えれば迷うでしょうね、戦いの最中に教えられた動きをするかどうかで」

たとえ一瞬だとしても、戦いの中では致命的《ちめい》な隙になる。

「だから教える必要はありません」

「はぁ、生兵法《なまびょうほう》は何とやらですか……」

「生兵法？　分かりませんが、戦いで一番に必要なものは心構えや考え方ですよ」

「そんなものですか？」

「武器を持って相手に迫って叩き付ける。ひとまず必要な戦い方はそれだけです」

思ったよりも大雑把《おおざっぱ》な指導方針だった。

しかし考えてみれば、その通り。稽古《けいこ》にしても本来は何ヶ月も何年もかけ身に付けるものだ。一《いっ》朝一夕《ちょういっせき》であれば、何も学ばない方が遥かにマシかもしれない。

シロノも頷いている。

「そうよ赤星。戦いなんて勝つか負けるかだけなのよ、ガツンといってドーンとやってバリバリやっちゃえばいいの。分かった？」

「……助言ありがとう。とても参考になったよ」

「ふふん、もっと感謝なさい。とにかく早く戻りましょ。戻って涼《すず》しい部屋でじうす飲んで、アニメを見たいわ。もちろん、お菓子も用意するのよ」

すっかり日本文化に毒されてしまったシロノが急《せ》かす。

目的はさておき赤星も早く戻りたかった。今の戦闘ですっかり疲れきっている。

「では、戻ろうか。青木君、安全運転で頼むよ」

「了解でっせ。今度こそ汚名《おめい》挽回で運転する所存でっせ」

「まったく……汚名を挽回してどうするんだい？」

赤星はぼやくが、それは青木には届いてなさそうだった。

ライトバンに乗り込み営業所に向かう。今度こそ青木は慎重な運転でゆっくり快適に車を走らせてくれた。

# 第四章　食べるためには働かねばならない

所長室に呼び出された赤星《あかぼし》に、一萬田《いちまんだ》は渋《しぶ》い顔をして言った。

「それで現地の人を勝手に営業所に連れてきてしまったと……君はどういうつもりで行動しているのかね」

「あっ……」

それでようやく赤星は自分の失敗に気付く。

里との交渉《こうしょう》を任されていたとはいえ、外部から人を招く行為《こうい》は明らかに権限外だった。皆《みな》の為《ため》を思っての行動ではあれど、社会人ならば自分がどこまで権限があって何をやってはいけないかを常に考えて行動せねばならない。今回は完全に権限外。

そんな基本的なことを失念してしまったのは完全に失敗だ。

「申し訳ありませんでした」

赤星は項垂《うなだ》れるように頭を下げる。

二課室よりも広い所長室。窓の補強で板が打ちつけられカーテンがされ外が見えないため、まるで日本にいるような錯覚《さっかく》を起こしそうだ。

「分かったのなら、次から気を付けるように」

頷《うなず》いた一萬田は表情を緩《ゆる》めた。

「とまあ、叱《しか》るのはここまでにして。うん、実際のところ良い判断だったよ」

「そうですか」

「非常にありがたい。感謝する」

「はあ……」

赤星は顔を上げながら気付いた。どうやら一萬田は組織のトップとして規律を示すために叱っていたらしい。言わば大人の腹芸というものである。

「それで？　実際に彼女《かのじょ》の指導力というものはどうなのかね」

「来る途中《とちゅう》で受けましたが、かなり的確でした。皆に必要なことは戦うスキルよりも戦う心構えと言っていましたし、指導としては間違《まちが》いないと思います」

「ありがたい話だね。ただ私が見たところ、彼女には重大な問題がある」

「問題ですか？」

「そうだよ。つまり……彼女は美人過ぎる」

言って一萬田はお茶目に片眼を瞑《つむ》ってみせた。

それは確かに言う通りだった。

ローサは美人で、しかも異世界的な美しさとでも言うべきか、それこそファンタジーの住人のように整った顔立ちをしている。

営業所の多くの者が、何だかんだとローサを見に集まったぐらいだ。

「私としてはね、営業所の女性たちの御機嫌《ごきげん》を考えてしまうと……ちょっと後が恐《こわ》い気がするね」

「ああ……ですけど、その心配はないかと。ああ見えて彼女は、なかなか厳しいと言いますか。ズバッと言うタイプと言いますか、そんな感じですので。むしろ女性受けする方かと」

「なるほど。それなら安心だ」

一萬田が楽しそうに笑うので、ようやく赤星の気持ちも楽になっていた。ようやく肩《かた》の荷を下ろせた気分だ。しかし本番はこれからなのだと気を引き締《し》めた。

赤星が言った通り、ローサは厳しい口調で様々なことを指導してくれた。

それは戦闘《せんとう》に対する心構えや態度だけではなく、営業所の防備にも及《およ》んだ。屋上に人を配置し昼夜を含《ふく》め周囲の警戒《けいかい》、侵入されやすい箇所《かしょ》に設置するトラップ、守るべき場所の選定などなど。厳しいが的確な指導が次々となされていた。

赤星が所長室を出ていくと、ちょうど階段のところで指導中のローサたちに出くわした。

「――これで大丈夫《だいじょうぶ》という言葉が出てくる時点で、もう夜のモンスターを舐《な》めてますね。自覚できましたか？　自覚できたなら夜は各所に篝火《かがりび》を掲《かか》げて下さい。あまり数は必要ありませんが、何もない方がむしろ危険ですよ」

ズバズバ指摘《してき》している。

まるっきりファンタジー世界の短衣姿のローサが、営業所の廊下《ろうか》を日本の一般《いっぱん》的な服装の皆と歩いている姿は、何かの撮影《さつえい》のようにも見えてしまう。

声を掛《か》けようかと思ったが、ローサは階段を下りていってしまった。

それに営業所の女性達は嬉《うれ》しそうに騒《さわ》ぎながら付いていく。残ったのは、美人に浮《う》かれていた気分を叩《たた》き潰《つぶ》された男どもばかりだった。

赤星は苦笑《くしょう》気味に近づく。

「いろいろ助言があったようですね」

「助言どこじゃないよぉ。彼女ってば意外に厳しいのねん。おいら震《ふる》えあがっちまったよぉ」

田中係長が大袈裟《おおげさ》な身振《みぶ》りで自分の身体《からだ》を抱きしめ震えてみせた。

「あー、おっかね。ねえねえ赤星課長、こっちの人って皆あんな感じなん？」

「いえ、そんな感じはなかったですよ」

「なるへそなるへそ、それを聞いておいら安心しましたですよ」

ビシッと敬礼までしてみせる田中に、赤星は僅《わず》かに身構えた。なぜなら田中は笑い上戸で、耳をつんざくような声で笑う。だから、いつ笑いだすのかと気が気でないのだ。

「そーいや、赤星課長。第一倉庫は、システム課が管理するって話ですよね。本当ですぅ？」

「ええ、そうなりましたよ」

「マヂでぇ⁉　えぇっ、せっかく二課がいろいろ見つけたってのに。横取りされるとか可哀想《かわいそう》すぎでしょ。おいら組合にかけあって抗議《こうぎ》したげるよ」

「いえいえ大丈夫ですよ」

むしろ余計なお世話だ。

せっかく仕事が減って安堵《あんど》していたのに、勝手に抗議されるなど最悪だった。

「二課は他にも用事がありますので、むしろ助かるぐらいなので」

「そーなの？　赤星課長がいいならいいけど。なんかあったら言ってちょ、おいら協力するから」

人は良い、とても人は良いのだ。

ただ他がいろいろ台なしにしているだけで。

「よぉし、おいらもお仕事頑張《がんば》りますか。そんではバイナラー」

とたんに田中は爆発《ばくはつ》するように大笑いして、去って行った。

耳が痛くなる笑い声と心に寒い死語、その両方に赤星は顔を引きつらせた。やはり職場における一番の難題は人間関係というものであろう。

軽く耳に指を突《つ》っ込《こ》み動かして気分転換《てんかん》しながら二課室へと戻《もど》る。

だがドアを開けるなり赤星は叱られた。

「赤星、遅《おそ》いの」

ちょこんと課長席に座《すわ》ったシロノが頬《ほお》を膨《ふく》らませている。白色の髪《かみ》をした少女、それが職場に居る光景こそがファンタジーだと、ふと思ってしまう。

「何か待たせるようなことがあったかな?」

「ご飯を食べるの」

「なに⁉　そんな時間だったか。待ってくれていたのか、すまないね」

「別に待ってなんていないのよ」

言ってシロノがそっぽを向いてしまうと、下を向いて何かを書いていた黄瀬《きせ》が顔をあげた。人の良さげな顔がニマッとする。

「でもシロノ様は、課長が来るまで待つと言ってましたよ」

「言ってませんー」

「そうでした。ええ、言っておられませんでした」

黄瀬は苦笑いをみせた。

そんなやり取りに頷きつつ、赤星は部屋の奥《おく》に行ってブラインドのすき間を指で広げて外を見た。太陽は既《すで》に沈《しず》んでしまったが、空はまだぼんやりと明るい宵《よい》の口。敷地《しきち》周りに篝火を配置するため、総務課が準備に奔走《ほんそう》している姿が見えた。

「では、そろそろ食事にしようか」

「了解《りょうかい》でーす。でも、そういえば青木《あおき》係長はどこに？」

「青木君はローサさんの案内だよ。どっちみち彼女も数日は、ここに滞在《たいざい》するのだからね。いろいろ知っておいて貰《もら》わないといけない」

ローサにとって営業所は未知との遭遇《そうぐう》状態。それこそ蛍光灯《けいこうとう》のつけ方から水道設備の使い方までと、いろいろ知っておいて貰うことがある。

それはシロノも同じだったが、こちらは特に教えたわけでもないのに既に様々なことを習得していた。特に動画を見ることなどは、今や赤星よりよっぽど手慣れている。

「では食堂にでも行こうか――」

言ったところで二課室のドアが開いた。

「ここが我らが、チーム赤星専用の部屋でっせ」

「なるほど立派ですね」

「でもって、俺《おれ》の席はあそこなんです」

入ってきたのは青木とローサだ。

ドアの向こうには物見遊山《ものみゆさん》で後をついてきた者たちの姿もある。ただし中にまで入ってこないだけの配慮《はいりょ》はあるようだ。

「課長、これから食事ですよね。そういうわけで皆で食べましょうや」

「それはいいが、そうなると……」

食堂では周りの視線があって落ち着かないだろう。赤星自身もそうだが、もちろんローサもだ。彼女の様子を見る限りは気にしていなさそうだが、しかし誰《だれ》だって静かに食事をしたいはず。

「ならば、今日は二課室で食事をするとしよう」

赤星は宣言して頷く。

頭の中である材料と使える調理器具を組み合わせ、夕食の献立《こんだて》を決めた。

「ローサさんには、珍《めずら》しくて美味《おい》しいものを食べて貰わねばいけない。よろしい、ホットプレートでお好み焼きだ。気に入って貰えるかどうかだが……」

「課長、異世界ですよ。そこは問題ないですよ」

「どういう理屈《りくつ》なんだか」

「そういう理屈なんです。よっしゃぁ、俺のコテ返しのテクを披露《ひろう》してみせまっせ」

ウキウキとした青木は率先して食事の準備に取りかかった。


ローサは上品にフォークを使い、お好み焼きを切り分け口に運ぶ。最初はそのまま食べ、熱さに悶《もだ》えたが、今は形良い唇《くちびる》をすぼめて息を吹《ふ》き冷ましてから食べている。

「これは珍しい味と食感と料理の仕方ですね。グチャドロに混ざった具材を見たときは、正直に申しまして正気を失いましたが。焼き上がってみると良い感じですね。あっ、そのマヨネーズというものを頂けます?」

微妙《びみょう》に辛辣《しんらつ》な言葉だが、言うほどに文句はなさそうだ。揺《ゆ》れ動く鰹節《かつおぶし》に警戒していた姿は、もはやどこにもない。

「どうです美味しいでしょう。明日は俺が渾身《こんしん》を込めて焼きそばを……いや、うどんが良いか。まてよラーメンってのもありですね」

「青木君、麺類《めんるい》ばっかりじゃないか。それにラーメンは沼《ぬま》だよ」

言いながら赤星はシロノにお好み焼きを取ってやり、ソースを塗《ぬ》った上に華麗《かれい》な手つきでマヨを網目状《あみめじょう》にかけ、そこに青海苔《あおのり》と鰹節をかけてやる。もちろんカラシはなしだ。

齧《かじ》りついたシロノは満足そうにモグモグしている。

続けて赤星も食べるのだが、確かに美味しく出来ていた。表面はパリッと焼けて、中はふんわりとしつつ柔《やわ》らかい。生地《きじ》には具材から滲《にじ》み出た旨味《うまみ》が混じり、ソースが味を引き立てている。

なんと言っても、ふうふうしながら熱々を食べるのが美味《うま》さの秘訣《ひけつ》というものだ。

「ようやく、まともな具ありのお好み焼きか」

「ここに焼きそば麺を入れてやれば、広島お好み焼きですな」

「青木君、それは問題発言だよ。実に良くない。もしもそんなことを広島で口走ってみなさい、間違いなく酷《ひど》い目に遭《あ》う。せめて広島風お好み焼きと言うべきだ」

「課長、また面倒《めんどう》くさいことを……」

「いや私が面倒くさいのではないよ、現実問題そうなんだ」

わいわい言いながら食事をしていると、黄瀬がフルーツ入りのゼリーを持ってきた。

「どうぞです、熱くなった口にはこれがいいですよ」

シロノは待っていたとばかりに手を挙げ、あっという間にゼリーを平らげてしまう。ローサは戸《と》惑《まど》いながらゼリーを見つめたが、少し口にすると次からは速いペースで口に運んだ。どうやら、こちらも気に入ってくれたらしい。

それを見て赤星は微笑《ほほえ》んだ。

「まだ本格的な料理をやってませんので、今日はこれぐらいで」

「いえ、十分に珍しく美味しい食事でした。報酬《ほうしゅう》としては十分ですね」

「ところで営業所を見られての感じはどうです？　ここに居る二課の者も含めてですが、別に問題ないと分かって貰えましたか」

「…………」

ローサの柔和《にゅうわ》だった目付きが鋭《するど》く、そして無感情のものになった。青木と黄瀬はギョッとした。

しかしシロノは気にせずゼリーのお代わりに手を伸《の》ばしている。

「私どもは隣人《りんじん》として許容される存在だと判断して貰えそうですか？」

あの平和な日本の職場——常に過重労働な風土とはいえ——でさえ、担当者が一人抜《ぬ》けると周囲の負担は大きい。ましてこの世界は生と死が隣《とな》り合わせ。老眼鏡で大喜びした里長が、食事の提供だけで貴重な人材を派遣《はけん》するほど余裕《よゆう》があるとは到底《とうてい》思えない。

だから当然ローサは調査に派遣されたとみて然《しか》るべきだった。

「そうですね——」

小さく呟《つぶや》いたローサは息を吐《は》き、また柔和な笑みをみせた。

「はっきり申しまして、皆様方は頼《たよ》りなさすぎです。王都で安全にどっぷり浸《つ》かった貴族のような感じですね。もし私が害意を持って、ここに来ていれば。今頃《いまごろ》ここは壊滅《かいめつ》していたでしょう。まあ赤星様だけは何があろうと御無事でしょうが」

ちらりと意味深にシロノを見やっているが、つまりはそういうことだろう。

「ですので、明日からは皆様を更《さら》にしっかり指導いたします。アグロスの里の隣人として相応《ふさわ》しいぐらいに、そしてしっかり生きられるようになって頂きましょう」

にっこり笑った様子は頼《たの》もしいが、有無《うむ》を言わせないものがあった。

間違いなく明日からの指導は厳しいものになりそうだ。

——少し早まったかな。

ちょっぴり後悔《こうかい》してしまう赤星だった。

晴天の下、日射《ひざ》しを受け緑が際立《きわだ》つ草原。

吹き寄せる風は清々《すがすが》しく、大地や草、世界の香《かお》りを含んでいる。それらは遠くそびえる白い山の頂きから吹いて来るのだろう。とても心地《ここち》が良い。

営業所前の草原では社員たち皆が走り回っていた。

ジャージ姿の老若男女が汗《あせ》を流す様子は、まるで社会人サークルの運動を見ているようだ。

ただし、それぞれ斧《おの》だの棒だのを持って振《ふ》り回しているのだが。

「さあ、どうぞ。どこからでも攻撃《こうげき》して下さい」

短衣を身に着けたローサはゆったりと言った。長大な剣《けん》は背負ったままで、手にしているのは木の棒である。

これに対し赤星が構えるのは、使い慣れた斧である。真剣な顔で目の前に立つローサを睨《にら》み、少しずつ足の位置を動かす。気合いを入れ、一気に地を蹴《け》った。

「そいやぁっ！」

全鋼の斧刃《おのば》が勢いよくローサを襲《おそ》う。だが次の瞬間《しゅんかん》、その姿が間近に迫《せま》る。下から突き上げるような力を感じた赤星の世界が引っ繰《く》り返った。

「っつつ……」

引っ繰り返ったのは赤星で、草の密生した地面に大の字に倒《たお》れていた。

胸元《むなもと》を掴《つか》まれ放《ほう》り投げられたのだと、少しして理解する。真っ青な空を呆然《ぼうぜん》としながら見ていると、その視界にローサが現れた。軽く髪をかき上げ、ほっそりとした華奢《きやしや》な手が差し出される。

軽々と引き起こされた。

「はい、お疲《つか》れ様です。赤星様は合格ですので、あちらで休んで下さい」

「負けましたけど、いいのですか？」

「ええ構いませんよ」

「はぁ……」

合格するまでローサと戦うという話だったが、思いもかけず一回で合格と言われてしまった。困惑《こんわく》する赤星は地面に落ちていた自分の斧を拾い上げ、営業所のフェンスまで行く。後ろではローサが青木と黄瀬を呼んでいた。

地面に腰《こし》をおろすと、シロノが来た。

軽く跳《は》ねるような足取りで目の前に来ると、両手に腰をあて見つめてくる。

「赤星、弱いわね。でもね、ちゃんと本気で攻撃してたのは感心したわ」

「思いっきり攻撃するように言われたからね」

「褒《ほ》めてあげる」

そう言ってシロノが頭を撫《な》でてくれた。そんなことをされるのは子供の頃《ころ》以来で、しかも母親以外にされたこともない。なんと言うか面映《おもは》ゆく、くすぐったい。

だが、悪くない感触《かんしょく》ではあった。

和《なご》んだ気分で座っていると、赤星の時と同じように青木と黄瀬の二人がローサに襲い掛かる。

「ちょりゃー！」

「えいやー！」

間の抜けた掛け声だ。

それを軽々と避《よ》けたローサは棒を振るって青木を叩き伏《ふ》せた。さらに黄瀬の足を軽く蹴って体勢を崩《くず》させると、腕《うで》を掴んで捻《ひね》り上げ引っ繰り返した。

「お二人ともお立ち下さい。まだ始まったばかりですよ」

厳しい声で指示する様子に、赤星は一度で終わったことを心から感謝した。

「あの二人まだまだね、やっぱり私の赤星は凄《すご》いわ」

シロノは何だか威張《いば》った物言いで、隣《となり》に座り込んでいる。

「そうなのかな。いや、その辺りの評価は良く分からないな」

「分かんないの？　赤星はダメね。仕方がないわね、これだから私がしっかり指導しなきゃダメなのよね。これからもちゃーんと私に感謝するのよ」

何やら評価が上がったり下がったりで忙《いそが》しい。

しかし、両足を投げ出し座るシロノは機嫌良さそうだ。小さくハミングしながら身体を揺らしたりで、目の前で投げ飛ばされ悲鳴をあげる青木と黄瀬の姿など意にも介《かい》していない。

そして隣の赤星は居心地が悪い思いをしていた。

なぜなら皆が汗を流している中で自分だけが座っているのだ。しかも、今回のこれは自分が手配したことでもある。なんだか申し訳ない気分になってしまうではないか。

「ほら、終わったみたいよ」

シロノが言った。

どうやら青木と黄瀬はようやく合格を貰えたようだ。疲れきった様子で、斧を引きずるようにして歩いてくる。そして目の前で崩れるように座り込んでしまった。

どちらも息も絶え絶えだ。

「ううっ……ローサ様は鬼《おに》です」

「そうでっせ。しかしあれだよ。ビシバシやられると、心の中で、こう何か新しい感情が芽生える感じがあったりしない？」

「係長。これからは、あんまり近寄らないで下さいね」

「差別だ差別、酷いぞブーブー」

どうやら、まだまだ余裕らしい。

きっとローサも、それなりには気を使ってくれたようだ。向こうでは次に呼ばれた阿部《あべ》が投げ飛ばされて縦に回転しているが、それも手加減しているのだろう。多分。

「これで二課は全員合格か。良かったよ」

「何が合格基準なのか分からんでっせ。一発合格した課長の感想は如何《いか》に？」

「いや、それがさっぱり」

「なるほど。そうすると、昨日言ってた心構えとか考え方ですかねぇ。そういうの分かったりするもんですか」

「剣豪《けんごう》小説なんかで、剣を合わせると通じ合うっていうアレかな」

そうこうする内に阿部も三回ほど投げ飛ばされて合格になり、ヘロヘロとやって来た。そして雑談の輪に加わった。


全員がヘロヘロになって営業所に戻った。

疲れきった上にあちこち痛いのでそれぞれ休憩《きゅうけい》に入っていくのだが、しかし課長はそうもいかない。これから会議室に集まって今後の方針を打ち合わせするのだ。

赤星は一番最初で、しかも一回で終わったのですっかり回復しているが、他の者は一萬田ですらテーブルで突っ伏《ぷ》しているぐらいだ。

ローサは平然とした様子で前に立った。

営業所の全員を相手にして叩きのめした直後とは思えないぐらい平然としている。しかも、少しも疲れた様子が見られない。涼《すず》しい顔をしている。それはそれとしてエアコンからの冷風がよく当たる場所に立っている。どうやら気に入ったらしい。

「皆様、お疲れ様でございました」

　異世界の住人が皆これぐらいタフなのか、それともローサが特別なのかは分からない。何にせよ驚《おどろ》かされるばかりだ。

「皆様の事を確認《かくにん》させて頂きました。概《おおむ》ね全員が戦えるのではないかと思います。しかし、あの和《わ》多《た》という方は留守番して頂くのが一番かと思います」

　和多の性根《しようね》は短時間でも分かってしまったということらしい。皆は納得《なつとく》気味で苦笑いをした。

　しかし一萬田は首を横に振った。

「そう言われますが、一人だけ参加させないということはできない。これからの生活で団結する為にも全員で取り組む必要があるのですよ」

「断言しましょう。あの者は害悪です。居るだけで周りに悪影響《あくえいきよう》を与《あた》えますね。この集団のことを真に考えるのであれば、早々に追放すべきですね」

「追放なんて、そんなことはできやしない……」

　一萬田は困り顔で眉間《みけん》を揉《も》むが、日頃《ひごろ》から和多に接触《せつしよく》する機会の多い鬼塚《おにづか》などは、我が意を得たりと深く頷いた。もちろん追放したいという方でだ。なお赤星もこっそり同調している。

　箸《はし》にも棒にもかからない、という言葉があるが和多はそれである。

　能力的には有名大学を成績優秀《ゆうしゆう》で卒業したらしいが、それは単に計算や暗記が得意なだけ。実生活でそれを活《い》かせないまま、物事や他人に対する態度が全《すべ》てを台なしにしている。

　ローサは軽く肩を竦《すく》めた。

「畏《かしこ》まりました。これ以上は私が口出しすべきことではありませんね。出過ぎた真似《まね》をして申し訳ありませんでした」

「いえ、ご助言感謝します」

「ところで皆様いつラガルティ退治に向かわれますか」

「そうですね……」

ここからが本番でありラガルティと戦わねばならない。

その認識《にんしき》に、ぐったりしていた皆は真面目《まじめ》な顔で背筋を伸ばした。一萬田は傷《いた》む身体で苦労しながら立ち上がり険しい顔をした。

「時間を空けても気持ちが弛《ゆる》むだけ。明日は準備と共に休養をして、明後日《あさって》に決行する。各課長は所属の皆に通達するように」

辺りに張りつめた空気が流れると、システム課の竹山がにやけ顔で肩を竦めた。

「やぁ明後日ですか、もう年だから筋肉痛がちょうど出る頃かもしれませんね」

冗談《じょうだん》めかした口調に皆の間から笑いが零《こぼ》れた。


日本との交流が確保され、食事は少しずつ充実《じゅうじつ》しつつあった。

しかし今日は皆が疲れ切っているため、総務課の提案で夕食は冷凍《れいとう》ピザになっていた。各課でトースターを使って焼くというものだ。

「すみませんね、こんなもので」

「いいえ、これもまた美味しゅう御座《ござ》います」

「こういうの、里の食事で出したら売れますかね」

「良いかもしれませんね」

ローサが言うには、こうした食べ方は近しいものはあれど、ここまで美味しくないらしい。

そうするとピザ生地を用意して店を開くというのも良さそうだ。もちろん食材のメインはこちらの世界で集めたもので、良質なチーズだけ日本から取り寄せれば良い。何よりお手軽だ。

「ですが、直《す》ぐに模倣《もほう》されてしまうと思いますね」

「……確かに」

簡単な料理なだけに真似も簡単だ。

日本での外食産業でも、誰かが成功すれば雨後のタケノコの如《ごと》く類似品が発生する。そして独自性がなくなれば、こちらの食材に慣れた現地の者の方が上手《うま》く売り上げるだろう。

何事も先駆性《せんくせい》を保ち人気を維持《いじ》し続けることは難しい。

しかしシロノには大好評で、ペロリと平らげ赤星の皿を見ているぐらいだ。

「ところでローサさんは、お酒は飲まれる方です？」

赤星は自分の皿をシロノの方に差し出しながら言った。欲《ほ》しがっているからということもあるが、今日はようやく日本から酒が送られて来ていた。

あまり飲めないが、最後の晩酌《ばんしゃく》になる可能性もあるので少し口にしている。

「もちろん飲みますが、今は依頼《いらい》で来ておりますので軽い程度にしておきましょう」

「なるほど。こちらの酒はどうでしょう。これは日本酒と呼ばれるものです」

「そうですね、飲み口は良いですが強さが足りませんね。王都など貴族向けでしたらよろしいですけど、もし里で売るのであれば強くないと厳しいでしょう」

「参考になります」

どうやら、こちらの世界は酒豪《しゆごう》系らしい。

「そういえば、ずっと疑問でしたが。ローサさんはどうして酒場で給仕《きゆうじ》を？　ウイリデさんの助手をしつつ、こうして戦闘も出来る方だというのに」

「ああ、それは里のしきたりですね」

元々が開拓《かいたく》で始まった里は人を集めるために食事を提供しており、そんな流れで今も里長の手で食堂が営まれているのだ。だから、その部下であるローサも給仕をしているのだった。

「なるほど……我々の世界の風習からすると驚きですね」

赤星が驚いていると、ほろ酔《よ》い顔の青木が身を乗り出してくる。

「課長、異世界ですよ。そういうもんですって」

「少し飲み過ぎじゃないかな青木君」

「いえコップ一杯《いつぱい》だけですから、全然大丈夫。それよりローサさん、こちら酒のつまみにどうですか。美味しかったら、幾《いく》らでも取り寄せますから。是非《ぜひ》どうぞ！」

ポテチだ。

ローサが一枚抓《つま》んでパリポリ囓《かじ》る。その白い喉元《のどもと》が動いて呑《の》み込む様子が、妙《みよう》に綺麗《きれい》で赤星は見とれてしまった。だが、直ぐにシロノの尻尾《しつぽ》に叩かれ我に返る。

「赤星、私にも差し出しなさい」

「これは気付かなかった。はいどうぞ、お嬢様《じようさま》」

「お嬢様……そうよっ、そんな感じでもっと恭《うやうや》しくなさい」

赤星がシロノの相手をする間に、青木は熱心にローサに話しかけている。

「どうです、いいでしょう」

「合いますね。これなら里でも出せそうです、いえむしろ是非」

「ふふふっ、俺のセレクトする酒のつまみはまだまだありまっせ」

「まあ楽しみですわ」

そして夜は更《ふ》けていく。

青木とローサは酒とつまみで語り合い、黄瀬とシロノはデザートの甘味《かんみ》に取りかかり、赤星は残ったピザを食べて片付けている。営業所の各所で、皆が訪《おとず》れる戦いに向け英気を養っていた。


そして営業所の皆が覚悟《かくご》を決めた二日後のこと――。

草原にたむろしていたラガルティの群れは、見慣れない物体の出現に戸惑っていた。

「よしっ、放てっ！」

一萬田が合図した。

三台の軽トラの荷台に膝《ひざ》をついた者たちがボウガンの引き金を引く。一斉《いっせい》に飛んだ矢がラガルティに向かい、外れたものもあれば命中したものもある。即座《そくざ》に装填《そうてん》済みボウガンが手渡《てわた》され、次の矢が放たれた。その間に使用されたボウガンに別の者が装填して渡《わた》すという流れ作業。

狭《せま》い荷台の上で、それが数回繰り返された。

ちょっとした波状攻撃を受けたラガルティは悲鳴をあげ、しかし直ぐに激しい怒《いか》りをみせ飛んでくる矢を無視して突撃《とつげき》を開始した。

「来た、来たぁ！　車だして、だしてちょーだい！」

田中が荷台からルーフを叩き叫《さけ》び声をあげると軽トラが発進。残り二台も動き出し、荷台に掴まった者たちを乗せ待避《たいひ》した。

しかし後には武器を構えた集団が残っていた。

一萬田が武器を振りかざした。

「さあやろう、ここからが正念場だ！　作戦開始！」

同時にラジカセ——倉庫で長年放置されていた骨董品《こっとうひん》——のスイッチが押《お》され、音量最大でハードでロックなヘビメタが流される。未知の激しい音に、突進するラガルティの足が止まった。明らかに驚き戸惑っていた。

「よし！　混乱したぞ！」

「今がチャンスだ前進！　前進！」

「隊列を崩さず突き進め！」

営業所の皆が一列に並んで突撃。手には先を尖《とが》らせた鉄の棒があり、腰だめに構えたそれを槍衾《やりぶすま》にして力一杯《ちからいっぱい》突き込む。さらに隙間《すきま》を縫《ぬ》って消火器が向けられ消火剤《しょうかざい》が噴霧《ふんむ》され、ダメ押しに防犯ブザーが投げられる。

ラガルティは混乱、叫びをあげ右往左往するばかりだ。

「抜刀《ばっとう》！　斬《き》り込め！」

再び一萬田が叫ぶ。

各自は手にしていた鉄の棒を放り出し、それぞれ手持ちの武器へと切り替《か》えた。

赤星も扱《あつか》い慣れた斧を握《にぎ》りしめ槍擬《やりもど》きで傷つけたラガルティを狙《ねら》う。相手が混乱している間に、どれだけ倒せるかが勝敗の分かれ目。

斧刃で殴《なぐ》るようにして一頭を叩きのめす。

次のラガルティは矢を受けており、身を捩《ねじ》り悲鳴をあげ暴れている。それでも近づくと爬虫類《はちゅうるい》めいた顔を突き出し襲ってきた。赤星が咄嗟《とっさ》に腰を落とし身を捻れば、それまで頭のあった場所で硬《かた》い音が響《ひび》く。

ラガルティの鋭い牙《きば》に怯《ひる》みそうになるが、しかし叫んで奮い立たせる。

「どっせぇーいっ！」

思いっきり振り払《はら》った斧が、ラガルティの胴《どう》に命中。悲鳴をあげ転倒《てんとう》する姿を蹴り飛ばす。トドメを刺《さ》す余裕もなく次へと向かう。

営業所の皆は老若男女関係なく互《たが》いに助け合い必死に戦っていた。

「赤星っちゃん、やるじゃないか！」

叫ぶ様に言った鬼塚と肩を並べ、赤星はラガルティに対峙《たいじ》する。辺りには激しい曲が轟《とどろ》き、興奮した者たちの雄叫《おたけ》びがそれにのっていた。

「くそっ、なんで俺が運転手なんだよ」

軽トラから戦いを見ている和多は舌打ちした。

「ああ畜生《ちくしょう》、死ぬほど戦いてぇ。俺のスキルを考えりゃ超活躍《ちょうかつやく》だってのに、所長も馬鹿《ばか》じゃね？ 人材の活用って言葉を知らんのかよ。これだから老害どもはアホなんだよ」

「おおっと。凄いことを言ってますね、和多君。でもさ、ここで見てればね。えーっ、怪我《けが》とかしないですむじゃーん。要するに。ここにいれば安全だから、むしろ感謝しないとダメかなーってぐらいに思っちゃうんだけど」

回りくどい稲田《いなだ》の言葉に、和多の苛立《いらだ》ちは増しハンドルを激しく指で叩く。

あちらの戦闘には入れず軽トラの運転手役。さらに田中や稲田のような仕事の出来ないクズ連中がボウガンを任されている。同類に思われているようで不満だった。異世界であるなら主人公は活躍するべきだというのに酷い扱いだ。

「しゃーない、本物ってやつを見せてやんよ。現代チートで敵をなぎ倒すぜ！」

和多はサイドブレーキを解除しギアをDに入れる。

気付いた田中が声をあげドアに手をかけた。

「ちょぉ和多くん、僕《ぼく》らここで待機だよ。動くのは指示違反《いはん》になっちゃうよ！」

「ふん、敵を倒せばいいんだ。へっ、俺様大活躍ってね」

気合いを入れた和多がアクセルを勢い良く踏《ふ》みエンジンを響かせると、タイヤが空転するように土の地面を掻《か》き乱す。田中と稲田が飛び退《の》くと同時に軽トラは急発進した。

「超エキサイティング！　おらぁ死ね！　ゴミモンスターども！」

軽トラは土煙《つちけむり》をあげながらラガルティに突進。そのまま突き進んで跳ね飛ばす――つもりだったが、しかし現実はそう都合良くはいかない。

相手は敏捷《びんしょう》なモンスターだ。

激しいエンジン音で突っ込んでくれば素早《すばや》く避けて当然だ。上手くいかずムキになった和多は夢中になってハンドルをきりラガルティを追い回す。

それで混乱したのは、むしろ営業所の皆だった。

むしろ車の恐さを知っているだけに、突然出現した暴走車から距離《きより》をとるため隊列が崩れ、注意が散漫《さんまん》となる者が続出。その隙《すき》をついたラガルティの逆襲《ぎやくしゆう》を受け次々と傷を負う。出血に怯んでしまい、臆病《おくびよう》心が現れ勢いが止まってしまう。

まさに負の連鎖《れんさ》だ。

気付いた赤星は声を張りあげる。

「落ち着いて！　下手に動くとかえって危ない。そうそう当たるもんじゃないから大丈夫！　皆で集まって固まらないと駄目《だめ》だ！」

「そうだ。集まれ！　バラバラになるとやられるぞ！」

肩を並べる鬼塚も叫び、それで気を取り直した皆が再集結し身を寄せ合った。

一萬田は手にした棍棒《こんぼう》でラガルティを牽制《けんせい》し、怒鳴《どな》り声をあげる。

「和多君は何をやっているんだ！」

「だから所長、言ったじゃないですか！　あいつはダメだって」

忌々《いまいま》しそうに鬼塚が言う前を暴走車が走り抜ける。

運転席の和多に皆の声は届いていない。もう意地になってラガルティを狙っている。

「こいつ何で避けるんだよ！　クソ雑魚《ざこ》モンスターのくせに生意気だろうが！」

歪《ゆが》んだ承認欲求を満たすため、少しでも成果を出そうとラガルティを追い回す。頭に血が上って鼻息は荒《あら》く目は血走っている。

周りのことなど気にもせず考えもしない自己中心なのは、普段《ふだん》の仕事の時からだ。

「こなくそっ！」

叫んでアクセルを踏み込むが、ここで幾つかの不幸が重なった。

加速と同時に地面の窪《くぼ》みでタイヤが跳ね車体が軽く浮いた。地面に着地した衝撃《しょうげき》の中でハンドルを無理にきり、結果として目の前に迫った立木を避けきれない。

「あーっ！」

激しい衝撃。

同時にエアバッグが作動、シートベルトもせず前のめりで運転していた和多を強打した。顔面を骨折し歯が折れ鼻血が噴《ふ》き出る。酷い有り様だ。

「がっ……うせやろ、まじで死ぬ……何で俺がこんな目に……」

和多はエアバッグを掻き分けドアを開け地面の上に倒れ込んだ。

しかしそこはラガルティの群れの真ん中だった。暴走で突出したせいで、営業所の皆からも大きく離《はな》れている。仲間は誰もおらず身体は動かず一人きり。

目の前に現れた獲物《えもの》にラガルティたちは空を向いて叫びをあげ歓迎《かんげい》した。

「やめっ！　助けっ、助けて。ちょっとぉ！　お前ら見てないで誰か助けに来い――！」

叫ぶ和多の腕に足に腹にとラガルティが群がり、鋭い牙が首にも食らいつく。しばらく続いた悲鳴が途《と》切《ぎ》れると、血と肉と服の切れ端《はし》が辺りに散らばっていく。

――人が喰《く》われバラバラにされていく。

遠目だが明らかに凄惨《せいさん》な有り様に皆は怯んだ。士気は崩壊《ほうかい》寸前になって、後退《あとずさ》りをして逃《に》げだそうとする者もいる。

だが、再び赤星が声を張りあげた。

「弔《とむら》い合戦だ！」

そのままラガルティの群れに突進。その一人で突っ込む姿に、見守っていたローサは目を見開いた。シロノは呆《あき》れ気味に微笑んだ。

次の獲物に気付いたラガルティが跳《と》びかかるが、赤星は前に転がって回避《かいひ》。

「どっせぇいっ！」

全身を使って振り回した斧で相手を殴りつけた。重い手応《てごた》えがある。一撃を受けた個体が悲痛な叫びをあげるが、直ぐに別の個体が跳びかかってくると噛《か》みつこうとした。生暖かい息が吹きかけられるのを間近に感じるが、赤星は更に転がって回避。

牙の噛み合わされる音が耳元で聞こえピンチだが、赤星は一人ではない。

頼りになる仲間がいる。

「課長！　加勢しまっせ！」

「チーム赤星なんです！」

青木と黄瀬が駆《か》け付けた。

二人の存在に反応したラガルティの足が迷うように止まる。

その隙を逃《のが》さず赤星は素早く立ち上がると、無言のまま手近な相手に斧を叩き付ける。しっかりとした手応えがあって相手は悲鳴をあげた。

青木と黄瀬も、それぞれ攻撃を仕掛ける。さらに営業所の皆も大声をあげながら駆け付けた。

形勢は一気に傾《かたむ》き人間たちの優勢となった。


「終わった、勝ったのか……」

死者一名怪我人《けがにん》多数、それが戦闘の結果だった。

半分程度に減らせば良かったラガルティは壊滅し、辺りに倒れている。それだけ見れば大勝利と言えるだろう。しかし誰も喜ぶ様子もなく沈鬱《ちんうつ》な顔をしていた。

和多の死が皆に衝撃を与えていたのだ。

いかにバカバカしい死に様だろうと、誰もそれをバカにはしない。

人が死ぬ。

それはとても重たい出来事だ。

ここが危険と隣り合わせの世界と分かっても、誰も自分が死ぬ可能性を真剣には考えていなかった。それは人として当然だ。嫌《いや》なことからは誰だって目を逸《そ》らし軽視するものなのだから。

しかし今ここで、和多の死によって現実を突きつけられたのだ。

喜べる筈《はず》がない。

「赤星、怪我してるでしょ。ほんっとダメね、早く回復薬を飲みなさい」

「ああ……ありがとう。心配させた」

「別に心配なんてしてないの。ちょっと気にしてただけなの」

シロノから貰った回復薬を飲み干すと、赤星は和多の亡骸《なきがら》がある場所に向かった。そして手を血で汚《よご》しながら黙々《もくもく》と残っている部分を拾い集めだす。

一萬田が赤星の側《そば》に来た。

「すまない、やらせてしまって。私もやろう」

「いいえ構いませんよ。それに……和多君のことは私の責任ですよ。ラガルティ退治なんて引き受けてしまったから、こうなってしまった」

「それは違う、赤星君。偶々《たまたま》、その交渉の場に君がいたというだけだ。むしろ責任は私にある」

言った一萬田は音がするほど歯を噛みしめた。

「なぜなら、やると決断したのは私なのだ」

「それは違いますよ。自業自得《じごうじとく》です」

否定したのは鬼塚だ。

「和多は協調性がなく、いつも自己中心で周りのことが見えてなかった。他人の注意や意見に耳を貸さない。そのくせ自意識過剰《かじょう》で承認欲求が強い。厳しいことを言うようですが、いずれ何か大きな失敗をしていたでしょうよ」

「………」

「それでも元の世界なら死ぬことはなかったでしょうがね。ここでは遅かれ早かれですよ」

言いながらも鬼塚は悔《くや》しそうに目を潤《うる》ませ鼻を赤くしている。心の中で整理がつかず、自身も含めた全てに怒りと憤り《いきどお》を感じているのだろう。

しばし沈黙《ちんもく》が訪れる。

赤星はシロノの持って来た袋《ふくろ》に和多を収め立ち上がった。

「まずは営業所に戻りましょう。そして和多君を日本に、家族の元に送り返してあげましょう。所長よろしいですよね」

「ああそうだね、生き物でなければ転送されるのだったね……少し彼《かれ》が羨《うらや》ましいと思ってしまうのは不謹慎《ふきんしん》かな。家に帰れるということで」

「いいえ、私も同じ気持ちですよ」

呟いた赤星は丁寧《ていねい》に袋を持って歩きだす。その後ろに皆が静かに続いた。


和多の死によって生じた動揺《どうよう》が落ち着くまで数日を要した。

赤星は再びアグロスの里に赴《おもむ》いていたが、今回は課長級の何人かを伴《ともな》っている。

「じゃ、俺らは適当にぶらつかせて貰うんで」

鬼塚と澤田《さわだ》と竹山と、営業所の中核《ちゅうかく》となる三課長は興味深げに辺りを見回した。調査がてら里の中をぶらつく予定だ。この三人であれば阿部の時のようなトラブルは起きないだろう。

しかし三人は少し興奮気味。

辺りを見回し指さす様子は、お上りさん状態ではあった。

「思ったより広いね。この建物様式……江戸《えど》時代の日本に東南アジア系を足した感じがしない？　まさか何か関係があるとか？」

「いやでもほら、人間が暮らすのだから共通する部分も多いんでは？　収斂《しゅうれん》進化って言葉もあるわけだしさ。そっち系の学者が見たら大喜びだろ」

「なるほど、人間という形状をしていれば必要とされるものも必然的に似てくるか」

「元の世界でも材質装飾《そうしょく》が違っても根本構造は同じ。ただ、こちらは他要因が絡《から》むぶんだけ偏差《へんさ》が大きいか？　我々から見て合理的でない部分もあるけど、そういうのが良いんだよ」

「分かるわー」

澤田と竹山は仲良さげだが、二人は中学時代からの友人だ。示し合わせたわけでもないのに、進学先も就職先も一緒《いっしょ》。毎回顔を合わせ驚いた話は、宴会《えんかい》での持ちネタ。今や異世界まで一緒という話も追加されているだろう。

「しっかし、これ結構文化度高いと思いますよ」

鬼塚も辺りを見回し指摘した。

「細かい部分の装飾、それに彫刻《ちょうこく》の見事さ。建物の間隔《かんかく》に道幅《みちはば》もしっかりしている。それに、道の脇《わき》を見ると排水《はいすい》も考慮《こうりょ》されている。単なる田舎町ではないって、俺は思いますね」

やいのやいのと言っている。

それを聞いて赤星は居心地が悪くなってしまった。

同じ場所で同じものを見ても、この三人のような考察や気付きが出来なかったのだ。人間の出来とでも言うべきか、能力の差を見せつけられた気分になっていた。

だが赤星には三人には出来ないことが出来る。

それは、ここの長であるウイリデとの面会だ。

「では、私は里長に報告してきます」

ひと言断って歩き出すと、その傍《かたわ》らにシロノが並ぶ。大きく手を振って歩く姿に、少し癒《い》やされる。坂を上って広場に到着《とうちゃく》、食堂を兼《か》ねた集会所へと向かう。

殆《ほと》んどフリーパス状態で面会部屋に案内された。

椅子《いす》に腰掛《こしか》け改めて室内を見回す。三課長の言葉を受けて考えると、この部屋にしても価値ある品が揃《そろ》っている。ウイリデが単なる地方の田舎町ではないのは間違いない。

「良く来た、どうやら完了《かんりょう》したようじゃな」

待つことしばし杖《つえ》を突き突きウイリデがやって来た。

緑色をした顔は少し柔和さがある。そして胸元には老眼鏡が紐《ひも》で下げられており、相変わらず肌《はだ》身《み》放さず大事にしているようだ。

「ええ、完了しました」

赤星はやや控《ひか》え目に呟き、同席するローサの顔をちらりと見た。

そちらからウイリデには話が行っているはずだ。彼女はしっかりと頷《うなず》き、ウイリデの斜《なな》め後ろに立って穏《おだ》やかな笑みを浮かべている。

扉《とびら》の向こうからは賑《にぎ》やかな声がして、集会場の賑わいが伝わってきた。

「半分に減らすどころか全滅《ぜんめつ》させるとはな」

「ええ、被害《ひがい》は大きかったのですが」

「大きい？　僅か一名の犠牲《ぎせい》だったのだろう。初めての戦いで、その程度で済ませたとは実に見事としか言い様がない。このような成果を出すとは思いもしなんだ」

ウイリデの声には弾《はず》むものがあった。

それに改めてここが異世界だと感じてしまう。元の世界であれば、一名でも犠牲者が出れば大騒ぎ。とことん責任を追及《ついきゅう》され、責任者は記者会見を開いて謝罪し引責辞任。営業所は世間から糾弾《きゅうだん》され批判され、重箱の隅《すみ》をつつかれながら大炎上《だいえんじょう》し活動停止に追い込まれる。

それが、この世界では僅かという表現で済んでしまう。物事の考え方や感覚がまるで違う。

「ですが一名です」

「僅か一名じゃ」

「我々にとっては大きな話です」

赤星が語気を強めると、ウイリデは目を細め真正面から見つめてきた。

「仲間を失って辛《つら》い気持ちは分かる。しかし割り切るといい。それを経験しているのは、お主たちだけでない。ここで生きる全ての者が、それを乗り越《こ》え生きておる」

「それは……そうですね……」

この世界にはこの世界の流儀《りゅうぎ》があるが、しかし同じ心の持ち主だ。笑い泣き悲しみ怒《おこ》る感情がある。しかも死が隣り合わせの世界だ。それであれば、誰かを亡くした時の辛さに遭遇する頻度《ひんど》も高かろう。

そして、それがこれから赤星たちの生きていく世界なのである。

「失礼致《いた》しました」

「気にする必要はない」

ウイリデは軽く目を閉じ頷いた。

「お主たちの頑張りと成果は、皆に知らせてある。むろん、直ぐに広まるものではないが、主要な者は知っておるので問題なかろう」

「ありがとうございます。では、さっそくですが」

赤星はシロノに目で合図をして立ち上がると、ウイリデに対し礼儀《れいぎ》正しく頭を下げた。

「こちらの食堂に酒のつまみを卸《おろ》す話をさせて貰ってます。よろしければ、ウイリデさんもご賞味下さい」

ローサに促《うなが》され出口に向かう。

正式に許可が出たことを皆に伝えねばならない。もちろん、この世界で生きていくためにだ。

直ぐに皆と合流する気分でもなかったため、赤星はぶらぶらと足を進める。

集会所を出てから坂を上がって、まだ行ったことのない方向へ。隣にはシロノが並んで、弾む足取りで白く綺麗な髪を跳ねさせている。

道の脇には小さな水の流れがあって、日射しを反射し煌《きら》めいていた。

辺りは建物があってひっそり静かだったが、しかし無人というわけでもない。普通に生活をしているらしく、ちらりと見えた庭先で子供を背負った女性が洗濯物《せんたくもの》を干している様子も見えた。

どうやら、ここからは居住地といった具合らしい。

更に坂を上がっていくと建物の数が減り、やがてなくなった。呼吸を大きく乱し、喘《あえ》ぐ寸前といった頃には視界が一気に広がる。

坂の頂上だ。

そこから今度は下りになって両脇に畑が広がる。ただし、それはあまり広い範囲《はんい》ではなく直ぐに鬱蒼《うっそう》とした森となって、森は山へと続いていた。

「なるほど思ったより広い村だったか」

足を止めて額の汗を拭《ぬぐ》うが、日射しが思ったよりも強い。その汗に湿《しめ》った手をシロノが掴んで引っ張った。溌剌《はつらつ》とした顔で見上げてくる。

「赤星、あっち。あっちの方が見晴らしが良さそうよ」

「なるほど確かにそうみたいだ」

「来なさい、行くわよ」

そして向かった先は、確かに見晴らしが良かった。

眼下に里が一望できる。大勢の姿があって一見すると無秩序《むちつじょ》に、しかし大きな流れとしては決まった方向に人が行き来している。あの物売りの多い通りは幾つもの人の姿があって、そこを抜けた先には何か馬車のようなものが何台か並んでいた。

さらに視線をあげていくと、青々とした草原が広がっている。その向こうに営業所があるのだろうが、上手くは見つけられなかった。

「良い眺《なが》めだ」

「私が見つけたのよ、感謝なさい」

「ありがとう」

「当然なの、もっと褒めてくれてもいいんだから」

胸を反らして小威《こい》張《ば》り気味のシロノだったが、しかし尻尾は正直だ。これまでの様子で分かっていることは、左右に動くときは御機嫌で、しかも大きく動いて勢いがある時ほど感情が強いらしい。

丁度いま目の前で振られているように。

少しばかり風があって心地よい。

この世界の日射しに、この世界の風。

感じるそれらは、元の世界とは微妙に違うが本質は少しも変わらない。それはきっと、この世界全てについて言えることなのだろう。

そう考え感じていると、身体の中に清々しさのようなものが込み上げてくる。仲間の死に対する悲しさや遣《や》り切れなさというものは、消えこそしないが薄《うす》らいでいく。

しばらく眺めて、赤星は坂を下った。


「商売の許可、出ました」

鬼塚の姿を見つけて赤星は言った。

もちろん澤田と竹山もいる。三人揃って辺りをぶらついていたようだが、きっと今後の取り引きに対する案を幾つも思いついているに違いない。

「ここは凄いね。やっぱり東南アジアや中東の街みたいな活気がある」

背の高い竹山が呟くように言うと、がたいの良い澤田も頷く。

「分かるわー、確かにそんな感じだわ。人の動きが多くて、それぞれが目的意識を持って動いている。こういう場所が良い市場になるんだ」

「だね、扱ってる品も種類が多い。生鮮《せいせん》食品を扱うってことは、それなりに流通がしっかりしているってわけだ。おっとシステム課が口を出したら拙《まず》いね」

「それもそうだ、僕も今は管理課だから余計なことはお口チャックだったわ」

竹山と澤田が笑って鬼塚を見やった。もちろん二人とも営業職を経験しているので、そちらにも通じているベテランというわけだ。

「いやいや、澤田さんと竹山さんならむしろ営業やっちゃって下さいよ。その方が俺も楽できるってもんですよ。この市場は一課と二課だけでは厳しい、三課はどうせ動かないでしょうし」

鬼塚が笑いながら言う。

澤田と竹山を対等と認めているので言葉使いも丁寧。気を使っているのは明らかだ。

一歩下がった場所で会話を聞く赤星だが、これから自分はどうしていくべきなのだろうかと少し考え込んだ。つまり営業所の中でどんな立ち位置でいるべきなのか、今後の身の振り方を考えていかねばならない。

営業で活躍して最前線を進むのは疲れるだけで性に合わない。さりとて、何もしないでいるのは気が引ける。しかし誰かの下について媚《こ》びるのも嫌だ。今程度に自由で好きにやれて、美味いものを好きに食べてのんびりできる立ち位置を何とか確保したい。

そう思うのは向上心がなさ過ぎだろうか。少し悩《なや》む。

「赤星、何か買うわよ」

「あ？　ああっ、そうしようか」

シロノの声で我に返って、アグロスの里の通りを歩き様々な品を眺める。

ローサに譲《ゆず》ったポテチで得た代金を手に、ひとまずは食べられそうなものを探す。新たな世界の新たな食べ物を目にして、とりあえず悩みを忘れることにした。

たとえ幾つになろうと親は親。

親とは世界で一番信用できる存在で、どれだけ反抗《はんこう》し悪態を吐《つ》き怒っても最後には仲直りのできる稀有《けう》な存在である。もちろん世の中にはそうした関係ばかりではないかもしれないが、少なくとも赤星にとってはそうだった。

就職して家を出ても折に触《ふ》れて帰省するのは、そこに安心と安らぎがあるからだろう。

しかし今となっては二度と帰れない場所となってしまっているのだが。


「…………」


営業所の車庫棟《とう》の一角にある小部屋。

そこに赤星はいた。

かつては社用車の運転後に運転日誌を書くために用意されていた部屋で、時代の流れで閉鎖《へいさ》され物置代わりにされていた。しかし今はそれを片付け、ＷＥＢ会議システムを利用し異世界と日本を繋《つな》ぐ面会所として利用されている。

ここがそうなった理由は建物が独立しているため、プライベートが確保出来るからだった。

赤星は何度目かの深呼吸を繰り返し、真剣な顔で目の前のモニターを見つめる。

映されているのは無機質な室内。簡素なテーブルとパイプ椅子、そして灰色の壁《かべ》と出入り口のドアだけが見えている。日本のどこかの一室だが、どこかは分からない。

モニターの向こうでドアが開いた。

戸惑いながら入ってくる姿を見た途端《とたん》、赤星の心で張りつめていた何かが消えた。自然と涙《なみだ》が一粒落ち、課長という立場の赤星ではなく、ただの赤星源一郎《げんいちろう》という人間に戻った。

「やあ、父さん母さん」

声をかけた途端に二人が駆け寄ってきた。

「源一郎、本当に源一郎なのね。生きてたのね、良かった。良かったわ」

「源か、生きていたな。俺は信じていたぞ」

モニターには縋《すが》り付くような母の姿が大映しになって、後は泣きじゃくるような声と鼻づまりしたように涙を堪《こら》える声が聞こえるばかりだ。

「……心配かけてごめんよ」

源一郎も泣きながら笑った。

モニターの向こうでは父によって宥《なだ》められ、椅子に座らされる母の姿がある。繰り返し落ちつくようそちらに言い聞かせた後に、父が真正面から見つめてきた。

「政府の人から事情は聞いている。どうやら苦労したようだな」

「うん、苦労したよ」

少し子供っぽい口調で源一郎は頷いた。そして弟の姿がないことを指摘する。

「靖次郎《やすじろう》は？　一緒じゃない？」

「いや一緒に来てる。少し後から参加すると言ってな、部屋の外で待っている」

「なるほど、あいつも気遣《きづか》いが出来るようになったんだ」

「ああ、ここ数日で特にしっかりしてきたよ」

　穏やかに笑っていると、母が椅子に座ったままにじり寄って来た。

「それより怪我とかはしてないかい？　ちゃんと食べてるのかい？　あんたは食いしんぼうだからね。本当に異世界ってところに居るのかい？　嘘《うそ》なんじゃないのかい？」

「母さん落ち着きなよ」

「これで落ち着けるわけないわよ」

「確かにそうだね。とりあえず怪我はしてない、食事も問題なく食べてるよ。本当に異世界に居るんだ、自分でも最初は信じられなかったけどね」

　源一郎が喋《しゃべ》れたのもそれぐらいで、後は母がどれだけ心配をしたのか、どれだけ哀《かな》しかったかを喋りだす。どうやら、ウニウェルスムに破壊《はかい》されたアパートの跡地《あとち》まで訪れて瓦礫《がれき》を掘《ほ》り起こそうとさえしたらしい。

　喋り続ける母。

　十代の頃などはその声を鬱陶《うっとう》しく思ったりもしたが、その響きがどこまでも心地よい。

　少し会話が途切れた頃に、父が奥に行ってドアを開け差し招く仕草をした。現れたのは弟の靖次郎だ。二つ年下で、母よりは父に似ている。

　その姿を見て源一郎は、兄である源一郎へと意識が変わる。

「やあ弟」

「よう兄」

「元気そうだな」

「そっちもな」

会話はちっとも弾まない。ある程度の年齢《ねんれい》になったからということもあるが、しかし昔からこんな関係だ。もちろん仲が悪いわけではない。

「どうやら戻れそうにない」

「そうか」

「まあ、生きてただけでも儲《もう》けものだ。そっちは任せた」

「分かった任されとく。カノンも元気だ」

「さすがに猫《ねこ》までは駄目だったか。まあ自宅と繋げられるようになったら会わせて貰うよ」

カノンは源一郎が仕事先で拾ってしばらく面倒を見ていた猫だ。しかし転勤が重なった為に、やむなく実家に預けたのだ。今では実家で我《わ》が儘坊《ままぼつ》ちゃんとして、のさばっている。

靖次郎と向かい合う。

こうしてモニター越《ご》しでなければ、互いを見つめ合うこともなかっただろう。

「兄貴がいるのは異世界なんだってな。どんなとこだ?」

「ああモンスターがいる」

「危なくないか」

「まあ危ないな」

うっかりとそんなことを言った途端に、画面の端で大人しくしていた母が靖次郎を押しのけ顔を出そうとしてきた。それを父が引き留めて宥めている。

「だが大丈夫だ。こっちに来てテイマーというスキルが身に付いたんだ」

「へぇ！　まさしくアニメの通りか。本当にそうなったのか、凄いな」

「お前な……そろそろアニメ以外にドラマとかでも見たらどうだ」

「うるさい。で、テイマーなんだろ。何かモンスターを手懐《てなず》けたのか？」

「そうだ。これから紹介《しょうかい》するつもりだ」

見ても驚くなよ、と念を押してからドアに向かう。

先程《さきほど》父が靖次郎を招き入れたように、源一郎も車庫に続くドアから上半身を覗《のぞ》かせた。車止めに腰掛け暇《ひま》そうにしていたシロノが即座に反応し、立ち上がって駆け寄って来る。

尻尾の先が持ち上がって、小刻みに揺れていた。

「赤星、終わったの？」

「いやまだだよ。でも、シロノを家族に紹介しようと思ってね」

「家族に紹介……仕方ないわね。紹介されてあげるから、光栄に思いなさい」

ウキウキしたシロノの姿に源一郎は、課長という立場の赤星に意識が変わった。

赤星がモニター前の椅子に座ると、その隣の椅子にシロノがちょこんと並ぶ。

シロノには事前にテレビやモニターなどをみせ、これが遠方に居る者と会話ができる道具だと認識して貰っている。この世界にも遠見の水晶《すいしょう》球というものがあるそうなので、日本の年寄りに教える程度には理解が早かった。あとはアニメなどを視聴《しちょう》していたお陰《かげ》もあるだろう。

シロノは物珍《ものめずら》しそうに身を乗り出しモニターを見つめている。それを手で指し示し、モニターの向こうにいる家族に紹介した。

「紹介するよ、こっちがシロノソルフランマグラキ……なんたらかんたら」

「だからっ、シロノソルフランマグラキエストニトルスステルラ。どうして、私の名前を覚えてくれないのよ」

「すまない。だが、前よりは言えるようになっただろう」

「むうっ、これは後で覚えるまで特訓なの」

「特訓とは違うと思うが……ああ、このシロノが私を守ってくれているんだ」

そう説明したが、しかしモニター越しでも分かるほど両親と弟は困惑していた。

「源一郎どういうことなの？」

問い詰《つ》めたそうな母を宥めて靖次郎が咳払《せきばら》いをする。

「兄貴、その子は……？」

「ホワイトドラゴンのシロノだよ。とても頼りになって、助けてくれる子だ」

「ああ、なるほど。さすがは異世界だ、人化できるドラゴンなわけか。それをテイムしたと」

理解の早すぎる靖次郎も、青木と同じように異世界に対し一家言ありそうだ。

しかしシロノはムッとした。

「ちーがーいーまーすー。私はテイムなんてされてないんだから」

「まあ、そういうことだよ」

何とか場を鎮《しず》めようと、赤星はアイコンタクトで家族に合図を送る。それで家族は理解してくれたようだった。

それはそれとしてシロノは不機嫌《ふきげん》そうだ。

尻尾の先を上下させ、頬を膨らませ気味に見上げ睨んでくる。

「ねえ赤星。その源一郎って呼び方は何なの？」

「ああ、私の名前だよ」

「だったら、どうして私に教えてないの。私は私の名前を教えたのに、どうして黙《だま》ってるのよ」

「それは風習として、家族以外はよっぽど親しくないと名前で呼ばない感じなんだ」

名字で呼ぶか名前で呼ぶか。それは非常に難しい問題である。

呼び方は相手との距離感《きょりかん》を示すからこそ、大人になれば誰しも自然と相手を名字で呼ぶようになる。しかも今の時代に名前呼びしようものなら、それだけでセクハラになりかねない。

だからますます名字で呼ぶことが一般的となっている。

赤星もそれに馴《な》れきっていたのだ。

「だったらいいわ。私も今から赤星のこと、源一郎って呼ぶから」

「おいおい」

「そうね。こっちの世界で、赤星を源一郎って呼んでいいのは私だけよ。仕方ないから、それで許してあげる。感謝なさい、源一郎」

何だか分からないままシロノの機嫌は直った。

「源一郎」

「なにかな？」

「呼んでみただけ」

「そうか……」

「源一郎っ、源っ一っ郎っ」

シロノは何度も繰り返して、にこにこの笑みだ。

一方でモニターの向こうで両親と弟は、えらく微妙な顔をして互いに顔を見合わせて頷き合っている。何か妙に気恥《きは》ずかしく気まずい。それも、とてもだ。

赤星は咳払いを繰り返し、気分を切り替えた。

「とにかく、シロノはとっても強い。何かあっても守ってくれる頼れる存在だ」

「もちろんなの。この私が源一郎を守ってあげるわ、安心なさい」

「そういうわけだから、こっちは安心してほしい」

アナログ丸時計の長針が一周する頃で、そろそろ面会終了《しゅうりょう》の時間だった。

「そろそろ時間だ。異世界情報が解禁されて、メールのやり取りが普通に出来るようになったら細かいことを連絡《れんらく》するよ」

名残惜《なごりお》しくはあるが、しかし次を待っている人がいる。しかも外からプレッシャーをかけているらしく、窓の向こうで陰がちらついていた。

モニターの向こうでもドアが開き、顔を出した係員が声をかけている。

これで面会は終わりだ。

「心配をかけてごめん。こっちでも頑張る、だから安心してほしい」

赤星は口早に言って、出来るだけ自信たっぷりに頷いておいた。

車庫棟を出た赤星は、営業所の敷地を一人ぶらついていた。

少しだけ一人になりたい気分になったので、シロノだけ先に二課室に行かせたのだ。家族との面会は嬉しかったものの、それで逆に気分が滅入《めい》ったのは事実だ。

姿も見える声も聞ける、だが触れることだけができない。

それが寂《さび》しくて悲しい。

しかし赤星は感情を堪え自制してしまう性格だ。

それで気持ちが鬱屈《うっくつ》として気が滅入ってしまう。いっそ思いっきり泣いたり叫んだりできる方が幸せなのかもしれない。

ふと、煙草臭《たばこくさ》さを感じた。

そのまま歩いていくと倉庫の裏で、座り込んで煙草を吸う姿を見つけた。営業三課の城島《じょうしま》課長だった。こちらが気付くと同時に向こうも気付き、今更《いまさら》回れ右して戻るのも変なので、そのまま近づいて会釈《えしゃく》する。

格別仲が良いわけではないが、顔見知りになってからの年月は長い。

「うーっす、赤星ちゃん。元気ねぇな」

城島は煙草を地面に押し付け火を消した。

しかし立ち上がる様子もなく、だらけた姿で座ったままだ。彫《ほ》り深めの顔に軽く無精髭《ぶしょうひげ》、背は高くスポーツマン体型。ややだらけたシャツ姿で佇《たたず》む五十代半ばのちょい悪オヤジだ。

元々は本社で活躍していた敏腕《びんわん》営業マンだった城島は、取引先の女性に手を出す不倫騒動《ふりんそうどう》を何度か起こし、ついに瑞志度《みずしど》営業所の営業三課に封印《ふういん》されてしまったのである。

「どうも城島課長」

「どうもだねー、家族との面会どうだった」

「元気そうで安心しましたよ」

「そいつあ結構。俺ぁもう両親は居なくてな、呼ばれたのは女房《にょうぼう》子供だけなんだわ」

城島はポケットからガムを取り出した。

煙草を吸っていない時は、口寂《くちざみ》しいからといつも噛んでいる。もちろん会議の最中だろうとお構いなしだ。しかし、それが罷《まか》り通るだけの実力と態度と性格の持ち主だった。

「まー、だけどな。あっちの担当が何の嫌がらせか知らんけど、別れた方の女房子供まで呼んだせいでな。俺にとっちゃ地獄《じごく》絵図だったぜ」

「ああ、確か三回離婚《りこん》されたんでしたっけ」

「いんにゃ、四回」

「それはまた大変でしたね……」

赤星には想像もつかぬ凄い世界である。

「ああ大変だったぜ。あいつら何でか仲良くなってってな、揃って俺を責めやがるんだ。そういう意味で、俺は異世界に逃げられてラッキーだった」

「ははは……」

「そら笑え、笑え。嘘でも笑ってりゃ気が楽になるってもんだ」

「ありがとうございます」

城島に励《はげ》まされ、赤星は感謝の気持ちで頭を下げた。

「赤星ちゃんは、生き方が下手だね」

「生き方がですか？」

「そうそう。人生一回しかないってのは、陳腐《ちんぷ》だがとても良い言葉だ。我慢《がまん》して生きたって誰も褒めちゃくれない。逆に余計なことを押し付けられ、良いように利用されて終わるだけさ」

「……はぁ、そういうもんですか」

「どうせ異世界に来たんだぜ。それこそ思いっきり好きに行動して、日本にいる奴《やつ》らが羨むぐらいに生きてみちゃどうだい。そんぐらいしなきゃ、勿体《もったい》なかろ」

「うーん、確かに」

言われて赤星は妙に気が楽になった。

その話の内容はともかく、お気楽な態度に影響されたのかもしれない。ちょっと真似したいと思うまで心動かされてしまう。

さすがは元敏腕営業マンだ。

だが、そうやって女性の心を動かしたからこそ城島は苦境に陥《おちい》ったのだが。

城島はカラカラと快活に笑って立ち上がった。

「さってと、俺ぁこれから営業一課の清水ちゃんを慰《なぐさ》めてくっかな。泣いてる子は放っておけない性格なんでな、元気づけてやらんとな」

「ああ、まだ落ち込んでるみたいですからね」

「そのついでに口説いちまおうって下心もあるけどな。内緒だぜ」

やっぱり真似したくない、と赤星は思った。

倉庫の裏から出ると、向こうに白い髪が見えた。

声をかけるより早くシロノはこちらに気付き、一直線に向かってきた。二課室に行かせたはずだが、どうやら戻ってきたらしい。

「源一郎、ここに居たのね」

「ああ、すまない。捜していたかな」

「違うわよ、別に私は心配してあちこち捜してたりしないのよ」

「なるほど、そうだったか」

シロノと話していると寂しさが紛《まぎ》れる。

「少し散歩でもしようと思うが、一緒にどうかな」

「そうね。うん、仕方ないから付き合ったげる。感謝なさい」

ちょっと偉《えら》そうに言いながら、シロノは手を繋いできた。

瑞志度営業所の敷地はやや不定形だが、四辺のそれぞれが概ね百メートル強。営業所の建物だけでなく、倉庫や車庫棟や駐車場《ちゆうしやじよう》まであるので広めだ。気分転換で歩くには丁度いい広さだった。

相変わらず空は晴れていて日射しが強い。

玄関《げんかん》前では総務課の担当者がホースを使って打ち水をしている。もし周りから街の喧騒《けんそう》が――雑音車の走行音やクラクション、交差点の音響《おんきよう》信号といったものが――聞こえていれば、以前と変わらぬ風景にも思えた。

裏口玄関と第一倉庫の間を通り抜け、煙草部屋のプレハブ小屋前を通り過ぎる。

案の定と言うべきか、日本からの流通が確保されたため、さっそく煙草を思いっきり楽しんで雑談する何人かがいた。

そのまま営業所沿いに進んで角を右に曲がる。

「嫌な臭《にお》い、私あれ嫌《きら》い。源一郎は？」

「苦手な方だね」

「やっぱそうよね」

建屋の非常階段。日影《ひかげ》のそこで座り込んでボケッとしている財務経理課のお年寄りがいる。今日に始まったことでなく、以前からのサボり場だ。

会釈をしながら前を通り過ぎる。

敷地沿いに真っ直ぐ第二と第三倉庫が続き、その壁と敷地フェンスとの狭い隙間を行く。

かつてフェンスの向こうはアパートだったが、今は木々が生《お》い茂《しげ》った森となって、何か知らない鳥や虫たちの住処《すみか》となっている。そこから危険な生物が襲って来ないかが目下の不安だった。

また次の敷地の角で右に曲がり、フェンスと倉庫の間を進む。

「フェンスがあると安心かな」

「こんなの意味ないわ、ラガルティだって簡単に飛び越えてくるわ」

「確かに。前に襲って来たシシギアレもそうだったたか」

「そうよ、こんなの簡単に壊《こわ》れるわよ」

本来はフェンスの向こうは道路だったが、今は広大な平原となっている。遠くに草を食《は》む生き物や、それを狙うラガルティの姿が見えた。

それを横目に歩き、倉庫の陰が途切れると広い駐車場となる。

「よし、次行くぜ。気合い入れていこう！」

鬼塚が声を張りあげていた。

その周りには営業一課だけでなく、管理課からシステム課に総務課まで幅広《はばひろ》い若手が集まっている。以前は、そうやって皆を集めて昼休みにキャッチボールをしていたが、今は異形《いぎょう》鉄筋の先を尖らせた即席《そくせき》手槍《てやり》で突きの練習をしている。

必要なこととは言え、付き合わされる方は大変そうだ。

そのまま正門前を通り過ぎ、最初に歩き出した車庫棟が見えてくる。これにて営業所の敷地一周散歩は完了――ただし、その手前にある広めの花壇《かだん》に田中がいた。

「ほっ、はっ、ふっ。ほっ、はっ、ふっ」

田中は首にタオルを巻いて、サンプル品の鍬《くわ》を振るっている。

すぐ横に広大な平原が広がっているにもかかわらず、なぜか営業所の花壇を潰して耕している。何をしているのかと疑問と不審《ふしん》はあるが、しかし話しかけると面倒なので素知らぬ顔で通り過ぎた。

話しかけられませんようにと思った矢先、田中が調子っ外れの大声を出した。

「あー赤星課長、発っ見ーん。見て見て。ここ、おいらの畑にすんですよ」

「はぁ、そうですか」

「これからここを田中農園と名付けて食べ物育てるわけ。おいら、ファーマースキルもってるし。つまり農家ってことだね。だから畑をつくっちゃおうかと」

「何を植える気です？」

「まだ分かんないねー。でもさぁ、今から準備しないと何も植えられんでしょ。おいらはね、先のことも考えて皆がご飯とか困んないようにしたいんだわ」

田中は田中で――若干《じゃっかん》考えがずれていても――考えて行動しているらしい。

「なるほど。それなら、アグロスの里に行った時にでも種を探しておきます」

「やあ嬉しい。感謝、圧倒的《あっとう》感謝」

言いながら田中は手を擦《す》り合わせ拝むような真似をする。

人は良い、人は良いがどうにも性格が合わない。そう思いながら歩きだせば、後ろで田中が喋る声が聞こえた。それは独り言と言うには大きすぎる。

だが、これに反応すると会話に切りがないので気付かなかったフリだ。

ただ田中農園の肥料は江戸時代方式とかいった不穏《ふおん》な言葉だけが気になったのだが。

「あの人、変な人ね」

「こら、そういうのは言わない。せめて変わってる人と言ったほうがいい」

「そうなの勉強になったわ。次からそうするわ」

営業所の敷地をぐるりと散歩して分かったが、今までと変わらぬ日常を維持しようとする者もいれば、次を考え行動しだしている者もいる。どちらが良いか悪いかはさておき、人それぞれ心の安定を保つため行動をしているのだろう。

もちろん赤星も何かをせねばいけない。

ここは安寧《あんねい》と仕事をして流されるようにして生きていられる世界ではない。生きるために力を尽《つ》くさねばならない世界なのだ。

――ここで生き残るため、私は何ができるのだろう。

赤星は思い悩む。

もちろん直ぐには思いつかない。そんな簡単に思いつくなら誰も苦労はしない。だが、考えていかねばならないことだ。ただし、今ここで早急《さっきゅう》にやるべきことだけは分かっていた。

営業所施設《しせつ》を管理する総務課に行く。

そして田中による花壇の違法《いほう》耕作と、江戸時代方式による肥料計画を告げておく。総務の橋本課長と白鳥が飛びだしていく姿を背に、赤星はシロノと共に二課へと向かった。

二課室では黄瀬の横に青木が立ち、あれこれ指示して作業をしている。

異世界に転移する前は、いつもそんな感じで仕事をしていたので懐《なつ》かしく感じてしまう。モニター画面に指を向け熱を入れてやっている。赤星が覗くと、それは動画編集であった。

「…………」

仕事ではないが、しかし今はやることがないので注意のしようもない。

アグロスの里には一課が主に営業を行っているし、日本では営業所の存在は秘匿《ひとく》状態なのでWEB回線を使っての営業自体ができない。

営業所の補強は管理課やシステム課が行い、食事関係は総務課が、財務経理課は相変わらず何をやっているか不明、三課は屋上でチェアパラソルを設置して見張りがてら寛《くつろ》いでいる。

おかげで二課は暇だった。

赤星は政府関係との交渉に参加させられているが、それもWEB会議を聞いているだけ――ただし偶《たま》に意見を求められるので気が抜けないので辛い――である。

そうしたわけで二課は暇なのだ。

さすがに動画編集をしていた二人はバツの悪そうな顔をした。

「あ、課長。すみません」

「構わないよ、それより上手じゃないか」

「これ黄瀬ちゃんの作でっせ。こういうの得意だそうで。ほら去年のイベントで流して大好評だった広報映像、あれも黄瀬ちゃんが編集したやつでっせ」

「ああ、あの本社でも褒められたやつ？　あれは黄瀬君の仕事だったのか。てっきり、どこかのプロに依頼したものかと思ってたよ」

「ですよねー。ってなわけで、俺らが撮《と》った映像を編集して貰ってんでっせ」

「なるほど」

最初に平原を探索《たんさく》した時や、和多や佐藤《さとう》の探索、シロノとの出会い、アグロスの里の初訪問などなど。それぞれが短く編集され、解説などが盛り込まれている。

「まるでYチューブでも見るような動画だね」

目まぐるしく映像が切り替わり、間髪《かんはつ》容れず激しいシーンが現れる。

「あ、はい。えっと簡潔にまとめつつ、盛り上がりそうな部分を大事にしてみました。そうなるとやっぱ、そっち系の動画になりますね。うーん、ありきたり……課長の意見あります？」

「意見ねぇ……ドキュメンタリー風にしたらどうだい」

「えっ？」

「無駄《むだ》に思える風景も大事にしたらどうかな。何でもない映像を見せつつ、そこに落ち着いた語りや説明を入れたら楽しめると思うよ。まあ、私の好みだけどね」

その言葉に青木と黄瀬は面白《おもしろ》そうだと言って、頷き合っている。

「課長、さすがですよ。その方向で行きましょうや、その方が他との差がつけられるってもんです」

「他と差って？」

赤星は椅子に座った。

ただし課長席の椅子はシロノがアニメの鑑賞《かんしょう》で使っているので、予備のパイプ丸椅子である。そろそろ日本からクッションを取り寄せたいが、意外に数千円の品が思い切れず躊躇《ためら》っていた。

青木は自分の席に行って、どっかり座り込んだ。

「そりゃもうYチューブへの投稿《とうこう》ってなもんですよ」

「会社の広報活動ってことかな」

「いやいや、もっと個人的ですよ。若手の皆で話しとりますけど、異世界から動画配信すれば一儲《ひともう》けできるんじゃないかって思うんですよね」

「ふーん」

いまいちピンとこない赤星は生返事だ。

「課長、異世界ですよ。異世界の動画があれば誰だって見るでしょう」

「まあ楽しめるのかもしれないね」

「ですよね、だからビッグチャンスじゃないですか！　のるしかない、このビッグウェーブに！」

熱弁する青木に赤星は呆れ顔だ。あとシロノは迷惑《めいわく》そうな顔だ。

「しかし考えてみなさい。回線は日本政府に監視《かんし》されて規制されているし、そもそも回線は会社のものだろう。個人的な投稿は難しいのではないかな」

「ええ、そうです。ですから――」

青木がにんまり笑うと、何故《なぜ》か嫌な予感がする。

「課長！　調整よろしくお願いします！」

「おいおいおい。それは私に本社や日本政府と交渉しろってことかな？」

「もちのろん。是非にも課長のお力添《ぞ》えをば」

なんという無茶ぶりだろうか。揉み手して愛想《あいそ》笑いを浮かべる部下の姿に、赤星は白目を剥《む》きたい気分になった。

「いや無理だよ」

「諦《あきら》めたら試合終了ですって」

「私にそんな権限はないし力もない、言っても聞いてなど貰えないよ」

「それでも課長なら、課長ならきっと何とかしてくれる。そういう目をしている！」

「古いネタを引っ張ってくるね、青木君は……」

呆れた視線で見つめる先で、青木は机に手を突き項垂れた。

「でも俺は皆に言っちゃったんですよね、俺から頼めば赤星課長は引き受けてくれるって……もう俺の面子《めんつ》は丸潰れでっせ。これから俺は皆から嘘吐《うそつ》きと呼ばれてしまうんですね」

「うっ」

嘆《なげ》きの言葉が赤星に突き刺さる。

少しも悪い事をしていないのに、何故だか罪悪感が込み上げてしまう。そうした悩む姿を一瞥《いちべつ》したシロノはアホらしそうに頭を振っていた。


会議の進行を務める男が言った。

『よろしいですか。全体を通して、なにかご質問やご意見はありますか？』

それなりの地位にある人物に違いないが、しかし今はＷＥＢ画面越しでも分かる程、緊張《きんちょう》しきっている。もちろんそれは、本社の社長や専務も同じ様子だ。

もう何度目かになる関係者会議だが、誰も少しも気を緩めていない。それは偏《ひとえ》に副官房長官《かんぼう》である億野《おくの》の存在によるものだった。

そんな中で赤星はマイクのボタンを押す。

「一つ、宜《よろ》しいでしょうか」

皆の前で発言など凄くやりたくない。

しかし嘆いた青木の姿に頷いてしまったのでやらねばならない。たとえ赤星が頷いた途端に、青木が笑顔《えがお》になって万歳《ばんざい》していたとしてもだ。

画面上に並ぶ本社の連中は驚き動揺していた。

こんな木っ端《こっぱ》社員が声をあげるなど誰も思わなかったに違いない。同席している一萬田には事前に言ってあったので、余裕な顔で笑っている。

『では、瑞志度営業所の……』

進行係の男は赤星など存在すら気にしていなかっただろう。言い淀《よど》んでいる。

「赤星と言います」

『失礼しました、赤星さんどうぞ』

「ありがとうございます。この場で報告させて頂きますが、実は瑞志度営業所内で一つの要望が出ております。それはYチューブへの動画投稿です」

意外過ぎる発言に、モニターの向こうがざわつく。

特に本社のメンバーは眉《まゆ》をよせ顔を見あわせ囁《ささや》きあっている。それを見た一萬田は薄く笑っている。出世競争に敗れ地方営業所に追いやられた一萬田にも、いろいろ思う所があるのだろう。

『Yチューブね、君は相変わらず面白いことを言いだすね』

億野が呟くと全てのざわつきが収まり傾聴《けいちょう》しだした。

『私に止める権利も意思もないが。しかし会社さんや、我々国の方にもメリットが当然ある話なのだろうね？』

「あります」

赤星は出来るだけ自信たっぷりに頷いた。

「当然ですが、異世界となれば注目度は抜群《ばつぐん》。途方《とほう》もない再生回数が見込めます」

正直なところYチューブに動画投稿して、どうなるかなど赤星には分からない。むしろ投稿しても誰も見ないのではないかとさえ思っている。

しかし顔には出さない。

これまでの営業交渉で、気弱になっては駄目なことは分かっている。たとえ嘘でも堂々といかねばならないと学んでいた。だからしっかりと息を吸って話しだす。

「会社としては、我が社の名前やロゴを表示すれば宣伝効果は抜群です。それに会社の回線を使用するということで、収益の一部を提供すれば良いと思っています」

『うん、まあ当然だろう。そうでなくては、会社さんも納得しまい。で？』

「次に国関係ですが、これは二つの大きな効果があります」

『ほほう、二つも。一粒《つぶ》で二つ美味しい感じかな』

億野の言葉に追従笑いがおき、すぐに収まる。

「現在のニュースを見ますと、出動した自衛隊に犠牲が出たことで散々に叩かれていますよね。ですから、その批判の矛先《ほこさき》をかわすために異世界と我々のことを公表されるかと思いますが……」

『まさか、そんな思惑《おもわく》はないよ。偶々、タイミングが合うだけだよ』

「そうですね偶々ですね。ですが公表されても半信半疑の人は多くいると思います。しかし、我々が現地から動画を投稿し続ければ、もう誰も疑わないでしょう」

それでも3DCGと疑われる可能性はあるが、連投すれば信じざるを得ないはず。

『情報が複数から得られれば、信じやすくなると言うことかな。そういう援護射撃《えんごしゃげき》、おっと偶々動画投稿が重なると嬉しいね。で、もう一つは？』

「経済効果です」

赤星は自分で嘘くさいと思いながら、しかし堂々と言った。

「イセカノミクスまたはイカノミクス。そう呼ばれそうな気もする異世界ブームが起きれば、経済効果が間違いなく期待できます。日本だけでなく世界を巻き込む規模で。なにせ、世界初にして唯《ゆい》一《いつ》の現象ですので」

『ふむ……』

億野は顎《あご》に手をやり思案顔だ。しかし好意的で前向きであるのは確実だった。

『ならば国主導で大々的にやった方がよいのではないか』

「いえそれは……止めておくべきというか、非常に言いにくいですけど。理由がありますけど……言ってもいいでしょうか」

『どうぞ、言いなさい』

赤星が口ごもり許可を求めると、億野は微妙に笑いを堪え促した。誰も口を挟《はさ》めないため、もう二人だけの対話となっている。

「ありがとうございます。漫画《まんが》でもアニメでも何でもですが、これまで国が協賛したり協力したイベントは……殆《ほとん》ど失敗してます。だからダメです」

この言葉に億野は鳩《はと》が豆鉄砲《まめでっぽう》を食ったような顔をした。

ややあって、肩を揺らして大笑いをはじめるが笑いすぎて涙を拭っているぐらいだ。

『なるほど、なるほど。確かにそれはそうだ、国が介入《かいにゅう》すると物事は途端につまらなくなるものだね。うん、君たちのYチューブ投稿に私の方は異存はないよ。あとは会社さんの判断だけだ』

もちろん会社が異存などあるはずもなかった。人形のように固まった本社のメンバーの様子に、一萬田はとても満足そうな顔をしていた。

そして大任を果たした赤星はマイクをオフにして深く息を吐いた。

# 第五章　食べ物は皆で食べると美味《お い》しい

轟音《ごうおん》。

白味を帯びた炎《ほのお》が爆発《ばくはつ》的に広がると、緑の地表と共にモンスターたちが吹《ふ》き飛ぶ。辺りの梢《こずえ》から一斉《いっせい》に鳥たちが飛び立ち、その後で風圧と熱波が押《お》し寄せてくる。

「うおっ」

赤星《あかぼし》は呻《うめ》いて腕《うで》をかざして顔を庇《かば》う。

しかし目の前に白い壁《かべ》が現れ全《すべ》てを遮《さえぎ》った。ただし、それは壁などではない。しなやかな動きをする大きな尻尾《しっぽ》である。

その尻尾の持ち主がチラリと顔を向けてきた。いかにもドラゴンといったものだ。しかしその顔立ちは柔和《にゅうわ》さがあって、真紅《しんく》の瞳《ひとみ》にも優《やさ》しさがあった。

見上げるような大きさの身体《からだ》は純白の滑《なめ》らかで艶《つや》のある鱗《うろこ》と甲殻《こうかく》に覆《おお》われている。どっしりとした足が地を踏《ふ》み締《し》め、背中には大きな一対の皮膜《ひまく》の翼《つばさ》。そして長い尻尾があり、それが赤星を守ったのだ。

それは赤星のテイムしたホワイトドラゴンであり、そしてシロノのもう一つの姿である。

「ありがとう」

声をかけると、やや長い首が動き頭が寄せられる。

真紅の瞳をした大きな目が綺麗《きれい》で美しい。その口元辺りを手のひらで叩《たた》くと、堅固《けんご》だがどこか柔《やわ》らかいような感触《かんしょく》だ。どうやら満足したらしく、また頭が持ち上げられていった。

そこは平原の端《はし》だ。

営業所からアグロスの里がある方向とは逆に進んだ辺りになる。大きめの川があって、対岸は鬱《うっ》蒼《そう》とした森。赤熱し溶融《ようゆう》している地面には、凶暴《きょうぼう》なモンスターがいた。

さっきの爆発はホワイトドラゴン・シロノがブレスを吐《は》いたのだ。

「もう安全かな」

赤星が言うと、ガウッと頭上から返事があった。

こちらの言葉はしっかり伝わっているが、あちらの言葉はニュアンスでしか分からない。

「元の姿に戻《もど》ってくれるか」

言葉と同時に巨大《きょだい》なホワイトドラゴンの姿が揺《ゆ》らめくように消え、白く長い髪《かみ》の少女の姿に変わる。ちょこんと立つ姿は可愛《かわい》らしさしかない。

「いきなり襲《おそ》われて危なかったわよね。私が居なかったら危なかったでしょ。私に感謝なさい」

「全くだよ、ありがとう。ところでブレスを吐いたら喉《のど》が痛かったりするかな」

「何言ってるのよ」

シロノは心外そうに目を細めた。そんなに軟弱《なんじゃく》ではないと言いたいらしい。

「そんなわけないじゃない」

「なんだ、のど飴《あめ》でもと思ったのだが」

「飴！　そうね、ちょっとだけ喉が痛いかもしれないわ。だから貰《もら》ってあげる」

シロノは弾《はず》むような声で、ずいっと手を差し出した。後ろで尻尾が上下に弾んでいる。そんな様子に黄瀬《きせ》がカメラを向けており、青木《あおき》は手を庇《ひさし》にして辺りを見回していた。

二課メンバーが揃《そろ》って外出しているのは、周辺の調査に出かけていたからだ。

異世界に転移した直後は、なし崩《くず》し的に調査を押し付けられたが、今はそれが自分たちの役目と思って行っている。

間違《まちが》いなく適任だ。

なぜなら赤星と一緒《いっしょ》に居るシロノはホワイトドラゴンだ。どんな危険があろうと、その力をもってすれば余裕《よゆう》で対応できる。それが正しかったことは目の前で証明されたばかり。

襲って来たモンスターは今や跡形《あとかた》もない。

「いやいやシロノ様のお陰《かげ》で助かりましたでっせ」

青木が揉《も》み手せんばかりに言った。しかしシロノは、飴を頬張《ほおば》ったままそちらには興味なさげな一瞥《いちべつ》を向けるだけ。どうやら赤星以外からの感謝も賞賛も不要らしい。

赤星は焼け焦《こ》げた地面を見やった。

「このモンスターには悪いことをした。何もなければ、ここで普通《ふつう》に暮らせていただろうに」

「違《ちが》うわ。こいつらモノグランデって言うけど、とーっても厄介《やっかい》で面倒《めんどう》なのよ」

両手を広げて度合いを一生懸命《いっしょうけんめい》示そうとするシロノ。

その様子だけを見ていると、先程のドラゴンの姿が嘘《うそ》のようだ。

「そうなのか」

「そうなのよ」

「だったら、やっぱりシロノのお陰で助かったな」

「当然なのよ、分かったら感謝なさい」

シロノは口元に手の甲《こう》を当て反っくり返っている。しかし弛《ゆる》んだ口を隠《かく》している事は誰《だれ》の目にも明らかだった。

「モノグランデか類人猿《るいじんえん》に近い感じだったな、あまりしっかり見ていなかったが」

先程は青木と黄瀬がキュピーンと騒《さわ》いだ途端《とたん》に、モノグランデが襲って来たのだ。そして即座《そくざ》にシロノが焼き払《はら》ったので観察するどころではなかった。

「ちょっと源一郎《げんいちろう》、まさか食べたかったとか言わないわよね」

「……人に近い形だったからね、止めておこう」

「いま迷ったでしょ。絶対に迷ったわよね！　変なもの食べるのは止めなさいよ、分かったわね」

「…………」

だがしかし赤星は曖昧《あいまい》な様子で返事をしない。それに怒《おこ》ったシロノが地団駄《じだんだ》を踏むような素振《そぶ》りをして詰《つ》め寄り、食べないと約束させようとしている。

そんな後ろで青木と黄瀬は、のほほんとしていた。

「黄瀬ちゃん、今の映像撮《と》った？」

「もちろんですよ。最初からバッチリです、もちろんシロノ様の活躍《かつやく》も」

「ナイスッ！　これでYチューブの投稿《とうこう》ネタがまた一つ増えた」

「でも、どうですかね。モンスターが消し飛ぶシーンとか規制対象かもですよう。それか動物愛護団体からクレームが来て炎上《えんじょう》とかもあるかも。モンスターが動物かどうかは知りませんけど」

「えー？　炎上したら再生回数増えるんじゃない？」

「そういうのは一時的ですよ。むしろ長続きしないと思います」

未知の地の現地調査だが、それほど緊張感《きんちょうかん》はなかった。全てはシロノ様のお陰である。

二課が現地調査に出た理由の一つは、動画投稿のネタ探しでもあった。

動画投稿は政府はもとより会社からも承認され、日本で異世界情報が開示された後で活動することになっている。

「でも課長様々ですよ、物凄《ものすご》く偉《えら》い連中相手に一歩も引かずに粘《ねば》り強く交渉《こうしょう》して了解《りょうかい》を貰ったそうで！　もはや伝説ですね」

「何か誤解があるね。そんなことは少しもない。誰がそんないい加減なことを言ってるんだ？」

「一萬田《いちまんだ》所長ですけど」

「所長ぉ……」

赤星は空を仰《あお》ぎ見た。澄《す》んではいるが濃《こ》い青の空である。

あれで所長は時々お茶目なことをするので、今回の件は善意の方向で話を盛ったのだろう。しかし赤星としては、そんな話にされても恥《は》ずかしいだけなのだが。

「他の課の連中と話してますけど、とりあえず課単位でやることにしとります。個人個人だとバカやって失敗する可能性がありますからね」

「課単位でも危険だが……まあ、少しはマシか。それで皆はどんな感じなんだい」

「一課はアグロスの里の特集するとかです。俺《おれ》らが最初に行った時の動画を使いたいって言うんで渡《わた》しましたけど、良かったです？」

「いいんじゃないかな、独り占《じ》めは喧嘩《けんか》の元だ」

そうした些細《ささい》なことで禍根《かこん》を残すよりは、気前よく渡した方が遥《はる》かに良い。こんな人間関係が濃《のう》密《みつ》な状況《じょうきょう》であれば、それは特に気を使わねばならない。

「しかし一課はいいが、他の課はどうするんだ？」

「システム課と管理課はＤＩＹ風で、営業所の防衛設備とか武器製造とかやるつもりですね。失敗も含《ふく》めて試行錯誤《さくご》する部分をだすそうなんです」

「面白《おもしろ》そうだ」

「総務課は小物作りで、そのうち異世界の品の紹介《しょうかい》とかもやりたいとか。財務経理課は三課と一緒に異世界農業ですね」

「皆それぞれ考えているんだな」

そして二課は現地調査とモンスターの紹介なので、ある程度の棲《す》み分けが出来ているらしい。きっと青木たち若手や係長層で話し合って決めたのだろう。少しばかり頼《たの》もしく感じる。

「課長、それでうちのチャンネル名なんですけどね」

「チャンネル名とは何だね」

「えっ！　そこから⁉　まあ、課長の世代に分かりやすく言えば……屋号みたいなもんでっせ」

「そこまで古い世代ではない。と言うか逆に分かりにくい。ハンドルネームってことだろう」

「ああ、その時代ぐらいまでは御《ご》存じでしたか」

「それでですねチャンネル名は『あかぼしかちょー』という感じで行きます」

なんとなくだが赤星でも知っている有名Yチューバーのような響《ひび》きのネーミングだ。二番煎《にばんせん》じはどうかと思うが、それよりも自分の名が使われたことに不穏《ふおん》さを感じた。

「まさか、まさかだが。私の名前が入っているということは……」

「もちろん主役は課長でっせ！」

「いやいやいや、それはおかしいだろう」

最悪だ。

少し顔を出しただけの仕事で気付けば主務にされたような最悪さだ。どれだけ動画再生されるか不明だが、人前に出るなど恥ずかしすぎる。心理的なプレッシャーが大きすぎだ。

「出ないとは言わないが、主役は青木君でいいじゃないのか」

「いえいえ、自分なんてダメです。いいですかYチューバーなんて大量にいて、俺や黄瀬ちゃんみたいな若いのが大半なわけです」

言外に年寄り扱《あつか》いされた赤星は哀《かな》しかった。

「そこで特色をだすには、意外な世代が主役ってわけです。ほらぁ、九十歳《さい》のお婆《ばあ》ちゃんがYチューバーだって言えば、それだけで意外性と特色があるでしょ」

「異世界というだけで十分意外だし特色だろう」

「そこで満足するのが間違いでっせ、そこがスタートなんです」

なにやら青木は語るが、何にせよ赤星を主役から外す気は皆無《かいむ》らしい。

「いや、私のような人間が出ても面白くもなかろう」

「そうでもないですよ。ギャップ萌《も》えですって、地味なおっさんが頑張《がんば》る姿とかウケますって」

「地味、おっさん……」

そんな表現に密《ひそ》かに心が傷ついた。勿論《もちろん》自分のことは自分で認識《にんしき》しているが、それを他人から言われると嬉《うれ》しくないお年頃《としごろ》なのだ。

足を止め天を仰ぐと、シロノが不思議そうな顔をしていた。それで閃《ひらめ》く。

「そうだ、シロノを主役にすれば！」

「嫌《いや》よ」

「………………」

にべもなく断られ赤星は項垂《うなだ》れた。ここで断固として拒否《きょひ》をしたり、無理やり押し付けることができない性格だ。悶々《もんもん》と悩《なや》んでストレスを溜《た》めるしかない。

――いや待て、これはチャンスなのでは？

少し前にアグロスの里で自分と三課長を比較《ひかく》して落ち込《こ》んだ。この世界で生きるため、自分に何ができるのかと悩みもした。何かをしたい、何かに挑戦《ちょうせん》せねばと思っていたのは事実。

このYチューバーというものが、その何かなのかもしれない。

「よし、分かったよ。やろう、やってみせようじゃないか」

決意と共に引き受ける。

赤星は新たな第一歩を踏み出す――しかし誰も赤星など見てもいなかった。

「じゃあシロノ様、課長の為《ため》にマスコットっぽく可愛いポーズお願いします」

「源一郎の為？　それなら仕方ないわね。で、可愛いってどんななのよ」

「そーですねー、ここは一つギャップ萌えを狙《ねら》って恐《こわ》い感じとかでどうですかね」

青木に言われたシロノは腕組《うでぐ》みして考え込み、ややあって両手をわきわきしながら威嚇《いかく》した。

「がおっ」

「おおう、それ最高でっせ！　もう一度お願いします」

「がお？」

「そうそう、そんな感じ！」

「がおぅ！」

「きゃー最高でっせ‼」

折角決意したにもかかわらず、皆は撮影《さつえい》に一生懸命で気付いてもくれない。やれやれと頭《かぶり》を振《ふ》って、また青い空を見上げる赤星だった。


地面にはラガルティが倒《たお》れている。

鋭《するど》い爪《つめ》のある短い前足に大きな蹴爪《けづめ》のある後ろ足、どちらの攻撃《こうげき》も恐《おそ》ろしいものだ。一方で茶褐《ちゃかっ》色《しょく》の鱗がある皮は、軽い攻撃を弾《はじ》くぐらいの防御力《ぼうぎょりょく》もある。

なかなかの強敵だが、不意打ちを青木と黄瀬のスキルで察知し、逆に不意打ちしたところだ。

倒したのはシロノではなく赤星たちだった。

「ラガルティ相手なら何とかなるか。同じぐらいの数なら、というところだが」

何度かの戦闘《せんとう》を経て赤星たちも成長し、最初の頃《ころ》のような慌《あわ》てぶりもなくなっている。もちろん油断はしない。どうしても厳しいと判断した相手は、シロノが前に出て倒していた。

そんな流れで、周辺調査は順調であった。

「しかし、私は役に立ってないな。すまない」

「そんなことないですよ、課長は立派に戦ってますよ」

「黄瀬君も青木君も戦っているじゃないか。それに加えて二人とも敵の不意打ちを察知している。しかし私はそうしたことができないじゃないか」

「何を言ってるんですか、課長は。やれやれですね」

シロノが居るからこそ安心して戦えて、赤星が居るからこそシロノがいる。そして戦闘では赤星が相手を引きつけ皆が自由に動けるようにしている。この場において誰が一番重要で役立っているかは言わずもがなだった。

分かっていないのは当人だけだ。

「ちょっと休憩《きゅうけい》しよう」

ほんの少し木立の中に入った辺りの日陰《ひかげ》に、腰《こし》を下ろした。

よく茂《しげ》った枝葉から良い匂《にお》いがすることに気付いた。香木《こうぼく》のようなものかもしれず、料理に使えそうだと、赤星はせっせと採取した。

黄瀬がペットボトルのお茶を配布する。

それは冷凍《れいとう》タイプだが、程よく半解凍《かいとう》状態だった。

「源一郎、疲《つか》れた？」

「疲れてないとは言えないが、しかし程よい疲労感《ひろうかん》はあるかな」

むしろ日本で営業回りをしていた時の方が疲れたぐらいだ。特に真夏にアスファルト道路の上などでは、一歩毎に体力と気力を奪《うば》われていた。それを思えば、ここは暑いが熱くはなく楽だ。

お茶を飲んで、ひと息つく。

腰を下ろした周りには僅《わず》かに下草が生え、微《かす》かな風が吹く。ふと見ると、地面には蟻《あり》のような小さな生き物が動いている。ここにも生態系があるのだと思うと、妙《みよう》に感慨《かんがい》深《ぶか》かった。

「なかなか平和な世界だ」

赤星は景色を眺《なが》めて大きく息をついた。もちろん危険なモンスターはいるが、しかしその存在もまた、自然環《かんきよう》境という枠《わく》組《ぐ》みに組み込まれた存在でもある。

ここは大自然のただ中。

目を閉じ空気に浸《ひた》れば、この世界に受け入れられた気がしてくる。

しゃしゃりと音がして目を開ければ、シロノがシャーベット状のお茶を噛《か》みながら飲んでいる。氷に到達《とうたつ》してしまうと、ペットボトルを頬にあて涼《すず》んでいる。

赤星もペットボトルを傾《かたむ》けた。冷たいものが喉を通り過ぎる感覚が心地《ここち》よかった。

「Yチューブのネタ探しをせねばいかんな」

「おっ、課長やる気ですね」

「やる気はないが、やるからには手は抜《ぬ》きたくない」

「それを、やる気って言いまっせ。で、課長が言ってたドキュメンタリー風ですけど。どんな感じがいいですか？」

「モンスターが居ればその生態を紹介したいね」

ちらりと見ると黄瀬が三脚《さんきゃく》を使って撮影中だ。

機材も高そうなハンディカムや外部マイクを使い、風景を水平方向にゆっくりパンしている。さらに一眼レフを手にして周囲の撮影もしていた。

「えへへ、結構いい感じです」

「俺が思うに、黄瀬ちゃんは撮影に専念した方が良いんじゃない？　戦闘は俺と課長でけっこういけてるわけだし。どーしてもってピンチはシロノ様に助けて頂く感じで」

「そうですね。いざとなれば自分も戦いますけど、機材を担《かつ》いで動くのは厳しいですから」

「課長もそれでどうです？」

そう問われた赤星は頷《うなず》いた。

「構わないよ。そうなると申し訳ないが、黄瀬君に回復薬など少し多めに持って貰おう。戦闘で割れるのが恐いからね」

こちらの世界の回復薬はガラス瓶《びん》に封入《ふうにゅう》されている。せめてペットボトルに移せるといいのだが、開封と同時に薬効が減っていくため無理だった。どこかの製造元と交渉するしかないが、まだそこまで手が回っていない。

管理課で回復薬の運搬《うんぱん》用に、アタッシュケースのウレタン緩衝材《かんしょうざい》をくり抜く作業をしていた。それが完成すれば運搬はかなり楽になるだろう。

青木が言った。

「ドキュメンタリー風はいいですけど、やっぱ普通のYチューブみたいなノリもやりたいですね。特に戦闘関係は内容が重いんで、軽い感じで音楽もノリノリ系にした方がいいでっせー」

「そこらは任せるよ」

頷いた赤星はハードでロックな音楽と共に、細身の剣《けん》を手に華麗《かれい》でスタイリッシュに戦うシーンを想像した。なかなか悪くない。格好《かっこう》良さげではないか。

「課長は、もっさりゴリラの如《ごと》く戦いますからね。こう蛮族《ばんぞく》みたく斧《おの》とか棍棒《こんぼう》を持って雄叫《おたけ》びをあげる演出が欲《ほ》しいですね」

「………………」

赤星の想像は打ち砕《くだ》かれた。

ちょっと哀しい。


緑の下草を足で踏み分け進む。時々虫が飛び出し驚《おどろ》かされるが、そうしていると子供の頃を思い出す。ただし、今ここで目の前を過《よぎ》っていくのは手の平サイズの虫ではあったが。

最初は雑談をしていたが、話題も尽《つ》きてきて今は殆《ほとん》ど会話もない。

「源一郎、何か話しなさいよ」

「ん？　何かとはどんなことかな」

「そうね源一郎のことだったら何でもいいわよ。あっちの世界でどうしてたとか、何してたとか。そういうの話しなさい」

「いきなり言われても困るな。それに、皆の前で話すのも照れくさい」

「ふーん……そうなの。私と源一郎だけの時に話したいのね、仕方ないわね」

シロノは満足そうに何度か頷く。

ならばと青木が自分の学生時代を語りだした途端に、尻尾をムチのように振って黙《だま》らせた。そちらは全く興味がないらしい。

「そろそろ戻った方がいいかな」

赤星は太陽を見上げた。

幸いにしてこの世界でも方位磁石が使えるため、戻るべき方向は概《おおむ》ね分かっていた。地図作成のため、歩いた時間と方向を細かく記してもあるし行動軌跡《きせき》を表示するアプリも使用している。

「自動で地図をかいてくれる道具があればな……」

「なんならドローンを使って航空レーザー測量ってのはどうです?」

「簡易ならともかく、精密となるとあれはあれで手間だよ」

ドローンで測量をしても捕捉《ほそく》測量は必要となる。

その手間や作業量を金額で表すなら、東京ドーム三個分の面積を計測し地図にする場合、経費込みで一千万円を超《こ》えてくるぐらいだろう。

安いか高いかはさておき、それだけの金額になるぐらいの手間があるということだ。

「とりあえず今は、大雑把《おおざっぱ》にやるしかないいね」

「ふむふむ、では我らはさしずめ異世界の伊能忠敬《いのうただたか》ってとこですか」

「むしろ間宮林蔵の方が近くないかな」

辺りを見回し営業所の方向を大まかに定め歩きだし――シロノが手を出し止めた。

「源一郎、気をつけなさい」

それで赤星は警戒《けいかい》し、いつでも動けるように気を張った。

それとなく周囲の木立に目をやったが、注意すべき姿は見つけられない。足元は泥濘《ぬかる》んで、近くには泥沼《どろぬま》もある。風には僅かな泥臭《どろくさ》さが交じっていた。薄暗《うすぐら》い環境だ。

しばらく待ったが、何の動きもない。

それでもシロノの言葉に従い、腰に引っ掛《か》けてあった斧を手に取る。

「何が……」

「待って下さい課長、何かざわつく。キュピーンが来ましたよ」

「むっ、そうなのか」

そして再度周りを見回したとき、足元に何か震動《しんどう》を感じた。咄嗟《とっさ》に飛び退くと、それまでいた足元から何かが飛びだした。

目を向けたいところだが、次の震動が感じられた。

まだ他に居る。赤星は再度、その場から飛び退く。

「ぬおりゃっ！」

さらに腰を落として斧を振り、地面から飛びだした何かに打ち付けた。その一撃が硬い何かを叩き折った。向こうでは、飛びだした何かをシロノが素手で掴《つか》み地面から引き抜いている。

タガメに見えた。

日本に生息する水生昆虫《こんちゅう》のタガメである。もちろん細かな部分は全く違うし、大きさも中型犬ほどあって、そもそも地中から出て来た。しかし大まかなスタイルは似ていて鎌状《かまじょう》の鋭い爪の前脚《まえあし》があって、扁平《へんぺい》な胴体《どうたい》には何本かの脚があった。

「これ血吸い蟲《むし》ね」

シロノは手にした相手を無造作に放《ほう》り投げ、木に叩き付けた。

「血吸い蟲？」

「そうよ。下から襲い掛かって、ガッシリ捕《つか》まえて血を吸うの。源一郎なんて、カラカラになるから気を付けなさい」

「……………」

そんな説明に赤星たちは顔を見あわせた。足元から襲われるという経験は未知のもので、しかも血を吸われるとなれば恐怖《きょうふ》しかない。

「に、逃《に》げるんだ」

三人揃って一斉に逃げ出す。

その途中《とちゅう》で赤星はシロノを引っ掴んで肩《かた》に担いで走った。

「ちょっと何するのよ」

怒ったシロノが暴れる。冷静に考えればシロノは蟲など問題ないのだが、そこまで冷静に考える余裕などなかった。とにかく必死に走って明るい草原に出た。

それでもまだ走って、疲れきったところで、ようやく足を止める。

「源一郎、降ろしなさい」

米俵のように担がれていたシロノが冷静に命じた。

慌てて降ろしてやると、両手を腰に当て口を尖《とが》らせ睨《にら》んでくる。とっても不満そうだ。

「全くっ！　何するのよ失礼なのよ」

「すまない、咄嗟だったから」

「だからって、担ぐことはないでしょ。担ぐことは」

シロノは地面を踏みしめた。後ろで尻尾も同じ動作をしている。とってもお怒《いか》りだ。

横から青木がこそこそっと囁《ささや》いた。

「シロノ様、あれですよ。人間は咄嗟になるとですね、一番大事なものを担いで逃げるんですよ」

「そうなの？」

「ええ、それはもう。だから課長はシロノ様を担いだってわけでっせ」

「ふーん、ふーん……そうなの。一番大事なものを担ぐのね、なるほど。まあ、そういうことなら許してあげないこともないわ」

急に許してくれた。

念の為に飴も幾《いく》つか上納しておくとシロノの機嫌《きげん》は見るからに良くなった。

思いっきり走って来たせいで、その辺りの地図は有耶無耶《うやむや》だ。しかし確認《かくにん》の為に戻ろうという意見は皆無だった。


翌日になり、赤星は筋肉痛で苦しんでいた。

特にシロノを担いで走ったせいで背中周りが酷《ひど》い状態だ。

赤星の背中にシロノが湿布《しっぷ》を貼《は》ってやろうとしていたが、透明《とうめい》フィルムを上手《うま》く剥《は》がせず最初の段階で躓《つまず》いていた。癇癪《かんしゃく》を起こし唸《うな》り声をあげ、大きく振られた尻尾が壁を叩いている。

「赤星課長、ヘルプです！」

そこに駆《か》け込んできたのは、一課の阿部《あべ》だった。

額に汗《あせ》を浮《う》かべ肩で息をする姿に赤星は驚き、まったりしていた二課室の空気も引き締まる。しかしシロノだけは湿布と格闘《かくとう》中で顔も向けない。

赤星は強張《こわば》った動きでシャツを着直した。

「どうした、何があった」

「アグロスの里のウイリデ氏が……ヘソを曲げてしまいました」

営業所が異世界の品を集める窓口は、位置的にもアグロスの里しかありえない。その長であるウイリデを怒らせるなど死活問題である。

「何だって？　何があった？」

「稲田《いなだ》係長が営業をしたんです……」

「なっ⁉」

赤星は目を見開いた。

「稲田君に営業なんてさせたらダメじゃないか」

なぜなら稲田に交渉をさせると相手が怒りだし、まとまる話もまとまらなくなるのだ。それで何度も商談が潰《つぶ》れている。内部では早いところクビにしろと囁かれるぐらいだった。

なお現実はドラマとは違って、簡単にはクビには出来ない。

代わりに自主退職するように仕向け、昇進《しょうしん》させず年下の上司の下に付けられているのだ。とは言えど、本人は一向に気にもしないので何の効果もないのだが。

「課長と補佐《ほさ》が別件対応中にウイリデ氏が来られまして。いや本当は僕《ぼく》が対応しようとしたんですけど。係長がどうしてもやるって、皆の役に立たなきゃいかんとか言い出して……」

「ああ、まあそういうのって止められないね。で、何を言って怒らせたかな」

「分かりません、僕は置いてかれたんで」

「なるほど」

「とりあえず今は課長と補佐が謝罪中でして、僕は赤星課長を呼ぶようにって指示されたんで車をすっ飛ばして来ました」

「分かった、直《す》ぐに行こう」

もちろん自分が行って事態が改善すると、赤星は思わない。それでも何度か顔を合わせた相手でもあるし、誠意をみせて損はない。

「あいたたたっ……」

筋肉痛に悶《もだ》えつつ、赤星は作業服を脱《ぬ》ぎ背広を掴んで二課室を飛びだす。

「待ちなさい、源一郎。なんで私を置いて行くのよ」

手にしていた湿布を放り投げ、シロノは最短距離《きより》で——即《すなわ》ちテーブルの上を——走って追いかけた。蹴《け》散《ち》らされたものが散乱して、青木と黄瀬が悲鳴をあげ回収に動いた。

阿部の大急ぎだが意外に丁寧《ていねい》な運転によって、営業車のライトバンは草原を走り抜け、アグロスの里の入り口付近に止まった。

「ここに車を止めて大丈夫《だいじょうぶ》なのかい」

「許可は貰ってますし、最初は里の皆も見に来ましたけど今は慣れたみたいです」

喋《しゃべ》りながらバタバタとドアを閉める。うっかり中にシロノを閉じ込めてしまったので、慌てて開けてご機嫌を取らねばならない一幕もあったが、とにかく急ぐ。

そのままアグロスの里を突《つ》っ走ると、顔馴染《かおなじ》みが手を振ってくれる。

何度も訪《おとず》れたからだけでなく、この地の人たちが親しみ易いからだ。ただし手を振り返して悶えてしまうのは筋肉痛のせいだった。

「っつつ……」

「そんな横向いて手を振るからよ。ちゃんと前を見なさい」

「いや本当、その通りだね」

シロノに叱《しか》られながら坂を上って集会所に向かうと、その入り口に心配そうな顔をしたローサが立っていた。赤星に気付くなり手で招いて案内をしてくれる。

どうやらローサはこちらの味方のようだ。

「状況はどうです？」

「あまり芳《かんば》しく御座《ござ》いません。里長はかつてない怒り状態です」

「うわぁ……」

「まあ、話の内容が内容ですので仕方ありませんが」

ローサは苦い顔だ。

営業所で過ごした日々があるので好意的だが、その上での苦い顔だ。どうやら稲田のやらかしは相当な具合らしい。

「すみません、どういった内容です？　詳《くわ》しい内容を聞いてなくて」

「ここではマズいですね」

辺りには食事中の者たちが多数いる。

しかも見たところ、既《すで》にウイリデが怒っている件は知れ渡っているらしい。集会所の中は今までで一番静かで、そこにいる誰もが声を潜《ひそ》めていた。視線は向けないが耳は向けている。

確かに、ここでは話もできないだろう。

長机に長椅子《ながいす》が並ぶ食事をする空間を横切り奥《おく》の通路へ行く。

その薄暗い場所で、ローサは声を潜めつつ顔を近づけてきた。こんな時であるのに、女性慣れしていないため距離の近さに緊張《きんちょう》してしまう。

だがローサは気にした様子もなく、吐息《といき》が耳に触《ふ》れるぐらいで言った。

「問題は――塩です」

どうやら稲田は塩の取り引きをもちかけたらしい。

赤星が一瞬《いっしゅん》戸惑《とまど》うも、即座に理解した。

塩というものは日本ではごくありふれた調味料だが、実際には極めて重要な物資である。かつては日本にも専売公社が存在したほどで、異世界でもその可能性は極めて高いことは想像に難くない。

「もちろん里長も、皆様《みなさま》の事情を把握《はあく》していますので最初は許されたのですが……何故《なぜ》だか、あの方が何度も執拗《しつよう》に口にされるので我慢《がまん》の限界に達した状況です」

「なるほど」

世の中には相手が嫌がると勘違《かんちが》いして余計に嫌がることをしたり、嬉しくなって突飛《とっぴ》なことをしでかす人がいる。稲田の場合はそれを悪意なくやるのだ。

ローサの話と車中で阿部から聞いていた話をまとめて考えると、空気の読めない稲田がウイリデが不快に感じたことに気付かず、いつもの調子で話を持ちかけつづけ怒らせたのだろう。

「…………」

短い廊下《ろうか》の突き当たりがウイリデのいる部屋だ。

一番奥にある扉《とびら》を開けると、激昂《げっこう》した声が飛んできた。

「塩の取り引きを持ちかけるなど、それだけで首が飛んでもおかしくない話だぞ。異界からの来訪者として大目にみておったというのに、なんだ！　何度も何度もしつこく言ってきおって！　どういうつもりだ！」

ウイリデは赤星に気付くと少しトーンを下げた。

その隙《すき》に久保田と場所を代わり、赤星は鬼塚《おにづか》と並んで椅子に座《すわ》った。

「噂《うわさ》をされれば、儂《わし》とても巻き添《ぞ》えをくってどうなるか分からぬ。いや、この儂の命程度であれば構わんが、この里の皆にまで被害《ひがい》が出かねん。それを儂が注意してもヘラヘラ笑いおってからに！　馬鹿《ばか》にしておるとしか思えん！」

赤星もウイリデの気持ちはよく分かる。稲田の喋り方や態度は、本人に悪意はないとは言え――だからこそ余計に質が悪いのだが――相手の神経を逆撫《さかな》でする部分がある。

「たとえ誤解や事情があったとは言え、そのような軽々しい者が居る相手と取り引きなど出来ぬ。なぜなら、また別の場所で愚《おろ》かな言葉を発し誰かを怒らせるだろう。その時に我が里まで巻き込まれては堪《たま》らぬ。どうだ儂は何も間違ったことを言っておらんはずだ」

「そうですね、おっしゃっておりません」

赤星は頷いた。

これはどう考えてもウイリデが正しい。世の中とは信頼《しんらい》で成り立つのだ。そして信頼は信用によってつくられるため、信用できない者がいれば排除《はいじょ》して当然だった。

しかし、営業所が生きる為にはアグロスの里との関係は不可欠。なんとか許して貰うしかない。

――ならば最終手段だ。

赤星はテーブルに両手をついて頭をさげた。

「大変申し訳ありませんでした、この通りです」

額を擦《こす》り付ける。

世の中には謝ってもどうにもならないことは沢山《たくさん》ある。だから謝って許して貰えるのであれば、頭を下げるのは当然だ。何より赤星はウイリデに許して貰いたかった、営業所の取り引き云々《うんぬん》だけでなく、個人的に友人として付き合いたかった。

隣《となり》の鬼塚は静かに控《ひか》えている。

阿部は後ろで同じ真似《まね》をしようとしたが久保田が肩を掴み止めさせ、赤星の下げた頭を軽いものにはさせなかった。そして稲田は落ち着きなく、きょときょとしているばかりだ。

ウイリデも少し鼻白んでいる。

「いや、お前さん。そのようなことは……」

そして、頭を下げる赤星の後ろに立つシロノに目を向けた。

シロノは不快そうに鼻の頭に皺《しわ》を寄せ、獰猛《どうもう》に開けた口から牙《きば》をみせ、瞳の朱色は鋭さを感じるほど濃く鋭い。今この瞬間にもぶち切れそうなぐらいの様子だ。

その正体はホワイトドラゴン。

下手すれば里が滅《ほろ》びそうな予感にウイリデは震《ふる》えた。

「そちらの気持ちは受け取った。儂も大人げなかった。ほれ、頭をあげておくれ」

「いやしかし、こちらは許されぬことをしたので……」

「今回は許す。いや許させてくれ」

「は、はぁ？」

「そうじゃ和解の証として、共に飲み共に食うとしよう！　待っておれ、これから準備をさせてくる。最上級の食事と酒を用意させる」

ローサの耳打ちでウイリデは大急ぎで言った。それから大慌てで部屋を出て行くのだが、まるで逃げるような姿だ。さっきまで怒っていた様子など欠片《かけら》もなかった。

戸惑いながら椅子に座り直した赤星だったが、出される食事に思いを馳《は》せ――しかし後ろから叩かれた。振り向けばシロノが両手を腰に当て睨んでいる。

「何してるのよ、この大馬鹿者《おおばかもの》っ！」

「いや大馬鹿者と言われても――」

「源一郎は、私以外に頭を下げたらダメなの！　分かった⁉」

呆気《あっけ》にとられてシロノを見つめる赤星だったが、何やら急におかしくなってきた。

「ちょっと、なに笑ってるのよ」

「いやいや何だろう。うん、嬉しくなった」

赤星はシロノの頭を撫《な》でるようにポンポン叩いた。何か穏《おだ》やかで心地よかった。

ウイリデの用意した宴席《えんせき》を前に赤星は手を擂《す》り合わせた。

「いやはや、こんなことをして貰って申し訳ないです」

長テーブルには様々な料理が並ぶ。どれも美味しそうだ。

熱せられた石板の上に肉の塊《かたまり》、滴《した》り落ちる脂とソースが音と匂いを立ちのぼらせ食欲をそそる。香《こう》草蒸《そう》しにされた巨大魚は、プリプリとした白身が垣間《かいま》見《み》える。大鍋《なべ》で煮《に》られたスープは濃厚《のうこう》そうだが、香辛料《こうしんりょう》の複雑な香《かお》りが鼻腔《びくう》をくすぐる。大きな釜《かま》の中から取り出されたばかりのパンらしきものは、素晴《すば》らしい香《こう》ばしさを漂《ただよ》わせていた。

「こちらが失礼致しましたのに、ご馳走《ちそう》になってしまって。本当に申し訳ないです」

「頼むからな、その話はやめよう。いいな」

「はぁ……？」

「とにかく、和解の宴《うたげ》じゃ。たっぷりと食べておくれ」

ウイリデは少し焦《あせ》った口調で言う。

そんな様子を訝《いぶか》しがりながら、しかし赤星の意識は料理に向いている。どれも美味しそうだ。こちらの世界に来てからは、あまり食事には恵《めぐ》まれていない。営業所の食堂はまだ本格稼働《かどう》しておらず、日本から送られるレトルト系食品が中心の食事だった。

こうした豪勢《ごうせい》な料理が食べられるなど最高だ。

「さて胃袋《いぶくろ》は受け入れ準備万端《ばんたん》、最初はどれからいこうか」

「源一郎、お肉。お肉からよ」

「なるほど最初からガッツリ肉でいく。そういうのも良いね」

皿を取り寄せシロノにあげて、そして自分にも取る。最近作法を覚えたシロノと一緒に手を合わせ頂きますと声を合わせた。

肉を口に運んで目を閉じ味わいながら咀《そ》嚼《しやく》し呑《の》み込んだ。

「ふむ、やはりジビエ。噛み応《こた》えがあって肉の味が強く噛むほどに味わいがある。脂《あぶら》の旨味《うまみ》が濃厚だが、このソースは果実ベースか、実に良く合っている」

「源一郎、おーにーくー。お肉をとって」

「待ちなさいシロノ、ここは魚に行くべきだ」

「えー、お肉がいいの」

「肉だけ食べるより、いろいろ食べた方がお肉も美味しくなる。それと、野菜も食べなさい」

「……源一郎ってば食事になると煩《うるさ》いのよね」

ぶつくさ言うシロノだが、赤星が取り分けたものは、しっかりと口にして食べている。ちゃんと食べて褒《ほ》められると、当たり前と言いながらそっぽを向くが尻尾はパタパタ動いて上機嫌だ。

魚を頂き赤星は唸った。

「やっ、これは美味しい」

やや甘《あま》さを感じる味付けの中に僅かな辛《から》みがあって、白身に一緒に蒸された香草の味わいが染《し》み込み、全てが魚の旨味を引き立てている。脂がのってプリプリしていながら、舌の上でほぐれるように崩れていく。

あまりの美味《うま》さに赤星とシロノは揃って頬を押さえて目を細めてしまった。

酒を口にするウイリデは上機嫌に頷く。

「それはヌタアングイラという奴《やつ》だ。表面の粘液《ねんえき》に毒があって厄介じゃが、味が頗《すこぶ》る良い。ちょうど昨日仕留めてきた連中がおった」

「うーん美味い。蒲焼《かばや》きにしたいぐらいだ」

「お主らの持って来たポティチというのも美味いもんじゃな」

「野菜の薄切りを油で揚《あ》げて塩を振っただけですよ」

「むっ、そうも容易《たやす》く調理法を教えるのはよくないぞ」

「別に簡単な料理ですから」

「そうかもしれんがな……まあいい、あとでレシピの謝礼を払おう」

言いながらウイリデは三本の指でポテチをつまんで口に放り込む。カリカリと食べて、手が止まらない様子で続けている。

テーブルの上の大量の料理は、かなり減っている。その大半はシロノによるもので、さすがは正体がホワイトドラゴンというだけあって、たっぷりしっかり美味そうに食べている。

営業所ではセーブしていたらしい。

「源一郎、これ食べた？　まだなら食べなさい、美味しいのよ」

「肉か、今は肉より魚の方が……」

「たーベーなーさーい。私が美味しいって言ってるの」

「うっ、分かった。そんなに怒らないでおくれ」

「怒ってるとか、そんなことないのよ。分かったら早く食べなさい」

二人のやりとりにウイリデは目を見張っている。それは凡《およ》そ知るテイマーとテイムモンスターの関係ではなかったのだ。しばし見つめ、ウイリデは微笑《ほほえ》ましさに苦笑《くしょう》を加えたような表情をした。

気付いた赤星は戸惑った。

「あの、何か……?」

「いやなに、お主らの様子が良きものと思うてな。テイムとかそういったものではなく、もっと別の良い関係に思える」

「そうですか。ですが取りあえず、シロノは良い子なのは間違いないです」

良い子と言われたシロノは、ふんっと顔を背《そむ》ける。しかしその口元は弛んでいるし、尻尾のリズミカルな動きも隠せていない。

そうした様子にウイリデは再び微笑んだ。

「お主と和解できて良かった。うむ、これから何かがあったとしてもだ。お主と儂の友誼《ゆうぎ》だけは続くと約束しよう。いや、むしろそうさせておくれ」

そう言ってウイリデは酒を口にした。


同じ長テーブルには鬼塚や久保田に阿部、隅《すみ》っこには稲田もいた。

こちらは料理に舌鼓《したつづみ》をうつものの、しかしメインは飲む方だ。木のジョッキを傾けては酒を口にする。久しぶりにたっぷり飲める酒にご機嫌だ。

「久保田ちゃんさぁ、これ雰囲気《ふんいき》はビールに近くないか？　味が濃い目なのは保存を考えてなんだろな。いやしかし、この独特の風味は美味いわ」

「そうですね、鬼塚さんの言われるとおりですよ。アルコール度数高めですけど口当たりは軽め。風味は日本側の世界にはないものですよ。これ売れますよ」

二人してジョッキを傾けながら仕事も忘れていない。料理も食べては吟味《ぎんみ》し、これからの商材になるかを考えているのはさすがだ。

そんな中で貧乏《びんぼう》クジを引いたのは阿部だった。つまり稲田のお目付役を任されている。

「稲田係長。場所をわきまえて下さいよ、いいですか」

「分かっておりますってー、てへっ」

しかし稲田は全然分かっていない。舌を出し、自分の頭を自分でコツンと叩いてみせる。それに阿部がイラッとしていることにも気付かず、通りかかった給仕《きゆうじ》係に声を上げる。

「あっ、お姉さん。ジョッキお代わり二つで」

「ちょっと僕は帰りの運転があるんで飲めませんって」

「しーっ！　阿部君のってことで持って来て貰っちゃうだけだから。いやぁ、タダ酒と思うと飲み過ぎちゃいそうじゃーん」

言って手の甲で口元を拭《ぬぐ》う仕草をしてみせる。

そんな仕草と口調に阿部はゾッとして、気持ち悪ささえ感じた。全く反省が見られないとか、そういった次元ではなく、もっと人間としての程度に対する気持ち悪さだ。

「ですから稲田係長、あんまり飲んだらダメですって」

「酒が飲める酒が飲める、酒が飲めちゃうぞ。いえーい」

「歌ってんじゃねぇよって……だめだ、こいつ早く何とかしないと」

阿部は軽く舌打ちし、上司に対する態度をかなぐり捨てた。これ以上の厄介事を防ぐため、そして営業所の皆を守るために行動を開始する。

「……係長の飲みっぷりから考えて、お代わりじゃんじゃん用意して貰いますね」

「おっ、阿部ちゃんってば話が分かるぅ。いやもうね、聞いて頂戴《ちょうだい》よ。僕の別れた嫁《よめ》さんなんかね酷いんだって、僕が飲むと余計にうざいとか言って飲ませてくれないの。健康のためどころじゃないのよ。酷いって思いません？」

「はいはいはい、ジョッキが来ましたよ」

「よっ！　待っておりました」

ゴクゴク飲んでジョッキを傾ける稲田は味わうと言うよりも、単にアルコールを摂取《せっしゅ》しているだけだ。阿部はローサに合図して早くも次を用意して貰っている。

この厄介者《やっかいもの》を酔《よ》いつぶして大人しくさせるため一人孤独《こどく》に戦っていた。


「ごちそう様でした」

「ああ、気にするでない。また来るといい」

「今度はこちらからも美味しいものを持ってきますよ」

見送りしてくれるウイリデに言って、里の出入り口に向かって歩いて行く。ちらりと振り向きローサに手を振ると、シロノに小突《こづ》かれた。

ゆるゆると坂を下っていき、途中の人に挨拶《あいさつ》をしながら里の門を出るとライトバンが見えた。

何人かが近くに居て物珍《ものめずら》しげに見ているが、しかしおっかなびっくりといった様子のため触《さわ》ったりするつもりはないようだ。赤星達が近づくと、そそくさと動いて少し距離を取って眺めている。

解錠《かいじょう》してトランクを開けると運んできた品を積み込む。

さらに幾つかの食材と、小樽《こだる》に入ったビールに似たアルコールをのせる。どれもポテチのレシピの代金として貰った金で購入《こうにゅう》したものだ。

これを日本に送れば成分分析《ぶんせき》やら検疫《けんえき》が行われ、その後に販売《はんばい》などが可能となるかもしれない。上手くすれば、異世界からの正式な輸入品第一号となるはずだ。

「あとは乗るだけですが……」

「こいつは荷台でいいんじゃねーか？」

「そうもいきませんよ」

鬼塚の言葉に赤星は困った顔をした。

集会所で借りた荷車に放り込まれているのは、ぐでんぐでんに酔っ払《ぱら》った稲田だ。顔は真っ赤で時折シャックリをしながら、酔っ払い特有の意味不明な言葉を呟《つぶや》き歌っている。もう臭《くさ》すぎるほど酒臭《さけくさ》い。

「ったく……こいつはよ、どうにもならんぜ」

鬼塚が舌打ちしながら続けた。

「このまんま置いていきたいぐらいだ。いや、途中で捨ててくってのもアリだぜ。酒は飲んでも呑まれるなってのは基本だろうが。と言うか、ここは営業先だぞ。そこで正体なくなるまで飲むかってぇの、信じらんねぇよ」

「彼《かれ》もストレスが溜まってたと思いましょう」

「赤星っちゃんは優しいね。だけど俺も久保田ちゃんも、それに赤星っちゃんだって食材や料理のリサーチしてただろう。そもそもトラブルの発端《はったん》は、こいつじゃねーか。本気で途中で車から放り出したい気分になるぜ」

「まあまあ、そのぐらいで」

赤星は苦笑しつつ、酒が入って愚痴《ぐち》をぼやく鬼塚を宥《なだ》めた。

「……あっ、ではエンジンかけますね」

阿部は微妙《びみょう》に視線を逸《そ》らしつつ、そそくさと運転席に向かう。もちろん飲んだ稲田が一番悪いのだが、この阿部が画策して飲ませ続けたのも事実なのだ。

そしてシロノが赤星の手を引く。

「私と赤星はジョシュセキよ。そんなお酒臭い人間と並びたくないもの」

「私は稲田係長の隣で世話を――」

「何言ってるの。赤星は私と一緒にジョシュセキに座りなさい」

わいわい言いながら乗り込み、結局シロノは赤星の膝《ひざ》に座った。後部座席に鬼塚と久保田が乗り込み車は出発した。もちろん残り一名は荷台に放り込まれている。

運ばれたビールの樽《たる》は、まず営業所にて試飲された。

お陰で営業所からアグロスの里への訪問希望者が増加し、じゃんけん大会が開かれるなどの騒ぎになった。ただし一名だけは参加禁止となったのは言うまでもない。

――ピンポンパンポン。

営業所に間延びした音が響いた。

赤星の隣で菓子《かし》を頬張っていたシロノが手を止め、不思議そうに天井《てんじょう》を見上げる。さらに所内放送が流れ、今から日本で記者会見が行われる旨《むね》が告げられた。

途端に営業所内はざわつきに満ちた。

それは興奮によるもので、もちろん営業二課も同じであった。

「これはまさか……」

呟いて赤星はパソコンを操作した。

「まさか、もう異世界情報の解禁かね？」

「そうですよ、今まさに官房《かんぼう》長官の会見みたいでっせ」

「急だな。まだ先だって言ってたのに」

赤星はぼやき、開いたページのＬＩＶＥ配信とある箇所《かしょ》をクリックした。

現れた画面で喋っているのは、名前は知らないが顔を覚えている人物。テロップに名前と共に官房長官とあるが、どうせ数日で忘れてしまうだろう。

『――先日の巨大生物災害の余波にて、彼らは異世界と呼ばれる場所に飛ばされました。政府は慎《しん》重《ちょう》に情報を確認し、これが事実であると。つまり、異世界と呼ばれるものの存在が事実であると認定いたしたところであります』

　バシャバシャとカメラのフラッシュ音が激しく鳴り響き、官房長官の顔が明滅《めいめつ》して見える。質問の場を待っていられず、何人かの記者が叫《さけ》ぶように声をあげ注意されてを繰《く》り返していた。

『もちろん、このような内容は一般的《いっぱん》に荒唐無稽《こうとうむけい》であり信じがたいことは当然であります。そのために、この記者会見場に異世界の存在を証明するものを用意致《いた》しました。少々お待ちください』

　官房長官が合図をすると、壇上《だんじょう》端から大型の台が運ばれる。上に被《かぶ》せられていた白布が剥ぎ取られると、ラガルティの姿が露《あら》わとなった。造り物とは全く違うリアルな姿に記者は響《どよ》めき、またカメラのフラッシュ音が鳴り響く。

　青木が舌打ちした。

「あれ一課が倒したラガルティでっせ。悔《くや》しいな、俺の倒したラガルティを出して欲しかったな」

「誰が倒したかなんて、どうせ分かりゃしないよ」

「気分が違います、主に俺の気分が」

「ああ、なるほど。そういうの大事だね」

「でしょ」

　向こうではシシギアレや、その他にも異世界の生物の死骸《しがい》や物品が引き出され、記者たちの興奮は高まっている。画面越《ご》しでも何やら熱気のような雰囲気が伝わってくる。

　この報道を見ている全ての人が同じ気持ちに違いない。

『これら異世界からの素材の扱いは慎重に行う必要があるところであります。しかし一方で未知の構造体や組成物も確認されており、これは我が国のみならず全世界にとって極めて有効かつ貴重な影響《えいきょう》をもたらすものであると勘案《かんあん》いたしまして、この度このようにして公表させて頂くこととなりました』

官房長官は原稿《げんこう》を棒読みしている。

あの億野であればもっと上手く喋るだろうが、陰の存在は表には出て来ないということだ。

『先日出現いたしました未知の巨大生物につきましては、正式名称《めいしょう》はウニウェルスムと呼ばれるものであります。このウニウェルスムが我が国へと出現した際、それと入れ替わる形で異世界へと転移させられてしまった方々がいらっしゃいます。政府としましては水面下にて救出の方策を懸命《けんめい》に模索《もさく》してきたところではありましたが、現時点において、それは難しいという結論に至ったものであります。その被害者《ひがいしゃ》となるのは九里谷《くりや》商事の瑞志度《みずしど》営業所の方々であり、各人のお名前を読み上げますと――』

一人一人の名前が呼ばれ、会見場のスクリーンに顔写真が表示される。

『異世界に転移させられました九里谷商事瑞志度営業所の方々の、懸命にして弛《たゆ》まぬ努力によりまして、我が国は未知なる世界との交流が可能となったことをここに公表させて頂きます。現時点におきましては幾つかの物品のみの行き来ではありますが、やがては多種多様な物品の交易が可能となるでしょう。引いてはそれは、我が国の経済及《およ》び文化など様々な発展に大きく寄与《きよ》するものと考えられ――』

会見場からの中継《ちゅうけい》が打ち切られ、ニュース番組のスタジオに切り替わる。

興奮を隠せないキャスターが識者とされる人物と今の発言について論じているが、物理学者や心理学者、果てはラノベ作家や漫画家《まんがか》まで同席していた。

識者とはなんぞやという気分になる。

「もうちょっとこう……何か専門家のような人はいなかったのかね」

「課長、異世界ですよ。まともな研究してる人なんて居《い》るわけないでっせ」

「まあ……確かに居ないね」

番組ではまず異世界ということへの真偽《しんぎ》が論じられ、それが真実であるという結論に一旦《いったん》なる。それから宇宙物理学者が多次元宇宙論をもって異世界の存在を解説しだした。

だが、難解すぎて全く分からない。

他の番組に替えると、ワイドショー系でもさっそく特集が組まれていた。

そちらでは九里谷商事について細かく、さらに営業所メンバーまで紹介されている。パネルに組織図が表示され、社屋の見取り図に顔写真のシールを貼って位置関係を説明していた。

見ていた黄瀬が頭を抱《かか》えながら悲鳴のような声をあげた。

「こ、これ拙《まず》いですよ。もしかすると、昔の卒業文集まで晒《さら》されたりとか……はわわわっ」

ワイドショーというものは報道番組ぶっているが、実際にはショービジネス。

子供の頃に書いた卒業文集まで面白おかしく晒しあげ、コメンテーターという正体不明な人々が視聴者《しちょうしゃ》代表のような顔をして好き放題言って個人を吊《つる》し上げたりもする。

だから黄瀬の心配も当然だった。

「ああ、その件なら心配はない。それはさせないよう億野氏に頼んでおいた」

実際には、それだけではなく家族の警護も手配されている。

そちらにマスコミが押し寄せることもあるし、場合によっては個人が興味本位で訪問したり、はたまた嫌がらせや危害を加えるかもしれないと危惧《きぐ》されていたのだ。

「そ、そうなんですか？　ああ、黒歴史が晒されなくて良かったですよう」

「大袈裟《おおげさ》だね。ところで何を書いたんだい？」

「えーっと笑わないで下さいよ。実は魔法《まほう》少女の衣装デザインを描《か》いたんです。あんなの晒されてしまったら……ううっ、天下の笑いものかも」

「大丈夫だよ、そんなの好きに笑わせればいいじゃないか」

　赤星が言うと黄瀬は驚いたように顔を上げた。

「え？」

「そんなことを言ったらね、誰もイラストなんて描けなくなる。でもそうじゃないだろう。それに黄瀬君の書くイラストは上手でセンスもある」

　口下手な黄瀬は営業で商品説明などする時など、手早く描いたイラストを相手に見せていた。ポイントを押さえた上手なもので、それで話がまとまったことも何度かある。

　そう告げると、黄瀬は頭をかきかき嬉しそうに照れた。

「そ、そうですか。嬉しいです、実は今でもちょこちょこ衣装を描いてまして。そのうちプリティな魔法少女衣装コンテストに応募《おうぼ》するつもりだったんですよね。えへへっ」

　途端にシロノが椅子の上に立った。

「それ見せなさい」

「えっ、ちょっとそれは……」

「いいから見せなさい。さあさあ、さあっ」

シロノが机を叩くとスチール製のそれが軋《きし》んで嫌な音をたてる。このところ日本の文化に触れ魔法少女系バトルアニメを嗜《たしな》んでいるシロノなので、そっちに対する興味はとても強かった。

脅《おど》された黄瀬が恐る恐るノートを取り出した。シロノは椅子から飛び降りサッと走って奪い取って戻って来る。椅子に座って膝の上に広げて眺めだした。

もちろん位置的に赤星にもイラストが見える。

イラストはどれも細かい部分まで丁寧に描かれ、注釈《ちゅうしゃく》が幾つも示されていた。見やすくて綺麗で華《はな》やかだった。

「ふむ、ふむ」

何ページかを見ながらシロノは楽しそうに頷いていく。そして白色でデザインされた衣装のページで手を止め、じっくりと見つめた。ややあって顔をあげる。

「これ良いわね、気に入ったわ。褒めてあげる」

「わっ！　ありがたき幸せです」

黄瀬は小さなシロノに褒められ心の底から嬉しそうだ。どうやら確固たるヒエラルキーが形成されているらしい。

袖《そで》が引かれる。

シロノがじっと見つめてきていた。

「源一郎、これどう？　私が着たら似合うと思うでしょ」

「ああ、似合うのではないかな」

「そうね私もそう思うわ。これ着てもいいでしょ」

「ん？　ああ、構わないが。特注になるだろうから、どこに頼めばいいのかな。コスプレ専門店なのだろうか……」

「着てもいいってことね」

椅子から飛び降りたシロノは真《ま》っ直ぐに立つ。

額にほっそりとした指をあて目を閉じ集中しだすと、身に着けていた服が靄《もや》のように滲《にじ》む。さらに次の瞬間には服が白いドレス風の衣装に変わった。

「………」

赤星は手元のノートとシロノを見比べる。ドレスに銀の飾《かざ》りが入り細かなヒラヒラがついたそれは、まさしく黄瀬の描いた衣装だった。再現度は完璧《かんぺき》だ。

「どう似合うかしら。もちろん似合うわよね」

「はい！　とっても似合います、最高なんです！」

「ちーがーうーのっ。源一郎に聞いてるのよ。ほら、源一郎どうなの」

苦笑いする黄瀬に変わって赤星は頷いた。

「似合うよ」

それ以上の感想を求められる前に、二課室のドアがノックされた。返事をする前に開けられ鬼塚が顔を出す。シロノの格好には片眉《かたまゆ》を上げたが、それ以外は動じた様子もないのはさすがだろう。

「いま情報を確認したけど、本社に確認したら大量アクセスで本社サーバーが落ちたらしいぜ。あと電話で業務がパンク状態らしいって話だ」

言われて確認すると、いつの間にかインターネットがダメになっていた。ウェブサイトを確認しても接続されていない旨が表示され、親切にもオフライン時の暇《ひま》つぶし用ミニゲームが出てきた。

「ネットは駄目《だめ》ですか。それにしては、こっちの電話は鳴ってませんが……？」

「事前に想定されたんで、こっちの電話は本社に転送するよう手配したよ。それに営業所の代表メールアドレスはＨＰから削除《さくじょ》しておいた。どうせ情報は出回るだろうから、あのアドレスは使えないだろうな。俺ら各自のメールもヤバいな」

「ありがとうございます」

「いいって。でも、こういうことってのは、常に考えておかないとダメってもんだぜ。赤星ちゃんも課長なんだろ、そういう気を回せるようになろうぜ」

チクリと言って鬼塚は顔を引っ込めた。

「本社サーバーが落ちたなら、Ｙチューブ投稿は延期かね」

「あー、そうでもないみたいでっせ。ほら復旧してます。メールも来てますが、社外サーバーに繋《つな》げたっぽいですわ」

青木が説明してくれるが、その辺りのシステムに詳しくない赤星にはさっぱりだった。

何にせよ使えればいいのだ。

「ではではでは、それでは期待の異世界Ｙチューバー『あかぼしかちょー』の初投稿と参りましょうか。黄瀬ちゃん用意は？」

「はーいっ、最初のはドキュメンタリータイプですよ。まあ普通の風景なんですけどね。でもでも課長のナレーションが入ってバッチリ雰囲気出てます」

「課長の落ち着いた、おじ様ボイスが最高だね」

青木と黄瀬が二人がかりでワイワイやっている。

とりあえず出る幕のない赤星は自席に座っているが、ドキドキしながら落ち着かない。

営業所内の各課がタイミングを合わせ同時投稿するため、少しの待ちがある。だから、これから投稿する先のYチューブを見るともなしに見てしまう。

「おっ、もう既に異世界の投稿がいっぱい出てるじゃないか」

赤星が声をあげると、さもありなんと青木が頷く。

「でしょうね、検証系とか考察系ってとこでっせ」

「異世界に対して、いろんな説がある。多次元宇宙論、同次元宇宙内の偏在論《へんざいろん》、別惑星論《わくせいろん》。なるほどこれは面白そうだ」

動画の中では、顔だけで跳《は》ねる二人組が機械音声っぽい言葉でゆっくり解説している。

「他には……おやっ！　異世界に行った人間の兄弟だって⁉　これは皆に教えてあげねば」

「ああ、それ不謹慎《きんしん》系って奴ですよ。偽物《にせもの》なんで無視でいいでっせ」

「では兄弟ではないのかね？」

「違いますよ。そう主張して注目を集めて再生回数を稼《かせ》ぐんですよ、ほら課長だって今まさに再生しているでしょう」

「……詐欺《さぎ》みたいなもんだ」

世の中には様々な人がいるのだと改めて思う。そして、そうした人々が大手を振って好き放題やっているのがYチューブという世界なのだ。

これからそこに足を突っ込むことに、今更《いまさら》ながら不安を感じてしまう。

「そんでは時間でっせ。さあ始めるざますよ」

「いくでがんすよ」

言って二人はチラチラ赤星を意味深に見てくる。

「……ふんがぁ、これでいいかね」

それが赤星にとっての精一杯《せいいっぱい》だった。

「まあ課長なんでしょうがないでっせ。じゃあ黄瀬ちゃんよろしく」

「はーい、ポチッとな」

黄瀬が元気に投稿した。

さっそく赤星は『あかぼしかちょー』のチャンネルを確認した。アイコンは二課の皆で並んだ写真。トップページはインパクト重視で、シロノにホワイトドラゴン姿でポーズをとってもらったものだ。

「全く再生されてないな」

「いま投稿したばっかじゃないですか。それに今は偽物が大量にいますんで目立ちませんって」

「なんだ、そうなのか」

「でも大丈夫でっせ。うちは本物なんで、ちょっと待てば誰かが反応しますって。とりあえず飯でも食べてきましょうや」

青木に促《うなが》され赤星は立ち上がる。シロノはササッと動いて、もう部屋を出て行くところだ。黄瀬がぱたぱたと走って追いかけ、皆で昼食に取りかかった。

やって来たのは営業所を出て直ぐの平原。

「では、今日の昼は焼き肉といこう」

赤星が焼き肉セットの前で宣言するとパラパラと二課の皆が拍手《はくしゅ》した。

「用意したのは、アグロスの里で買ってきたシシギアレの肉」

「待ってました」

「前回食べそびれたリベンジで、これを適当に切って焼く。焼いて食べるだけのシンプルイズベスト。もちろん忘れていけないものがある。青木君、準備はどうかな」

「ウィ、ムッシュ！　完璧でございまっせ」

青木がしゃもじを掲《かか》げる姿を黄瀬がカメラで撮影。普段《ふだん》の赤星ならカメラの存在を気にしてしまうところだろうが、今は食べることに集中しきっている。

「よろしい、ご飯があれば無敵だ。それでは始めようじゃないか」

赤星が最初の一投で、焼き網《あみ》に肉をのせる。

やがて滴り落ちだす脂、それが炭の上に落ちると食欲を刺激《しげき》する匂いが煙《けむり》と共に立ちのぼる。もうこれだけで美味いものだと本能が告げている。シロノは固唾《かたず》を呑んで身を乗り出すが、赤星に軽く手で制されて不満の顔で見上げた。

「まだだ、まだまだ。ここに日本からの塩と粗挽《あらび》き胡椒《こしょう》、そしてアグロスの里で貰った実の絞《しぼ》り汁《じる》をかけ、先日採取した香草を載《の》せて包むようにして頂く。このように――」

先陣《せんじん》をきって一気に頬張る。

塩と胡椒で引き立てられた肉の旨味に頭をぶん殴《なぐ》られ、香草の風味と搾り汁の甘味《あまみ》が怒濤《どとう》となって突き抜ける。そこに含んだ白飯が全ての味を包み込んで胃の中へと誘《さそ》っていった。

「──うん、美味い」

他に言葉は要らなかった。

待ちかねていた青木が同じようにして食べ、黄瀬はカメラを三脚に固定して肉に向かう。それぞれ肉を口にするなり無言となって空を仰ぎ見て、惚《ほう》けたように息を吐く姿が全てを物語っている。

まだ箸《はし》の使えないシロノは赤星に食べさせて貰うと目を見開いた。

「美味しい！　これ今までで一番美味しい！」

「なら、もっと食べるかな」

「食べる！」

「よしよし、次を焼こう」

ガツガツと皆が食べる中で、赤星は自分そっちのけで肉を焼き、更《さら》にはシロノが食べやすいようにしてやった。

「いいかな、皆。塩と胡椒に飽《あ》きたら言いなさい、他にも醤油《しょうゆ》とワサビ、それに焼き肉のタレだって用意してある」

青木と黄瀬は神様を見るような顔をした。

キョトンとするシロノは、まだそれらの味を知らない。

「いやぁ満腹満腹」

二課室に戻った赤星は満足げに腹を叩き、どっかりと自分の席に――本来のものではなく、丸椅子の方に――座り込んだ。食べ過ぎて動くのも億劫《おっくう》で、このまま微睡《まどろ》みたいぐらいの気分だった。隣の椅子にはシロノがちょこんと座るが、幸せいっぱいな顔だ。

「ああ、昼から腹いっぱい焼き肉なんて最高だね」

「俺としましては、ビールが欲しかったでっせ」

「さすがにそれはダメだろう。こんなでも勤務時間中なんだ」

「課長、異世界ですよ。そんなの気にしなくていいじゃないですか」

美味いものを食べた後で、皆が笑顔で上機嫌だった。

ふと開きっぱなしのパソコンに視線を向け、動画投稿の事を思いだした。確認すると『あかぼしかちょー』のチャンネルの再生回数は全く変わっていない。つまりゼロはゼロのままだ。

「さっきと変わってない。なんだ、こんなものか」

ドキドキして投稿したのがバカみたいで、赤星は肩を竦《すく》めてしまった。あの億野や本社の前で堂々と語ってみせたのに全くの空振り。恥ずかしくなってしまう。

「はぁ、イカノミクスどころかスカノミクスだったよ。スッカスカの大空振り」

「源一郎、もういいならアニメが見たいわ」

「やれやれシロノもすっかり、アニメに嵌《は》まってしまったね」

「なによ何か文句あるの？」

「とんでもない」

　肩を竦めて笑っていると、青木が強張った仕草で顔を向けてきた。

「ちょっ、ちょっと課長」

「どうした青木君？」

「いえ、その再生回数が……」

「ああその件は残念だったが、まあ仕方ない。今回のことを糧《かて》として次に繋げよう」

「なに言って……ひょっとして、更新《こうしん》ボタン押してないんです？」

「更新？　ああ、そういやそうだった」

　赤星は笑いながら画面を更新した。

　そして——何か良く分からないことになった。

「……なんだこれ」

　人間の認識というものは常に連続性をもって行われる。

　即ち突発的変化を認識し対応することは苦手なのだ。それを補うのが予測、予想、推測、想定なのだが、全くの不意打ちで物事が起きると認識が追いつかず固まってしまう。ちょうど、いまの赤星のように。

「再生回数が、とんでもないことになっているような……」

「フォロワー数も万を超えてまっせ」

「しかも、まだ増えてるぞ」

「コメント欄《らん》がお祭りどころかカーニバル、サンバを歌って踊《おど》ってるレベルでっせ」

「……何か恐くなってきたぞ」

再生回数は十万超え、フォロワーも万を突破《とっぱ》という状況。その辺りの具合を全く知らない赤星には、凄《すご》いのか凄くないのかさえ分からない。それでも数字が積み上がっていく様子には、恐さを感じてしまった。

自分が何かとんでもないことをしでかした気分で、そのまま布団《ふとん》を引っかぶって寝《ね》てしまいたい気分だった。シロノがいなければ、間違いなくそうしていただろう。

しかしシロノは不思議そうに画面を見ているばかり。

「源一郎、この数字が増えるといいのね」

「まあ、そうだね」

「なら増えて良かったじゃないの」

「増えすぎなんだ……」

黄瀬が他の課を回って状況確認してきたが、どこも似た状況らしい。特に一課などはアグロスの里の実況《じっきょう》をしたため、さらに上をいっているようだ。

「くーっ、なんか悔ちい。課長、俺たちもさらに頑張りましょうや」

「こんなもので十分だよ。それに他と競うものでもないし」

「そうですね、課長の言う通りでした」

「しかし……コメント欄が凄いと言うか酷いと言うか……」

応援《おうえん》もあれば、問いかけもある。考察もあれば、感想もある。もちろん否定的なものもあった。映画との共通点を指摘《してき》していたり、映像をＣＧと断定していたり、根拠《こんきょ》もなく偽物と断言したりもされていた。

次の映像への要望や要求もあれば、なぜだか上から目線で次の動画への指示が来てもいる。さらにはタイアップやコラボや共同制作の依頼《いらい》、果ては税理士や司法書士を名乗って各種手続き代行の持ちかけまである。

もちろん日本語だけでなく、英語をはじめとした各種言語の書き込みもあった。

滅茶苦茶《めちゃくちゃ》でありカオスだ。

あまりの惨状《さんじょう》に、赤星はＹチューブ画面を閉じて、シロノの望むアニメを再生することにした。その方が精神衛生上良いと判断したのだが、間違いないだろう。

「青木君……次の投稿もやるのかい？」

「そりゃまあ、やるからにはやりまっせ。しばらくは一日一回にして、それから回数を減らして投稿日時を固定します。ＳＮＳも登録しますが投稿の告知だけが良いかもしれんですけど」

「私には分からないから。もう青木君に任せるよ」

「了解です。よっしゃ気を取り直していきまっせぇ、まずはネタ探しです。ネタくれゾンビ状態で彷徨《さまよ》って考えにゃならんですな」

青木は腕組みして唸りながら嬉しそうだ。

しかし赤星はそうでもない。何と言うべきだろうか、確かに新しいことに挑戦したいとは思っていた。だがしかし、こんな大勢に注目されたいとは思っても居なかった。注目度の高さが恐いぐらいで尻込《しりご》みしている。皆の期待が重く痛い。

しかしその時、素晴らしい対策を思いついた。

「よし、今すぐさっきの昼ご飯風景を投稿するんだ」

「えーっ、そんなの誰も見てくれませんって」

「それでいい、我々は派手さを狙わず穏やかな内容でいくんだ。そういう二課の方向性を示したいんだ。こういうのは早い方がいい」

「はぁっ。課長が言われるなら、そうしますか」

これで少しは注目度が下がるだろう、と赤星は安堵《あんど》した。

ただ単に三人で——あとシロノもいるが——焼き肉を食べている姿など面白くもない。これでガッカリされて、せめて半分ぐらいに人が減ってくれれば良いと考えていたのだ。

少なくとも、この時は。

「そういや、メールはどうかな」

赤星は恐る恐ると、仕事用のメールソフトを起動した。

これまで通信規制もあって利用を控えていたこともあり、こうしてメールを使用するのは異世界転移後としては初めてとなる。

それでアニメの視聴《しちょう》が出来ないシロノは不満そうにお菓子を囓《かじ》っていた。

「源一郎、それは何?」

「これはね、遠くの人と手紙のように連絡《れんらく》をするものだ」

「ああ、それが電子メールなのね」

アニメによる学習成果なのか、シロノはすっかり事情通だった。

これには苦笑気味に笑う赤星だったが、画面を見てゲンナリする。そこに表示されたメールの未読件数は数千を越《こ》えていたのだ。しかもメールボックスは容量限界に達し受信不能状態だった。

実際にはどれだけ来たかは分からない。

ただし大半は迷惑《めいわく》メールフォルダに振り分けられているのだが。

「どうして、こんなにメールが来てるんだ？」

「そりゃまあ、課長。どっかの誰かがアドレスを洩《も》らしたったってことでっせ。それとも売ったかもしれんですけど」

「なるほど」

ちょっぴり残念な気分になる。

だが何にせよ、これでは仕事にならない。カナヤマ食品から預かった商品を使用したことを謝罪しようと思っていたが、もう少し落ち着いてからの方がよさそうだ。

どちらにせよ、このアドレスは使用できない。

青木の方も似たような状態らしく、両手をあげて万歳《ばんざい》をしている。

「こりゃお手上げでっせ。サーバーで弾いて隔離《かくり》してくれちゃいるみたいですがね、ウィルス付きのメールの報告レポートが大量に来てますよ」

「すり抜けてくるのも多そうだね、下手に添付《てんぷ》は触らない方が良さそうだ」

「でしょうね。あっ、そういや迷惑メールが来たらシステム課に報告するんでしたよね。やっぱ報告した方がいいです？」

「無茶と分かりながら言うのは止めなさい」

この膨大《ぼうだい》な量を報告されてもシステム課はどうしようもない。

ただ報告された以上は何らかの処理をせねばならなくなってしまうので、そうするとシステム課は膨大な手間と時間を費やすことになる。もはや嫌がらせ以外の何ものでもない。

青木が人の悪い顔で笑っていると、二課室の戸がノックされ開けられた。

顔を出したのは管理課の担当者で回覧を持って来てくれたらしい。いそいそと黄瀬が行って、受け取った紙をめくって確認。自席に戻ることもないままチェックを入れて赤星に差し出した。

「はいどうぞ。課長、システム課からの回覧ですよ」

「ああ、ありがとう」

「タイムリーな感じで、迷惑メールの報告は不要ってあります。あとは無線ＬＡＮが設置されたそうです。これでやっとスマホが使えますよ、万歳」

受け取った回覧には、接続方法とパスワードなどが記されていた。

電波の有効範囲《はんい》は概ね営業所の敷地《しきち》をカバーしているようだ。これまでは自席のパソコンでしかネット環境に接続できなかったが、ようやく一つ前進であった。

「くーっ！　やっとスマホでゲームが出来まっせ。課長、早く回覧してください」

急かされた赤星は、接続パスワードを見てから青木に渡した。

パスワードは八桁《けた》あったが、しかし『１１１１１１１１』だったので覚えるまでもない。他に利用者がいない異世界という環境ならではのことだった。

「ひゅーっ、やっと繋がりましたぜ」

　接続設定を終えた青木が拍手して喜びの声をあげた。

「ログインボーナスの取り逃《のが》しもあるし、新規イベントに出遅《でおく》れてまっせ」

「自分もです。でもでも、その前にお友達《ともだち》の皆から、いっぱい連絡が来てますよ。これ、しばらく返事するので手一杯《ていっぱい》なんです」

「あー確かに、俺も連絡の方しないとマズいわ」

　後は二人とも無言でスマホを弄《いじ》りだした。

　一応は勤務時間だが赤星は何も言わなかった。

　これは日本に居た頃と変わらない。やることをしっかりやって、その上で出来た時間を使う分には何も言う必要はないというのが二課の方針なのだ。

　赤星もようやくスマホの設定を終えた。

「これが文明開化の気分……」

　スマホに表示されるニュースに感動する。さすがにゲームはやっていないので、後はメールを確認するだけだ。異世界転移直後から連絡が取れるまでの期間で、家族から安否を問い心配するメールが何件か。その他にはクレジットの請求額《せいきゅうがく》確定連絡、そして残りは迷惑メール。

　後は何もない。

「………」

　赤星は寂《さび》しい気分で、家族にメールをした。

　そうなると、もうすることがない。青木と黄瀬の二人は、それぞれスマホに集中。シロノはヘッドホンをしながらアニメを視聴中。おかげで二課の中は静かなものだ。

開け放たれた窓からは、他の課の誰かが大きな声で話す様子が聞こえ、また管理課か総務課だろうか機材を動かす音もした。

「少し風に当たってくるよ」

言って赤星が立ち上がるとシロノがヘッドホンを外した。そこから聞こえる特有のシャカシャカしたアニメの音が響いた。

「源一郎、散歩なのね。仕方ないから付き合ってあげるわ、感謝なさい」

「ありがとう、先に出ているよ」

「待って、待ちなさい。一緒に行くの！」

シロノは大急ぎでアニメ動画を終了《しゅうりょう》させ、パソコンをシャットダウン、ヘッドホンも片付けた。お片付けをしなければアニメを見せない約束なので、しっかりと言いつけを守っている。

ひと通りを終えたシロノは澄まし顔で言った。

「さあ、行くわよ」

そのまま先導されて、二課室から廊下に出て階段を下ってロビーへ。そして正面玄関《げんかん》を出て駐車場《ちゅうしゃじょう》へと歩きだした。

駐車場の端《はし》に車が並べられ、ちょっとした防壁《ぼうへき》代わりにされている。もちろん赤星の車もそこに並んでいて、少しばかり不満だ。しかし皆で話し合って決めたことなので文句も言えない。

後はただ変な外敵が来ないことを祈《いの》るばかりである。

「源一郎、どうするの？　どこ行くの？」

「敷地の中の散歩といきたいが……少し外に出てみるかな。危険かもしれないが」

外は外でも、この場合は営業所の敷地から外という意味だ。

一応感覚として区別はしているが、実際のところは敷地の中だろうが外だろうが危険度は大差ない。ただ何となく気分が違うだけで。

「危険なんてあるはずないでしょ。だって、私がいるのよ」

「それもそうだ、シロノがいれば安全だな」

「当然なのよ」

「ただ、斧ぐらいは持って行くかな。Yチューブで投稿するなら、もう少し立派に倒せるようになりたいし。こういうのは場数だからね」

言いつつ、馴染《なじ》みの斧を持っていく。

「なるほど分かったわ。源一郎が強くなれるようにすれば良いのね」

シロノも剣をどこからともなく取り出し身に着けた。レースが付いた白ドレスという魔法少女系衣装で剣を構えている。違和《いわ》感を覚えないのは一緒にアニメを見たせいかもしれない。


目の前でラガルティが暴れている。

頭を振りたくって吼《ほ》えて叫んで悲痛な声をあげ、前足を振り回し尻尾を振り回している。だがしかしシロノの手からは逃げられない。

「源一郎、次を捕まえてきたわよ」

「……いやあの」

「今度は少し弱らせた程度だから頑張りなさい」

「これで十四匹《ぴき》目なんだが」

「そう、まだ十匹ね」

笑顔で言ったシロノは捕まえていたラガルティを放り出す。

ドサッと地面に落ちたラガルティは跳ね起きるが、怒りと恐怖を目の前の相手にぶつけることにしたらしい。赤星に対し激しく威嚇と牽制《けんせい》を繰り返す。

これに怯《ひる》んだ途端、ラガルティは赤星に襲い掛かって来た。

大きく開けた口中の真っ赤な舌と真っ白な牙の対比が目につく。

回避《かいひ》しながら斧を振るう。最初の反応が遅《おく》れたせいで、回避は上手く行ったが攻撃は外れた。

「しっかりなさい」

シロノの叱責《しっせき》が飛んで、赤星は斧を構え直し打ちかかった。

しかしラガルティの動きは僅かに速かった。空振り、体勢を崩す。

そこに尾《お》の一撃を受け、赤星は前のめりに倒れた。手にしていた斧で怪我《けが》をしないよう、両手を前に投げ出すので精一杯だ。顔面から地面に突っ込んで、目の前がチカチカする。

大きく吼えてラガルティが迫《せま》る。

「はい、そこまでね」

ふわりと白い髪を揺らしシロノが跳《と》んで、一撃でラガルティを吹っ飛ばした。着地すると両手を腰にあて呆《あき》れ顔だ。

「ほんっと、源一郎ったら情けないんだから」

「お言葉を返すようだが、ラガルティとの十連戦が無茶なのでは？」

「なによ、これぐらい出来て当然なの。とーにーかーく、源一郎は情けなさすぎなの。情けないから、私が見張ってないとダメなの。うん、間違いないわね」

シロノは嬉しそうで、肩で息をする赤星とは対照的だった。

もっと軽くどこかで遭遇《そうぐう》した相手と戦う程度のつもりが、すっかり戦闘訓練となっている。どうして散歩になど出たのか、どうして余計なことを言ってしまったのか。

今はもう心の底から後悔《こうかい》している。

「さっ、あと二匹ぐらいはいけるわよね。任せておきなさい！」

しかし嬉しそうなシロノを前にしては呻くしかなかった。


「源一郎、頑張ったわね。褒めてあげるわ」

木々に囲まれた空間、辺りにはラガルティの死骸が幾つも転がっている。お陰で辺りは生臭《なまぐさ》い。その大半は赤星の手によるものだったが、幾つかはシロノがやったものだ。最後の一匹は赤星に傷を負わせると同時に弾き飛ばされ、樹木に激突《げきとつ》してシミと化している。

「褒めてくれて、ありがとう」

「気にしなくていいのよ。そうね、仕方ないから次も協力してあげるんだから」

「あー、それはちょっとね」

「何よ文句あるの!?　それとも、その……もしかして嫌だった……？」

しょんぼりとしたシロノは落ち込み気味で、上目遣《うわめづか》いで悲しそうな眼差《まなざ》しを向けてくる。喩《たと》える
のであれば、信頼する飼い主に怒られる子犬のようだ。

そんな顔をされると心に罪悪感が突き刺《さ》さる。

だから赤星は言うしかなかった。

「とんでもない！　感謝してるに決まってるよ」

「そうっ！　そうなのね！　当然よね」

たちまち素敵《すてき》な笑顔になったシロノの様子に、赤星はこれで良かったのだと自分で自分を褒めて
あげた。たとえ行く末に苦難が待ち受けていようとも、この笑顔と引き替えであれば十分にお釣《つ》り
が来る。

そうとは言え、疲れきった身体は正直だ。気力が萎《な》えると斧を持つのも辛《つら》い。

「源一郎、その斧を寄越《よこ》しなさい。頑張ってたご褒美《ほうび》で持ってあげるわ」

「ありがとう、シロノは優しいね」

「そ、そんなことないんだから。偶々《たまたま》よ、偶々そんな気分だっただけなの」

「そうか、それは残念」

「ちーがーうーの。なんで、そこで直ぐ残念とか言うのよ！」

照れたり怒ったりとシロノは忙《いそが》しい。

ちょっと理不尽《りふじん》さを感じる赤星だったが、苦笑気味に笑うしかなかった。シロノに何か言おうと
したとき、前方に見慣れないものを見つけ眉を寄せた。

白い煙だ。木々の生い茂った枝葉の合間の向こう側は――間違いなく営業所だ。

「あれは……」

眉を寄せ額に手を当て目を凝《こ》らしながら、赤星が言った。

「何か燃えてるみたいね、木みたい」

煙に黒さが混じり、真っ直ぐ上がって風によって横に流されていく。

「急ごうか」

赤星は言ったが疲労困憊《ひろうこんぱい》した直後だ。さすがに動くと同時に息がきれて足がふらつく始末。それでも急ごうとする赤星の腕をシロノの小さな手がしっかり掴んだ。

「しっかりなさい」

「むう、そうは言っても」

「仕方ないわ、私が引っ張ってあげる」

「ま、待ってくれ――」

制止の言葉など無駄《むだ》で、がくんっと身体が前に傾く。シロノが思いっきり走りだしたのだ。片方の手で斧を掴み、もう片方の手で赤星を引っ張る。小柄《こがら》な身体でとんでもない勢いだ。しかも張り出す枝葉を気にした様子もなく突き進む。

「わっ、ぶわっ！　うぐ！」

赤星の悲鳴が何度かで木々の間を抜け、平原へと出た。先程よりさらに煙がよく見える。シロノの勢いは止まらず、心情としてはスクーターか何かに引っ張られている気分だ。もし転べば地面を引きずられそうで、とにかく足を動かすしかない。

だが、そのおかげで営業所は見る間に近づいて来る。

駐車場では炎と煙を噴《ふ》き上げる車があり、何人かが走り回っている。消火器を手に火に立ち向かう者。武器を手に走って行く者。とにかく混乱の様相だ。

正門に到着《とうちゃく》したシロノが急停止。

疲れもあって止まりきれない赤星はそのままスライドゲートに激突——する前にシロノによって引き戻された。

「危ないわね、ちゃんと止まりなさい」

「次からはそうするよ」

そう言うのが精一杯の赤星はシロノに手を放して貰うとスライドゲートに飛びつき、開けようとして、ちょうど目の前を走ってきた相手に気付いて呼び止める。

「渋谷《しぶや》係長、何があった⁉」

一課の女性係長で、少し変わり者だが気の良い子である。ただし突発的出来事に弱いため、今は完全にパニック気味だ。それは赤星の姿にも気付かないぐらいだ。

「うわっ！　赤星課長、驚いたぁ」

「驚かせてすまない。何があったか分かるかな」

「とにかくモンスターです、大っきなモンスターです」

「それはどこに？」

「えっと、それは……出ました、あれです！」

「何？」

渋谷が指差し声をあげた先を見やり、熊《くま》がいると一瞬思った。

姿や形は熊っぽくはあるが、立ち上がると二階まで届きそうな大きさだ。毛色は黄色く、胸から背中にかけ赤い甲殻のようなものがある。そして爪は長く禍々《まがまが》しい。実際にはあまり熊っぽくはないが、総合的には熊と呼ぶのが相応《ふさわ》しい。

それが営業所の建物と並ぶ姿は、特撮《とくさつ》映画のようだった。

「あれか！」

どうしてそんなモンスターが入り込んだのか、何が目的なのか、他の皆がどうなっているのか。いろいろ疑問は渦巻《うずま》くが、しかしこのままでは拙いことは分かる。もし万が一にでも第一倉庫が破壊《はかい》されれば日本との品物のやり取りが出来なくなる。

赤星の脳裏《のうり》に、お取り寄せグルメの数々が去来する。

それらが食べられないことを許容できるだろうか。否、できるはずがない。

「あれはウィニィザプね。いいわ源一郎、ここは私に――」

「それはダメだ。シロノはここを動くんじゃない」

「ちょっと！」

「いいから動かないように」

シロノを制止したのは、ドラゴン化するつもりだと察したからだ。その大きさを知っているが、もしドラゴン化して戦いが始まれば、車両火災どころでなく営業所が消えかねない。

その間にウィニィザプは辺りを見回し敷地内を闊歩《かっぽ》していた。

その進む先は第一倉庫のある方向だ。

「赤星課長！　ど、どうすれば⁉　あんなのって……」

「とりあえず、君は物陰《ものかげ》に隠れて辺りを警戒しなさい。あそこの白いバンの向こうがいい。ほら、稲田係長と田中係長が手招きしてる」

「えっやだ。あの二人、私のこと姐《ねえ》さんて言うし——」

「そんなこと言ってる場合じゃない」

「は、はいっ！」

渋谷は倒《こ》けつ転《まろ》びつ、そちらを目指した。

そして赤星も走りだす。ただし向かったのはウィニィザプの方向だ。後ろでシロノが声をあげているが、今はそれどころではない。何とか第一倉庫を守らねばならない。日本からの美味の為に。

近くにあった自分の車に乗り込む。

いつでも動かせるよう車内に鍵《かぎ》が置いてあり、燃料も半分ほど補給されている。エンジン始動からアクセルを踏み込み、ウィニィザプに迫る。クラクションを激しく何度も鳴らした。

「よし、こっちを見たな！」

モンスターと目が合った瞬間、ギアをバックに入れる。ガツンッとくる衝撃《しょうげき》と共に車両は勢い良く後進。クラクションはまだ鳴らし続けている。

ウィニィザプは完全にこちらに気を取られて追いかけてきた。

フロントガラス一杯《いっぱい》に迫る姿は迫力《はくりょく》満点だ。

映画であればハラハラドキドキ一番の見せ場だろうが、自分の身に降りかかっている現実だ。しかし覚悟《かくご》は決めている。ハンドルを切りつつ思いっきりブレーキを踏む。車体がドリフト気味に横《よこ》滑《すべ》りしながら停車。

そこから一気にギアを変え、アクセルをベタ踏み。

タイヤは空転音を響かせ直後に加速。身体が後ろに押し付けられる勢いだ。そのままクラクションを鳴らし、営業所の正門を猛《もう》スピードで通り抜ける。正門脇《わき》にシロノの姿がちらりと見えたが、それ以上確認する余裕もない。

「うわあああっ！」

バックミラーにはウィニィザプの姿が大映しだ。

四つ足走行で真後ろ。後方の車両接近警報が煩《うるさ》いぐらいに鳴っている。後ろで土煙と共に土砂が飛び散る様子に、今更ながら自分がとんでもないことをした気で悲鳴をあげるしかなかった。

食べ物のために頑張ったが、今は自分が食べ物にされそうだ。


目の前を駆け抜ける源一郎の乗った車と、それを追うウィニィザプの巨体。

それを前にしてシロノは動けないでいた。怯《おび》えているとか竦んでいるとかではない。身体が反応しないのだ。その原因は動くなと言われたことにあるとシロノは気付いていた。

つまりテイマーの指示だ。

テイマーである源一郎からの強い指示に対し、テイムモンスターのシロノは従うしかない。しかし意志は別だ。なんとか追いかけたいと思っている。このままでは源一郎は追いつかれ車は破壊される。乗っている源一郎がどうなるかは想像するまでもない。

「このっ、動きなさいよ。私の身体の馬鹿っ！」

テイムとかそんなことは関係ない。

これまでずっと一人で生きてきた。時にはドラゴンの仲間と群れた時もあったが、それは一緒にいたというだけだ。しかし源一郎と出会ってからの日々は違った。何でもない会話も、一緒にする食事も何もかも心を温かくしてくれた。隣を歩いているだけで、心がポカポカしてきた。

その気持ちが何なのかシロノには分からない。分からないが、それは絶対に失いたくない。

だから渾身《こんしん》の力で指示に抗《あらが》った。

「嫌なの、もう一人は嫌。嫌なの！」

角が帯電し昼の光の中でも分かるまで光を放ち、白色の髪はざわつく。尻尾を大きく振って地面に打ちつける。

「動け、動きなさい。私は……私は！」

渾身の力で足を一歩動かし、続けて次を動かす。交互《こうご》にそれを繰り返し走りだす。そのまま突き進み、自らの意志で姿を変えドラゴンとなった。

咆哮《ほうこう》し舞《ま》い上がる。

逃げる赤星とウィニィザプの姿は遠くなっているが、それぐらいは何てこともない。飛ぶための力を翼を動かし操《あやつ》ると一気に加速する。

見る間に追いついていく。

その生意気なウィニィザプに対し軽く咆えると、気付いて反応した。こちらを振り仰いで驚き、足をもつれさせて転がっていく。襲い掛かって仕留めてやろうかと思ったが、しかし今はそれよりも大事な存在の確保が優先だ。

もう一度翼を動かし加速すると、源一郎の乗る自動車というものに追いつく。

掴まえて持ち上げるが、前に大事なものと言っていたので、出来るだけ慎重に優しくだ。上から覗《のぞ》き込むと硝子《がらす》越しに見上げてくる源一郎と目が合った。驚いている。ちょっと可笑しい。

シロノは気分が良かった。

自動車を大事に抱えたまま空中で向きを変え、一緒に暮らす巣である営業所へと飛翔《ひしょう》。戻ったらどんな小言を言ってやろうかと考えると、何だかとても嬉しい気分だった。

# エピローグ

「と、言いますか。課長ってば、無茶しすぎでっせ」

青木《あおき》は二課室の電気を点《つ》け、自分の席に向かうとそこで靴《くつ》を脱《ぬ》ぎ、寛《くつろ》ぎスタイルで座り込《こ》んだ。赤《あか》星《ぼし》は肩《かた》を竦《すく》めながら、その横を通り抜《ぬ》け自分の席に向かった。

日没《にちぼつ》直後の奇妙《きみよう》な明るい空が窓から見えている。

空は薄《うす》赤色に染まった雲が広がる薄暮《はくぼ》状態。室内に電気を点けるのは早い気もするが、建物の陰《かげ》には薄闇《うすやみ》が出来ていて、もう少しすれば夜の闇になるだろう。

鎮火《ちんか》した車は無惨《むざん》な姿を晒《さら》し、一部壊《こわ》れたフェンスは今後に改築予定だ。

「言わないでくれ。一萬田《いちまんだ》所長からたっぷり叱《しか》られたんだ、あとシロノにも」

「そりゃ当然ってもんですよ。皆《みな》、心配してましたから」

「あの時はあれが最善と思ったんだ」

「課長って、時々無茶やりますからね。それも突拍子《とつぴようし》もない感じで」

青木は頭で手を組み背もたれを軋《きし》ませた。ウィニィザプの一件で、赤星に対する評価は上がったのか下がったのかよく分からない状況《じようきよう》である。

「そんなことは——」

言いかけた赤星の言葉を遮《さえぎ》るように、二課室のドアが勢い良く開いた。もしそこに立っていたら痛撃《つうげき》になったに違《ちが》いない勢いだ。

「源一郎《げんいちろう》、なんで私を置いて行ったのよ」

入ってきたのはシロノで、いかにも怒《おこ》っている様子で頬《ほお》を膨《ふく》らませている。

「置いて行くもなにも、先に部屋に行くと言ったのだが……」

「私は待っててって思ってたの」

「そうかー思ってたのか。それは気付かなかったなぁ」

「今回は許してあげるんだから感謝なさい」

シロノが椅子《いす》に跳《と》び乗り、そして器用なことに尻尾《しっぽ》で叩《たた》いてくる。ただし痛いとかそういったことはなく、ペシペシといった程度だ。

「本当にもう、源一郎は見張ってないと危ないんだから」

「全くそうですよ、シロノ様からも言ってやって下さいよ。課長はまだ反省してないっぽいです」

「そうなの？」

「そうなんですよ」

「これはもう、お仕置きね」

シロノは嬉《うれ》しそうに言った。

ウィニィザプに追われて絶体絶命のところを助けて貰《もら》ったので、もはや赤星は文句の一つも言えない。必死に頑張《がんば》った結果がこれでは泣くに泣けない。

ただし皆は心配しての反応ということは分かっているのだが。

シロノのお仕置きで、さらに尻尾でペシペシ叩かれていると黄瀬《きせ》が戻《もど》ってきた。

手にはいつものカメラと三脚《さんきやく》を持ち、階段を上り下りした直後らしく、ふうふうと言っている。

そして嬉しそうな顔で、カメラとパソコンをケーブルで繋《つな》いでデータを確認《かくにん》しだした。

青木が移動して、ひと言声をかけてから肩越《ご》しに覗《のぞ》き込んだ。

「上手《うま》く撮《と》れた？」

「はい！」

黄瀬は指先で輪をつくって、ニッコリしてみせた。

「千賀《せんが》次長の車が火を噴《ふ》く少し前から、課長が無茶するところも。それからシロノ様が変身して追いかけていくとこまで完璧《かんぺき》なんです」

「よっしゃあ、そりゃもう最高のシチュエーション！」

「長いとこはカットして編集ですね。あとは曲に合わせて……あっ、でもその選曲が問題ですよ。あーこれ、ちょっと迷うかもです」

「最初はおどろおどろしくで、課長の辺りはコミカルでギャグ風、車が走りだしてシロノ様が飛び立つシーンは勇ましくでどう？」

「なるほど、そんな感じがいいですねー！」

何か不当な扱《あつか》いを受けている気がする。

だがしかし、今はシロノと一緒《いつしよ》にアニメを見ているため何も言えない。ちゃんと相手をしてやらないと拗《す》ねるのだ。

「「ひぅっ！」」

パソコンを弄《いじ》っている二人の方から変な声が聞こえた。赤星とシロノは訝《いぶか》しがって顔をあげる。

「源一郎、あれどうしたのかしら」

「さあ？」

青木と黄瀬は二人揃《そろ》って両手で頬を押《お》さえ、口を半開きにしている。ややあって視線に気付いたらしく、ぎこちなく視線を向けてきた。

「か、課長……これ。これ、見て下さいよ」

「ん？　何だね」

「Yチューブ、Yチューブが……」

「ははぁ。そうらみろ、私の言った通りだろ」

赤星は喜んだ。

どうやら焼き肉動画のおかげで思惑《おもわく》通りに人が減ってくれたらしい。これで安心してマイペースでやっていけるというものだ。

「人数なんて問題じゃない。それでも残ってくれた人がいるのだろう。理解してくれた人を大事にして、じっくりのんびりとやっていこう」

「違います。これっ、これっ」

青木と黄瀬は二人揃って画面を何度も指さす。仕方なく立ち上がって見に行く。想像以上に減ってしまったのか、それとも焼き肉動画が不謹慎《ふきんしん》としてアカウント抹消《まっしょう》になったのかもしれない。

「んー、どれどれ……!?」

赤星も両手で頬を押さえた。

なぜなら前回の動画再生数よりも桁《けた》が一つ多かったのだ。

「どうして……」

赤星は蹌踉《よろ》めくと、シロノがさっと差し出す丸椅子に座《すわ》って、真っ白に燃え尽《つ》きた雰囲気《ふんいき》で項垂《うなだ》れた。下がると思った再生回数が逆に増え、しかも凄《すご》い数になったのでショックを受けていた。

「さすがは課長、その慧眼《けいがん》お見それしました」

「そうですよ！　さすがは課長なんです。さす課長って感じです」

「ありがたやありがたや」

向こうで並ぶ青木と黄瀬は満面の笑《え》みで手を合わせ、それをスリスリしている。

「源一郎、しっかりなさい」

シロノに叱られて、それでようやく赤星は復活した。

だが、再生回数の問題については未だ納得《なっとく》しておらず頭を抱《かか》える。

「何故《なぜ》だ、どうしてだ。焼き肉食べてるだけの動画じゃないか」

「課長、異世界ですよ。異世界で焼き肉とか人類史上初の快挙でっせ。しかも、自分で自分の食べるシーンを見ましたけど。滅茶苦茶美味《めちゃくちゃうま》そうです」

「それは認めよう」

自分の姿は見たくはないが、しかし確かに美味そうに見えた。

しかも途中《とちゅう》から黄瀬がカメラを手にして撮影《さつえい》したシロノの姿。うまうま言いながら食べる顔ときたら、仔猫《こねこ》の動画で感じる多幸感に通じるものがあった。

「くっ、次こそは皆に飽《あ》きられるような動画にせねば……」

「いやいやどういう理屈《りくつ》ですか。見て貰う為《ため》に投稿《とうこう》してるんですって」

「途中で失望されて人が減るよりかは、早い段階の方が良いだろう」

赤星は力説したが、残念な事にその理屈は誰《だれ》にも理解して貰えなかった。

「そこは皆の期待に応《こた》えなきゃですよ！」

「そういう皆からの期待が重いんだ」

「あー課長。そこは開き直りましょうや。どうせ俺《おれ》らは異世界なんですから、何を言われようと関係ないじゃないですか。いや、そもそも異世界関係ないですけど」

「………」

「失望されるなら、失望させときましょうよ。俺らは俺ら、好きにやって好きに動画を投稿する。評価するしないは皆の勝手なんですから」

「確かに」

赤星は大きく息を吐《は》いた。

他人の評価を気にしすぎ、それで逆方向に振《ふ》り切れて低評価を望むなど少々天《あま》の邪鬼《じゃく》が過ぎた。結局のところ、他人の評価が自分の都合の良い方向にならないからと駄々《だだ》をこねている子供の反応だった。

少々変則的な反応だったかもしれないが。

「泰然自若《たいぜんじじゃく》で生々流転《せいせいるてん》、全《すべ》てをあるがままに受け入れるべきだな」

「いや、それは悟《さと》りすぎですって」

青木が笑い声をあげると黄瀬も倣《なら》い、それに合わせて赤星も微笑《ほほえ》んだ。

そんな時にテーブルに置いてあったスマホが着信を知らせた。

無線LAN設置で回線が開通して初のメールとなる。シロノが驚《おどろ》いた顔で警戒《けいかい》し、そっと伸《の》ばした指先で恐《おそ》る恐る突《つつ》いて反応を確認していた。

苦笑《くしょう》しつつ、スマホを手に取る。

誰からのメールかは考えるまでもない。もちろん家族だ。開通直後に入れたメールの返信に違いない。

「どれどれ――」

ロックを解除しメールを確認すると、案の定でメールは家族からだった。両親からは共同で、後は弟の靖次郎《やすじろう》からだ。

「……くっ、見るなと言っておいたのに」

どちらからもYチューブについて触《ふ》れてあり、さっそくチャンネル登録したようだ。母親から『ちゃんと野菜も食べなさい』とあるので焼き肉動画を見たらしい。さらに靖次郎からは『高いお肉が食べたいな』などとある。

「あんにゃろめ」

苦笑気味に笑うしかない。

ふと見るとシロノがジッと見つめて来ていた。

「ねえ源一郎、文《ふみ》には何が書いてあったの」

「大した内容ではないな。ちょっとした雑談とか心配とか、そういう感じだよ。でも、そういう何でもないことが一番大事――どうした？」

「それ心がポカポカする感じなの？」

「ポカポカか。うーん、そうだねそんな感じかな」

「どうしてポカポカするの」

シロノはいつもと違う様子で質問してきた。どこか真剣《しんけん》な感じで、自席でパソコンを弄る青木と黄瀬が気になり、ちらりと視線を向けたぐらいだ。

「ううむ、難しいな。だが……どんなことでも言えて受け止めてくれると信じられる相手だから、心が安心してポカポカするのではないかな」

「そう、そうなのね」

シロノは呟《つぶや》いて笑顔になって頷《うなず》く。

その安心しきった笑顔に赤星は胸をつかれる思いだ。一緒に居たくて家族に対するようなポカポカした気分もしてくる。ずっと側にいて欲《ほ》しいと思うのは、間違《まちが》いなく自分が求めていた存在だからに違いない。

この異世界で明日も明後日《あさって》も明明後日《しあさって》も、きっと側にいてくれるのだろう。

# あとがき

改めて原稿《げんこう》を確認《かくにん》しますと、だいたい十六万文字。文字数だけでも凄《すご》いものです。

そこで思い出すのが「月を目指すには」という問いに、ある人が足元を指差したという話。どんなに遠い場所でも、一歩ずつ進まねば辿《たど》り着かないという意味だそうで。それと同じで、こつこつと一文字ずつ綴《つづ》らねば十六万文字にはならない。

しかし、次に思うのはどうやって物語を構成したのかということ。頭の中にあるイメージを形にしたので、そのやり方を思い出そうとしても分からなくなる。凄く不思議。

人生も原稿と同じで、いつの間にやら日にちを重ね気付けば何年も過ぎて、その日々をどう生きてきたのか全部を明瞭《めいりょう》には思い出すことはできない。でも、その思い出せない日々の積み重ねが今の自分になっている。だから日々丁寧《ていねい》に生きねばいけないけれど、人間だもの。ついついだらけてしまう。

ですが原稿は真面目《まじめ》に改稿《かいこう》、加筆しております。

イラストを描《か》いて頂いた沖野真歩《おきのまほ》さんに感謝を。細かな部分まで書き込《こ》まれたキャラたち、素晴《すば》らしい構図、各所に散りばめられた遊び心。それを探すのも楽しませて貰《もら》っています。

最後になりますが、書籍《しょせき》化にあたって関《かか》わり協力して下さった大勢の皆《みな》さんに感謝を。

そして本書を手にとってくださった方に感謝を！

一江左《いちえさ》かさね

DRAGON NOVELS
ドラゴンノベルス

# 腹ぺこサラリーマンも異世界では凄腕テイマー

2024年2月5日　初版発行

著　　者　一《いち》江《え》左《さ》かさね

発 行 者　山下直久

発　　行　株式会社 KADOKAWA
〒102-8177　東京都千代田区富士見 2-13-3
電話 0570-002-301（ナビダイヤル）

編　　集　ゲーム・企画書籍編集部

装　　丁　寺田鷹樹（GROFAL）

D　T　P　株式会社スタジオ２０５ プラス

印 刷 所　大日本印刷株式会社

製 本 所　大日本印刷株式会社

DRAGON NOVELS ロゴデザイン　久留一郎デザイン室＋YAZIRI



ISBN978-4-04-075331-7　C0093